Beate Maxian

Tod mit Seeblick

Beate Maxian

Tod mit Seeblick

Attersee Krimi

Pro**libris** Verlag

Dies ist ein Roman, dessen Personen und Handlung frei erfunden sind, auch wenn er in der ganz realen Umgebung des Attersees spielt. Ich habe mir jedoch die Freiheit genommen, manches zu ändern oder zu erfinden. Eventuelle Übereinstimmungen mit lebenden oder verstorbenen Personen wären zufällig und keinesfalls beabsichtigt.

Originalausgabe
7. Auflage 2025

Danksagung

Bedanken möchte ich mich bei jenen Menschen, die mir bei der Entstehung dieses Kriminalromans mit ihrem Wissen zur Seite gestanden sind und geduldig alle meine Fragen beantwortet haben.

Dr. Claudia Pfefferkorn, Psychologin
Chefinspektor Erich Allmer, Landeskriminalabteilung Linz
Dr. Robert Lamprecht, Gerichtsmedizin Linz
Dr. Günther Winsauer, Richter des Oberlandesgerichtes Linz
Verein Neustart

Bei den Arbeitsabläufen der Justiz, der Gerichtsmedizin und der Kriminalisten habe ich mir ab und zu erlaubt, die Wirklichkeit meiner Fantasie anzupassen, wenn es für die Geschichte dieses Romans notwendig war.

An dieser Stelle möchte ich mich auch noch bei meiner Lektorin Dr. Anette Kleszcz-Wagner für ihre Anregungen und bei meinen Kindern Theresa und Raffael und meinem Mann Jeff bedanken. Sie alle haben dazu beigetragen, dass es diesen Roman gibt.

»... believe the devil took her hand. He's a charmer but he'll harm you.
Cause he knows his tricks so well.«
(Hans Theessink, Bridges)

Samstag, 30. Juni, 23.30 Uhr

Cosi fan tutte. Ihre Lieblingsarie »Un' aura amorosa« begleitete sie hinaus auf die Veranda ihrer Villa. Sie verharrte in dem Lichtkegel, der durch die geöffnete doppelflügelige Glastür fiel, und genoss den Anblick des beleuchteten Schlosses Kammer am gegenüberliegenden Seeufer. Ihren Bademantel hielt sie fest um ihren Körper geschlungen. Dann trugen ihre Gedanken sie zurück in das Schlafzimmer, wo sie noch vor wenigen Minuten in den Armen eines jungen Mannes gelegen hatte. Eine überaus angenehme Erinnerung. Sie legte den Kopf in den Nacken, betrachtete den Sternenhimmel und sog den Duft des Sommers ein: Lavendel und Hortensien.

Das Grundstück war durch hohe Mauern vor den Blicken Neugieriger geschützt. Trotzdem ging sie einige Schritte vorwärts, bis sie Gras unter ihren nackten Füßen spürte und im Schutz der Dunkelheit stand. Deutlich hörte sie die Wellen des Attersees gegen die Planken des Stegs schlagen, betörende Klänge, die sie magisch anzogen und auf sie wirkten wie Mozarts Musik, die inzwischen den gesamten parkähnlichen Garten in Besitz genommen hatte.

Das Motorgeräusch eines einsamen Bootes auf dem See unterbrach die Idylle, um Sekunden später wieder zu verklingen.

Langsam ließ sie den Bademantel von ihrem Körper gleiten. Vollends nackt breitete sie die Arme aus, schloss die Augen, spürte den kühlen Wind, der sanft über ihre Haut strich und die Hitze des Tages davontrug. Die achtundfünfzig Jahre waren ihr nicht anzusehen. Sport, viel Schlaf und gesunde Ernährung hatten sie fit gehalten. Kein überflüssiges Fett belastete ihre Taille oder Hüfte, das ihre vielleicht manchmal zu jungen Liebhaber abstoßend finden könnten. *Nur eiserne Disziplin bringt dich weiter.* Dieser Leitsatz ihres Vaters begleitete sie bereits ihr gesamtes Leben. Mit der Zeit waren diese sechs Worte ihr eigenes Dogma geworden, sie wusste gar nicht, wie lange schon. So oft schon hatte sie sich den Satz vorgebetet, wie ein Mantra. Aber diese Zeit war nun vorbei. Sie sang leise mit. »In uomini, in soldati.« Beim Männervolk, bei Soldaten.

Helga Wolf hatte heute Abend endgültig ein neues Leben begonnen. Abseits von Recht und Ordnung, Doppelmoral und festgefahrenen Strukturen. Nach fast vierzig Jahren Strafgesetzbuch wartete nun das Leben auf sie, das sie als Richterin des Landesgerichts in Linz bisher nur heimlich gelebt hatte und nun, nach ihrer vorzeitigen Pensionierung, offen leben konnte. Natürlich brodelte in den vergangenen Jahren die Gerüchteküche, unterhalten von intriganten Kollegen. Sie lächelte verächtlich. Blanker Neid war das. Sie waren ihrem Geheimnis nie wirklich auf die Spur gekommen, hatten lediglich an der Oberfläche gekratzt, und sie hatte sich niemals aus der Reserve locken lassen, weder durch freundschaftliches Getue, noch durch bissige Bemerkungen. Vor einem halben Jahr hatte ihr Vorgesetzter dann plötzlich vorgeschlagen, dass sie in den vorzeitigen Ruhestand treten solle. »Ohne Abzüge! Sozusagen aus gesundheitlichen Gründen, offiziell«, hatte er gemeint und ihr dabei vertraulich zugezwinkert.

War doch mehr als ein Gerücht an die Oberfläche getreten? Hatte jemand geplaudert? Selbstverständlich hatte sie vorerst abgelehnt. Der Zugang zu jenen Unterlagen, die sie für ihre heimlichen Aktivitäten brauchte, wäre ihr verschlossen gewesen. Nach einigen Tagen Bedenkzeit hatte sie dann aber doch angenommen, nachdem sie einen Weg gefunden hatte, auch in Zukunft an die notwendigen Informationen zu kommen. Sie wollte den Rest ihres Lebens auf ihre Art genießen.

Immerhin hatte sie ein kleines Vermögen gespart, das sich, seit dem Tod ihrer Eltern vor acht Jahren, verdoppelt hatte und ihr jenen Lebensstil sicherte, den sie gewohnt war. Auch die Scheidung von ihrem Mann vor sechs Jahren hatte einiges eingebracht. Ein guter Ausgang für ihre Ehe, wenn man bedachte, dass sie Walter geheiratet hatte, weil sich ihre Eltern einen aufstrebenden Staatsanwalt als Schwiegersohn gewünscht hatten. So tat man das in guten Kreisen nun mal. Ihr Vater war, wie sie selbst, Richter am Landesgericht gewesen, ihre Mutter hatte am Standesamt promoviert. Und ihr selbst war ein Ehemann sehr recht, der nicht oft zu Hause anzutreffen war. Walter schien für diese Rolle perfekt zu sein.

Sie seufzte innerlich. Wie sehr hatte sie sich als junges Mädchen ein Leben gewünscht, das so ganz anders war als das ihrer Eltern. Losgelöst von all den konservativen Gesellschaftszwängen. Aber sie war dann doch das Mädchen aus gutbürgerlichem Haus geblieben und hatte sich gefügt.

Ihre Ehe war kinderlos geblieben, was wohl auch daran gelegen hatte, dass sie kaum miteinander geschlafen hatten. Denn Walter hatte noch nicht einmal genug Fantasie für zwei Nächte mitgebracht. Rauf, rein, kurzes Gerammel, abspritzen, fertig. Ihre Orgasmen hatten nichts mit ihm zu tun gehabt.

Walter hatte auf einer einvernehmlichen Scheidung bestanden und sie auf einer materiellen Abfindung: die Villa am Attersee. Zähneknirschend hatte er nach endlosen Diskussionen nachgegeben. Auch diesen einen Waldmüller würde sie noch bekommen. Walter hasste die Malerei des Biedermeiers

Träge öffnete sie ihre Lider.

Der Himmel war noch immer sternenklar. Im See darunter spiegelten sich die Lichter der umliegenden Orte. Vertaute Segelboote schaukelten sanft hin und her, machten sich durch typische Klack-Laute bemerkbar.

Ein Glas Champagner, das ihr über die Schulter hinweg gereicht wurde, riss sie aus ihren Gedanken. Sie wandte sich um und lächelte. Vor ihr stand genau das, was sie wollte. Jung, ein klein wenig verbraucht und alles andere als vornehm. Und – er war nackt. Ein Geschenk, im wahrsten Sinne des Wortes. Das Leben konnte so wunderbar sein.

Happy Birthday, Helga.

Er streifte ihr eine Decke über die Schultern, drückte sie mit sanfter Gewalt nach unten auf den Boden. Der Rasen war kühl und ein wenig feucht. Die Decke wärmend und weich. Sie hörte ein leises Klicken und spürte wie sich Handschellen um ihre Handgelenke schlossen, das erregte sie. Sein Gesicht war direkt über ihrem. Sein Atem roch nach Champagner und Pfefferminz. Seine dunklen Augen waren auf ihr Gesicht gerichtet, als er sich wortlos über sie schob. Er verschloss ihre Lippen mit einem Kuss, fuhr dann mit der Zungenspitze ihren Hals entlang, streichelte kurz ihre feuchten, angeschwollenen Schamlippen, rieb seinen steifen Penis an ihren Oberschenkeln, legte sich in Position, spreizte ihre Beine mit leichtem Druck, drang tief in sie ein, stieß ein-, zweimal zu, dann zog er sich wieder zurück. Er ging langsam vor, trieb sie zum Wahnsinn.

Sie seufzte. Es war das dritte Mal in dieser Nacht, dass er seinen befriedigenden Dienst an ihr antrat. Der Junge war sein Geld wert.

Sonntag, 1. Juli, 00.45 Uhr

Nach Mitternacht genehmigte sich Briska Frank endlich eine heiße Tasse Kaffee. Der schwarze Himmel, den sie durch die Fenster sehen konnte, war sternenklar. Die Dienste am Wochenende waren die schlimmsten von allen, und nachts verschärfte sich die Lage nochmals. Sie fühlte sich mit ihren dreiundfünfzig Jahren langsam zu alt dafür. Bis Mitternacht schien die Notaufnahme im Vöcklabrucker Krankenhaus jedes Mal aus allen Nähten zu platzen und die Arbeit nicht abreißen zu wollen: drei Motorradunfälle, zwei Autounfälle, dazwischen Betrunkene, ein Kreislaufkollaps und wieder einmal eine Frau, die von ihrem brutalen Ehemann misshandelt worden war. Ohne Kommentar hatte sie ihr die Nummer vom Frauenhaus zugesteckt.

Sie waren eindeutig unterbesetzt. Drei Schwestern und eine Notärztin mussten die ganzen Nachtaufnahmen schaffen. Irgendwo im Haus war noch ein Arzt in Bereitschaft, falls ein Notfall eingeliefert würde, während die Notärztin gerade mit dem Rot-Kreuz-Wagen unterwegs war.

Das Schwesternzimmer lag unmittelbar neben einem Raum zur Erstaufnahme. Darin schlief gerade ein Betrunkener seinen Rausch aus. Er war mit dem Notarztwagen geholt worden, nachdem er in einer Bar am See zusammengebrochen war. »Tequila-Wettsaufen« hatte man den Sanitätern kurz erklärt.

»2,8 Promille«, hatte ihnen die Notärztin über Funk durchgegeben. Bei 3,5 Promille hätte er möglicherweise den Tod gefunden.

Bereits zwei Mal hatte er im Akutraum auf den Boden gekotzt. Das hasste sie am meisten, das Erbrochene von Besoffenen wegzuwischen und von diesen Typen auch noch angepöbelt zu werden. Auch wenn sich die meisten am nächsten Tag für ihr Verhalten genierten und entschuldigten, war ihr klar, dass sie diese Zecher nicht mehr lange ertragen würde. Sie ertappte sich immer öfter bei dem Gedanken, ein falsches Mittel zu spritzen und sie damit ins Jenseits zu befördern. Es wäre so einfach. Schön langsam sollte sie aufhören mit diesem Job, sich versetzen lassen, vielleicht in die Verwaltung: Überleitungspflege oder Tagesambulanz.

Sie nahm einen großen Schluck von ihrem Kaffee, griff nach einem trockenen Keks, der auf einem Teller lag. Elisabeth Brand, ihre Kollegin und Freundin trat ein, setzte sich zu ihr an den Tisch. Sie hielt ein Krankenblatt in der Hand. »Wir haben ihn auf 1,5 herunten. Der Typ ist soweit stabil. Der schläft jetzt nur noch seinen Rausch aus. Wir können ihn auf die Station verlegen lassen. Hab oben schon Bescheid gegeben.«

Sie kicherte. »Der wird morgen Augen machen, wenn er begreift, dass er im Krankenhaus ist. Bin ich froh, dass mein Peter ...« Weiter kam sie nicht mehr, denn ein neuer Notfall verlangte ihre volle Aufmerksamkeit. Gleichzeitig klingelte das Telefon in der Notaufnahme.

»Frank«, meldete Briska sich, nachdem der Portier den Anrufer durchgestellt hatte.

Sie bekam keine Antwort, hörte aber jemanden atmen.

»Hallo! So melden Sie sich doch!«

Wieder keine Antwort.

»Sind Sie verletzt oder krank? Wenn ich Ihnen den Rettungswagen schicken soll, müssen Sie mir Ihre Adresse sagen.«

Wieder nichts. Sie horchte stumm. Atmen. Dann wurde aufgelegt, und sie hörte nur noch den Besetztton. Schnell wählte sie die Durchwahl des Portiers.

»Was war mit dem Anrufer, eben?«, fragte sie.

»Nichts. Wollte nur die Notaufnahme.«

»Ein Mann oder eine Frau?«

»Der Stimme nach ein Mann.«

»Klang er krank, oder hatten Sie das Gefühl, dass er Schmerzen hatte?«

Der Portier dachte kurz nach, dann sagte er: »Die Stimme schien ganz normal, weder sonderlich aufgeregt, noch stockend oder sonst irgendwie unnatürlich. Wieso? Stimmt was nicht?«

»Er hat sich nicht gemeldet.«

»Wahrscheinlich einer dieser Scherzbolde. Sie kennen das doch, diese bescheuerten Mutproben nach einigen Bieren: Jetzt ruf ich mal eben bei der Polizei oder im Krankenhaus an, mal schauen, ob die mich schnappen.« Er machte eine kurze Pause. »Denken Sie doch mal nach. Normalerweise wählt jemand, der ernsthaft krank oder verletzt ist, doch sofort die Notrufnummer und nicht die direkte Telefonnummer vom Krankenhaus. Wer hat die denn schon im Kopf?«

»Wahrscheinlich haben Sie Recht«, pflichtete ihm die Krankenschwester bei. Sie fuhr sich mit der Hand über die Stirn. »Ich mach mir mal wieder unnötig Sorgen, bringt der Beruf so mit sich.«

Nachdem sie aufgelegt hatte, blieb sie nachdenklich einige Sekunden mit der Hand am Telefon stehen, starrte durch das Fenster in die dunkle Nacht. Sie sollte wirklich aufhören mit diesem Job. Ihre Kollegin unterbrach sie in ihren Gedanken. Sie brauchten Hilfe im Schockraum.

Die Nacht war noch lange nicht vorbei.

Um sieben Uhr morgens war Briska Frank ausgelaugt und müde. Wie üblich nach einer Zwölf-Stunden-Schicht. Sie hatte keine Zeit mehr gehabt, noch eine Tasse Kaffee zu trinken oder mit Elisabeth über den Anrufer zu reden. Und jetzt hatte sie keine Lust mehr dazu. Inzwischen war sie überzeugt, dass es sich wirklich nur um einen Scherzbold gehandelt hatte. So etwas kam öfters vor.

Sie schüttelte den Gedanken daran ab. Es war Sonntag, und sie wollte ins Bett. Trotzdem lenkte sie ihren roten Fiat Panda in Richtung Zentrum. Es war ihr zur Tradition geworden, morgens nach ihrem Nachtdienst in die Bäckerei am anderen Ende von Vöcklabruck zu fahren, um frisches Frühstücksgebäck zu holen. Die einzige, die auch sonntags geöffnet hielt. Die Sonntagszeitungen würde sie ebenfalls gleich mitnehmen und sich zu Hause ein gemütliches Frühstück zubereiten, bevor sie endlich schlafen konnte.

Die Straßen waren um diese Zeit leer, wie ausgestorben. Lediglich einige eifrige Kirchgänger, die die Messe um acht Uhr besuchen wollten, waren unterwegs und einige Nachtschwärmer, die erst jetzt den Weg zurück in ihre Wohnungen fanden.

Sie lenkte ihren Wagen durch die Salzburger Straße und Vorstadt, dann überquerte sie die Dörflbrücke, parkte gleich danach direkt vor dem B1+C1, gegenüber der Dörflkirche auf dem Gehsteig. Am Sonntag ging das. In der Bäckerei duftete es nach Kaffee, Croissants, Semmeln und Brot. Briska Franks Lebensgeister kehrten langsam zurück. Sie kaufte ein und war kurze Zeit später unterwegs in Richtung Attersee.

Im Auto war es heiß. Schon jetzt zeichnete sich ab, dass ein angenehmer Badetag bevorstand, den sie bis mittags verschlafen würde. Danach wollte sie im See eine Runde schwimmen, bevor sie gegen sieben Uhr ihren letzten Nachtdienst für diese Woche antreten würde.

Zum Glück waren es nur wenige Kilometer von Vöcklabruck nach Weyregg, die sie in zwanzig Minuten zurückgelegt hatte. Ihr kleines Häuschen lag versteckt am Fuße eines sanften Hügels mit Blick auf den See. Ihre Eltern hatten es ihr vermacht. Eine hohe Buchenhecke schützte ihren kleinen Garten vor den neugierigen Blicken der Touristen, die ab dem späten Vormittag am gegenüberliegenden Seestraßenufer ihrem Badevergnügen nachgingen, was ihr unsagbar auf die Nerven fiel, wenn sie sich nach einer anstrengenden Nachtschicht erholen musste. Sie hoffte, dass sich der Lärmpegel in Grenzen halten und sie in ihrem Schlaf nicht zu oft gestört werden würde. Nichts war schlimmer als lärmende Touristen.

Oder doch?

Doch! Männer!

Und noch schlimmer: besoffene Männer.

Die schmale Zufahrtsstraße zu ihrem Haus teilte sie sich mit ihren Nachbarn. Ein älteres Ehepaar, das seit dem Auszug der Kinder eine Frühstückspension betrieb, die aber zum Glück von ihrem Haus weit genug entfernt lag, um nicht viel von den Fremden mitzubekommen. Sie konnten einander über die hohe Hecke hinweg nicht einmal sehen.

Sie lenkte ihren Wagen in Richtung Garage, hielt davor an, entnahm ihrer Handtasche am Beifahrersitz den Schlüssel, stieg aus und ging die wenigen Schritte zur Haustür.

Ein plötzliches Geräusch ließ sie herumfahren.

Vor ihr stand ..., das konnte unmöglich sein!

»Oh Gott", murmelte sie, dann wurde es dunkel um sie herum.

Montag, 2. Juli, 08.00 Uhr

Gegen acht Uhr morgens erwachte Sandra Anders. Genau konnte die Inspektorin nicht sagen, was sie zuerst geweckt hatte, die Glocken der Kirche von Schörfling oder das Läuten ihres Handys. Egal. Beides war nervtötend.

Ihr Blick wanderte auf die andere Seite des Bettes. Bernd schlummerte friedlich. Er hatte am Wochenende Journaldienst in der Redaktion gehabt und deshalb heute, genau wie sie, einen freien Tag, den sie gemeinsam genießen wollten.

Genervt drückte sie auf die grüne Taste ihres Handys und fuhr sich mit der freien Hand durch ihre kurzen, dunklen Haare, die morgens immer aussahen, als hätte nachts ein Vogel darin sein Nest gebaut.

Es war Buchegger.

Der dicke Polizist schien immer dann Dienst zu haben, wenn etwas passierte. »Tut mir leid, wenn ich Sie geweckt habe, an Ihrem freien Tag. Aber wir haben da eine Leiche ... und ... na ja, Ihr Chef meinte, wir sollten Sie trotzdem benachrichtigen.«

Das war wieder einmal typisch Martin. Ruft doch gleich einmal die Anders an! Ach, die hat frei? Na, dann hat sie eben jetzt nicht mehr frei, dachte Sandra, mit dem Tonfall ihres Vorgesetzten im Ohr.

Sie drehte sich von Bernd weg, flüsterte. »Wc?«

»Seewalchen. Die Villa der Richterin.«

»Wissen wir, wer die Leiche ist?«

»Ja, die Richterin selbst.«

»Wer hat uns informiert?«

»Ihre Haushälterin.«

»Wann?«

»Gerade eben. Ich hab dann auch gleich Ihren Chef angerufen, und der hat mir geraten, dass ich Sie ...«, kam es wie eine Entschuldigung aus der Leitung.

»Schon gut, Buchegger. Sie können ja nichts dafür. Um Martin werde ich mich persönlich kümmern. Spurensicherung?«

»Schon unterwegs!«

»Gut. Und jetzt geben Sie bitte Rosa Bescheid! Ich bin in zwanzig Minuten da", sie wollte schon auflegen, als ihr noch etwas einfiel. »Bitte rufen Sie auch noch Jürgen Hofer an. Sagen Sie ihm, dass ich ihn diesmal gerne dabei hätte.«

Sie wusste, um welches Haus es sich handelte. Eine wunderschöne Villa. Ein Prachtexemplar aus dem 19. Jahrhundert, direkt an der westlichen Seeseite. Das Grundstück hatte einen eigenen Seezugang, grenzte mit der Vorderseite an die Straße, die den Attersee entlangführte bis Mondsee. Ein befreundeter Immobilienmakler hatte Sandra erzählt, dass das gesamte Anwesen über drei Millionen Euro wert sei. Sandra war schon oft daran vorbei-gefahren und hatte sich jedes Mal gefragt, welchen Beruf man wohl ausüben musste, um sich diesen Luxus leisten zu können. Kurz drauf hatte sie erfahren, dass das Gebäude mit dem etwa zweitausend Quadratmeter großen Garten von dem Ehepaar Wolf gekauft worden war. Sie Richterin, er Staatsanwalt. Nach der Scheidung war ihr das Haus geblieben. Derartige Neuigkeiten sprachen sich schnell herum in dieser Region. Und seitdem hieß das Gebäude nur noch „die Villa der Richterin". Und dann fiel ihr noch ein, dass sie erst kürzlich in einem Newsletter der Poli-zeiinspektion gelesen hatte, Dr. Helga Wolf sei in den Ruhestand getreten. Aus gesundheitlichen Gründen.

Pah, wer's glaubte. Denn wenn man eher den Gerüchten als den offiziellen Erklärungen Glauben schenkte, war Helga Wolf eine Frau mit einer etwas anrüchigen Lebensweise. Aber Sandra war nicht die Frau, die Gerüchten viel Aufmerksamkeit widmete. Ihre Zeit war ihr dafür zu schade.

Noch einmal musterte Sandra den Mann in ihrem Bett. Dunkle, kurz geschnittene Locken, sonnengebräunte Haut, ebenmäßige Gesichtszüge: Der Journalist sah auch schlafend unglaublich sexy aus. Wenn er dann im Wachzustand noch seine randlose Brille aufsetzte, konnte sich Sandra kaum halten. Sie hegte eine große Schwäche für Männer mit Brille und südländischem Aussehen. Und Bernd konnte seine italienischen Vorfahren nicht leugnen. Vielleicht wachte er doch noch auf? Nur ein kleines Zwinkern würde genügen, und ihre tote Richterin müsste etwas warten. Immerhin war heute eigentlich ihr freier Tag.

Aber Bernd schlief weiter.

Dieses Vergnügen vor der Arbeit fiel damit leider aus. Seufzend glitt sie aus dem Bett und schlich ins Badezimmer.

Sie duschte, gab Gel in ihre feuchten Haare, damit ersparte sie sich das leidige Föhnen, schlüpfte in Jeans, streifte ein T-Shirt über und schrieb Bernd einen Zettel, den sie auf ihre Bettdecke legte. Fürs Frühstück war keine Zeit mehr.

Mit energischen Handbewegungen scheuchte sie Branko, den fünfjährigen Neufundländer ihrer Eltern, aus der Wohnung. Sie nannte den schwarzen Riesen inzwischen Miro, nach Joan Miró, ihrem Lieblingsmaler. Nicht etwa, dass Branko auf diesen Namen besser gehört hätte. Nein. Er reagierte sowieso nur auf das Geräusch der Kühlschranktür und das seines Futternapfes. Aber Branko hatte ihr noch nie gefallen, es klang für sie nach Zuhälterhund, und Miro erinnerte sie an die erste Ausstellung, die sie gemeinsam mit Bernd besucht hatte. Auch wenn diese Erinnerung leider mit einer Leiche verbunden war. Später hatte sie dann erfahren, dass Bernd einige Semester Kunstgeschichte studiert, aber nie einen Abschluss darin gemacht hatte. Er hatte stattdessen ein Publizistikstudium aufgenommen und schnell ein Jobangebot bei einer Zeitung erhalten. Im vergangenen Jahr hatte er ein Buch über Sehenswürdigkeiten und Kulturgüter der Region veröffentlicht. Die Kunst ließ ihn nicht los. Aber er hatte nichts dagegen, einen Hund nach einem verehrten Künstler zu benennen.

Wenige Minuten später schob sie den Hund in die Wohnküche ihrer Eltern. Lieselotte Anders, ihre Mutter, stand wie üblich hinter dem Herd und kochte bereits das Mittagessen. Ihre Leibesfülle verriet, dass sie nicht nur gerne kochte, sondern auch gerne und viel aß.

»Ich muss weg, Bernd schläft noch. Machst du ihm ein Frühstück?« Sie könnte ihn zusammen mit den Gästen bewirten, die sich im Sommer gerne in ihrer Pension einquartierten.

Als Sandra das Gesicht ihrer Mutter sah, wusste sie sofort, was folgen würde. Eine dieser endlosen Diskussionen über ihr Leben als Polizistin und darüber, dass sie über dreißig Jahre alt sei und ihre biologische Uhr ticke.

»Wo musst du hin?«, fragte die grauhaarige Frau, obwohl sie die Antwort darauf bereits kannte.

»Eine Tote«, antwortete Sandra und hoffte, dass sie mit einem strafenden Blick davonkommen würde.

Lieselotte Anders konnte sich nicht damit abfinden, dass ihre Tochter Kriminalistin geworden war. Sie gehörte einfach noch zum alten Schlag: Familie, Haus, Herd. Basta. »Dass du diesen Beruf ausüben musst. Jetzt hast du endlich einen netten Mann kennengelernt.«

Sandra horchte auf. »Sieh an, jetzt gefällt dir der Journalist doch. Und ich dachte, du hättest mich lieber als Frau eines Bauern gesehen.«

Lieselotte Anders wischte diese Bemerkung ihrer Tochter mit einer raschen Handbewegung zur Seite. »Den Bauernhof wolltest du nicht, den Michael auch nicht, und den Bernd wirst du dir auch wieder vertreiben. Oder glaubst du, dass es ein Mann lange mit einer Frau aushält, die ständig auf Mörderjagd geht? Die Maria Pesendorfer hat mich auch schon gefragt, wann du endlich heiratest.«

Sandra verdrehte missbilligend die Augen.

»Und wer soll das hier einmal übernehmen?« Lieselotte Anders machte eine ausladende Handbewegung. »Und Enkelkinder haben dein Papa und ich auch keine.«

Sandra musste dreimal tief durchatmen, bevor sie antworten konnte: »Ich habe nicht vor, Bernd zu heiraten und Kinder zu bekommen, das weißt du, Mama. Und den Bauernhof habe ich nicht übernommen, weil ich Polizistin werden wollte, vielleicht auch ein Grund, warum ich vor drei Jahren den Michael nicht genommen hab, denn sonst wäre ich ja jetzt eine Bäuerin.« Sandra versuchte erst gar nicht, den Sarkasmus in ihrer Stimme zu verbergen.

»Die reichste Bäuerin im Ort«, warf ihre Mutter ein. »Und vielleicht schon Goldhaubenobfrau.«

Sandra schnaubte verächtlich. »Sonst noch was? Goldhaubenobfrau! Der Traum meiner schlaflosen Nächte.«

»Willst du sagen, das ist etwas Schlechtes? Ich war bei den Goldhaubenfrauen. Wir haben sehr viel …«

»Will ich nicht«, unterbrach Sandra ihre Mutter. »Aber ich verlange von meinem Leben etwas mehr, als bei irgendwelchen Festen mit einer goldenen Haube auf dem Kopf durch den Ort zu stolzieren, meine Großmütigkeit zur Schau zu stellen, und bei nahezu allen Dorffesten muss ich dann auch noch Bauernkrapfen backen.«

Das war unfair, das wusste Sandra. Die Goldhaubenfrauen waren mehr als nur ein Wohltätigkeitsverein. Sie waren ein Symbol der ländlichen Geschichte und Struktur. Aber Sandra war inzwischen müde, über ihr Leben und das der anderen im Ort zu diskutieren. »Ist das Thema eigentlich irgendwann einmal erledigt?« Dass ihre Mutter eisern schwieg, aber nickte, wertete Sandra als Waffenstillstand. »Und Bernd?«

»Gut! Aber denk daran, was ich gesagt habe. Er wird dir nicht bleiben.«

»Mama, ich muss, auf mich wartet eine Leiche.«

»Die ist tot, die wartet nicht mehr", knurrte Lieselotte Anders ihrer Tochter hinterher.

Montag, 2. Juli, 08.30 Uhr

Im Auto schob Sandra die CD von Hans Theessink in den Player. *Bridges.*

Der Blues und seine tiefe sanfte Stimme halfen ihr, trotz der kurzen Strecke von Schörfling nach Seewalchen einigermaßen auf Touren zu kommen. Wie gewöhnlich grölte sie den Refrain laut und falsch mit: »*Baby when you call me – Honey when you need me – I come running – I come running – Baby – I come running home.*« Sie lenkte ihren Golf durch die schmalen Gassen Schörflings. Die Tore der alten Dorschvilla waren um diese Zeit noch geschlossen. Am Abend würden hier sicher wieder zahlreiche Kunstinteressierte in der zur Villa gehörenden Galerie Zwach die aktuelle Ausstellung bewundern. Während die Kunstliebhaber noch auf sich warten ließen, war auf dem Wiesenweg hinter der Villa bereits der erste Reiter unterwegs, wahrscheinlich vom gegenüberliegenden Reitstall Schloss Kammer. Am Ende der schmalen Weyreggerstraße bog Sandra links in die Seestraße ein, passierte wenige Sekunden später den Yachthafen und überquerte die Brücke über den See nach Seewalchen.

Sie traf etwa zur selben Zeit wie ihre Kollegen von der Spurensicherung und wie ihre Assistentin Rosa ein, die einen verschlafenen und reizbaren Eindruck machte. Ihre blonden, langen Haare waren lediglich zu einem Pferdeschwanz zusammengebunden und nicht wie sonst kunstvoll zu einem Knoten am Hinterkopf drapiert. Für ein dezentes Make-up hatte ihre Zeit aber dennoch gereicht. Sandra begrüßte sie mit einem Kuss auf beide Wangen.

Der Notarztwagen stand mit blinkendem Blaulicht, in seiner Nähe einige wenige Passanten. Auch die Autofahrer verlangsamten ihr Tempo angesichts des Rettungswagens. Buchegger öffnete Sandra und Rosa das schwere Eisentor, das in den parkähnlichen Garten des Anwesens führte.

Zu ihrer großen Freude sah Sandra nun Jürgen Hofer eintreffen. War er also tatsächlich ihrer Bitte gefolgt und hatte auch diesmal keinen jüngeren Kollegen vorgeschickt. Gerichtsmediziner kamen nur auf Anforderung des Ermittlers an den Tatort, und Sandra forderte ausschließlich ihn an, denn er hatte jahrelange Berufserfahrung und war einfach der Beste.

»Kanntest du sie?«, fragte Rosa, während Sandra die Hand hob, um Hofer zu winken.

Sie schüttelte den Kopf. »Hab sie nur drei- oder viermal gesehen. Beruflich hatte ich in einem Fall am Rande mit ihr zu tun. Sie galt nicht unbedingt als umgänglich. Nahm an keinen internen Feiern teil, hatte den Ruf eines ehrgeizigen Arbeitstiers, was vielleicht daran lag, dass schon ihr Vater ein angesehener Richter war. Du weißt ja, was solche Leute von ihrem Nachwuchs erwarten. Sie war mit einem Staatsanwalt verheiratet und nach der Scheidung kamen dann ...« Sie brach ab.

»Was kam ...?«, fragte Rosa neugierig.

Sandra tat die Sache mit einer gleichgültigen Handbewegung ab. »Nicht wichtig.«

»Erzähl's mir trotzdem.«

»Na ja, es wurde halt getratscht ... dass sie ihn wegen eines Jüngeren verlassen hat, oder er sie, oder wie auch immer. Keine Ahnung, ob da etwas Wahres dran ist. Es ist ja nur ein Gerücht, das mir unter vorgehaltener Hand mal vor Jahren zu Ohren gekommen ist. Die beiden haben sich Knall auf Fall scheiden lassen, sie hat die Villa am See bekommen. Angeblich hat er in fremdem

Revier gewildert, weil sie ihn nicht mehr an sich rangelassen hat. Nun ja, was so geredet wird, wenn man den ganzen Tag im Büro an einem Schreibtisch sitzt.«

»Typisch«, blaffte Rosa. »Kaum haben diese Typen das Gefühl, dir nicht mehr so oft an die Wäsche zu dürfen, halten sie sofort Ausschau nach Ersatz. Sind doch alle gleich. Und wenn du sie ranlässt, lehnen sie sich befriedigt zurück und das war's dann.«

»Wirfst du da jetzt nicht etwas viel in einen Topf?«

Rosa zuckte mit den Achseln, ihre Stimme klang schnippisch, als sie sagte: »Na, deine Lebenserfahrung hab ich natürlich nicht.«

Sandra sah ihre Kollegin von der Seite an. »Was ist dir denn über die Leber gelaufen?«

»Nichts.«

»Nichts? Na, wenn du meinst? Lass dieses blöde Gerede aber ja nicht deine Arbeit beeinflussen.«

»Du scheinst ja viel von meinen Fähigkeiten zu halten«, kam es messerscharf. »Da bin ich aber jetzt richtig froh, dass du mir wenigstens zutraust, deinen Sauhaufen im Büro aufzuräumen.«

»Hey, jetzt komm mal wieder runter. Wenn du ein Problem hast, dann sag's mir, aber knurr mich bitte nicht an.«

Rosa wandte sich um und stapfte davon.

Sandra hatte Rosa noch nie so verärgert erlebt. Warum war sie so gereizt? Was oder wer hatte sie so in Rage versetzt, dass sie sich jetzt auch noch an dem *Sauhaufen* abreagieren musste? Das war doch nur ein Vorwand, auch wenn sie damit durchaus Recht hatte. Sandra war extrem schlampig, verlegte immer wieder Unterlagen, Notizen und Telefonnummern, die sie eigentlich auf die berühmte Wäscheleine hängen wollte, die quer durchs Büro gespannt war. Zugegeben. Jedes Mal war es Rosa, die mit ihrem Ordnungssinn wieder System in das Chaos brachte. Auch wenn Sandra der Meinung war, dass Rosas Ordnungsliebe langsam in einen Tick ausartete. Ihr selbst fehlte dafür jedes Verständnis. Dieses Gen tauchte offensichtlich nicht in ihrer Erbmasse auf. Eigentlich komisch, denn ihre Mutter schien ja auch im Putzfetzenschwingen ihr Seelenheil zu finden. Sie machte auch nicht vor Sandras Wohnung Halt. Und dann konnte sie sich anschließend wieder Litaneien anhören wie »Unfähige Hausfrau!« und »Was hab ich nur falsch gemacht?«

Montag, 2. Juli, 09.30 Uhr

Das Anwesen war noch prachtvoller, als Sandra es sich, von außen betrachtet, vorgestellt hatte. Die Villa lag auf einer kleinen Anhöhe über dem Attersee. Von der Terrasse führte ein gepflasterter, mit Lavendel gesäumter Fußweg an Hortensien, Hibiskussträuchern und Sommerflieder vorbei und endete unmittelbar vor einem Bootshaus mit eigenem Steg, der rund zehn Meter in den See hineinführte.

Die Hitze war schon jetzt unerträglich. Es würde ein außergewöhnlicher Badetag werden, bei dreiundzwanzig Grad Seetemperatur. Gerade richtig, um sich abzukühlen, wie Sandra fand.

Am gegenüberliegenden Ufer packten die ersten Badegäste ihre Decken auf den dafür vorgesehenen Flächen aus. Der bei den Seglern beliebte, sogenannte Rosenwind trug unverständliche Sätze an Sandras Ohr. Das Stimmengewirr wurde lauter und schlug um in entzücktes »Ah«- und »Oh«-Gejohle, als Schwäne und Enten, auf der Suche nach Futter, sich zwischen die Sonnenanbeter drängten. Touristen, dachte Sandra. Kurz erinnerte sie sich an die Vogelgrippe-Hysterie der letzten Monate. Sie war diesen Sommer anscheinend kein Thema mehr.

Wieder ließ Sandra ihren Blick zurückschweifen. An der Nordseite der Villa lehnten Teile eines Gerüstes. Die Fassade war offensichtlich erst neu gestrichen worden. Die gemauerte Grundstücksgrenze, die den Garten umschloss, war etwa zwei Meter hoch und von Efeu überwuchert. Es war nicht auf den ersten Blick zu erkennen, ob an irgendeiner Stelle einzelne Ranken abgerissen worden waren.

Sie schaute zur Terrasse hinüber. Die Tür zum Wohnzimmer stand offen und gab den Blick auf eine großzügige weiße Couchlandschaft frei. Davor lag eine Tagesdecke mit rosa Blumenmuster auf dem Holzfußboden, Laura Ashley.

Sandra und Rosa warteten, bis die Kollegen der Spurensicherung ihre Arbeit aufgenommen hatten, dann streiften auch sie die vorgeschriebenen Schutzanzüge, Latexhandschuhe und Schuhüberzieher über und begannen sich umzusehen.

Die nackte Gestalt lag neben dem Sommerflieder auf einer Patchworkdecke mit blauem und rosa Blumendekor, ebenfalls Laura Ashley. Sie hatte die Arme zur Seite gestreckt, die Beine gespreizt, die Augen geschlossen. Einen halben Meter daneben lagen zwei Sektgläser. Das Bild war grotesk. Lila, rosa und weiße Blütenblätter vermischten sich mit gelbem Blütenstaub, harmonisierten mit den Pastellfarben der Unterlage. Es erinnerte Sandra irgendwie an die Malerei des 17. Jahrhunderts: Stillleben mit Blütenblättern. Wenn da nicht der eingeschlagene Schädel, das mit getrocknetem Blut bedeckte Gesicht und die Handschellen neben der Leiche gewesen wären. Augenblicklich drängte sich Sandra der Gedanke auf, dass diese Frau noch vor wenigen Monaten Menschen verurteilt hatte, die derartige Verbrechen begingen. Jetzt war sie selbst Opfer geworden.

Jürgen Hofer stand wenige Zentimeter vor der Leiche. Seine Hände waren tief in den Taschen seiner Schutzkleidung vergraben. Sandra kannte seinen Grundsatz: Erst einmal nur schauen und nichts berühren. Erst wenn von der Spurensicherung alle Fotos geschossen und Skizzen angefertigt worden waren, begann seine Arbeit. Nur ab und zu schoss eine Hand aus der Tasche und verscheuchte ärgerlich die dunklen, fetten Fleischfliegen, die inzwischen begonnen hatten, sich über das ausgetretene Blut herzumachen.

»Scheiß Viecher«, schimpfte er, um gleich darauf wieder in andächtiges Beobachten zu versinken. Natürlich war es aussichtslos, gegen die Insekten anzukommen.

Sandra stellte sich neben ihn und fragte: »War sie sofort tot?«

»Möglich. Oberflächlich betrachtet, sehe ich keine Abwehrverletzungen. Es kann aber auch sein, dass sie aufgrund des ersten heftigen Schlages bewusstlos und erst nach weiteren Schlägen tot war. In diesem Fall hatte sie keine Chance, sich zu wehren. Kann aber auch sein, dass sie geschlafen hat, als es passierte. Übrigens, ihr Körper war verhüllt, als die Kollegen von der Spurensicherung hier angekommen sind.« Er hob eine Ecke der Baumwolldecke an, die neben die Leiche gezogen worden war. Sandra sah die Blutflecken auf der Unterseite, nickte und Hofer ließ die Decke wieder fallen. »Genaues nach der Obduktion.«

»Was denkst du. Womit wurde sie getötet?«

»Hm, keine Ahnung. Ich muss mir zuerst die Wunden genauer ansehen.« Er wandte sich an Sandra. »Und ich werde mich hüten, irgendwelche Spekulationen anzustellen, kann dir aber mit Sicherheit sagen, dass sie erschlagen wurde und etwa seit vierundzwanzig Stunden hier liegt. Auf den ersten Blick behaupte ich auch, dass ihre Position nach der Tat nicht verändert wurde. Aber der Rest..."

»Ich weiß, nach der Obduktion." Sandra kannte Jürgen Hofers brillante Schlussfolgerungen. Er war schon lange im Geschäft. Trotzdem gab er nie seine Vermutungen preis, ohne sie vorher durch Untersuchungen abzusichern.

Dennoch fragte Sandra: »Wie oft wurde zugeschlagen? Was denkst du?«

Hofer fuhr sich einige Sekunden lang mit dem Zeigefinger der linken Hand übers Kinn, dachte nach, dann antwortete er: »Vier-, fünf-, sechsmal.«

»Kanntest du sie?«

Hofer nickte. »Hatte oft mit ihr zu tun. Sie war eine gute Richterin.« Er räusperte sich. »Die Fälle, die auf ihrem Tisch landeten, wurden immer ganz genau durchleuchtet. Helga Wolf machte keine halben Sachen. Ihre Urteile waren gefürchtet, vor allem bei Männern, die Frauen und Kinder misshandelten. Da kannte sie kein Pardon. Sie war sehr stolz, gewiss nicht umgänglich. Aber wenn man sie einmal näher kennengelernt hatte, war sie durchaus eine fröhliche, aufgeschlossene Person. Humorlosigkeit konnte man ihr nicht vorwerfen. Zumindest für eine Frau, die ihr Leben lang mit Verbrechen zu tun hatte.« Wieder räusperte er sich. »Und man kann sagen, dass sie durchaus eine Frau war, die das gewisse Etwas hatte. Wenn du weißt, was ich meine?«

»Ich verstehe, was du meinst. Unnahbar bedeutet nicht gleich humorlos oder gar prüde.« Sie beugte sich nach vorn und betrachtete die Kopfverletzung und dann das Gesicht der Richterin. »Sie war attraktiv ... Weil du gerade von dem gewissen Etwas sprichst. Sie soll ja angeblich einen Jüngeren gehabt haben und deshalb Staatsanwalt Wolf verlassen haben«, sprach Sandra das Gerücht an.

»Keine Ahnung. Aber wenn's so war, geht's niemanden etwas an, oder?«, erwiderte Hofer heftig.

»Unsere Ermittlungen werden zeigen, ob es von Bedeutung war, oder nicht!«, widersprach sie ihm und wunderte sich, dass er so empfindlich reagierte. Sie sah ihn von der Seite an. Schwang da etwa so etwas wie Bedauern oder Trauer mit? Hatte die Wolf vielleicht auch eine Schwäche für Gerichtsmediziner? Aber Jürgen Hofer passte so gar nicht zu der Spezies, zu der sich die Richterin angeblich besonders hingezogen gefühlt hatte. Zwar war er schlank und mittelgroß, hatte aber graue kurze Haare und war sechzig. Aber, na ja. Was wusste sie schon vom bevorzugten Männertyp der Richterin? Und vielleicht stimmte es auch nicht, dass sie drauf aus war – obwohl so ein Schäferstündchen in der Gerichtsmedizin, zwischen stummen Zeugen ... Für manche Menschen mochte das einen ganz besonderen Reiz haben. Sie hütete sich jedoch, ihre Gedanken auszusprechen.

Sie hatte schon viel gesehen, aber an den Anblick von Menschen, die durch brutale Gewalt ums Leben gekommen waren, würde sie sich wohl nie gewöhnen. Zum Glück hatte Jürgen Hofer aufgehört, sie ins Gerichtsmedizinische Institut zu bitten, während er die Untersuchungen durchführte. Dieses Schneiden und Herumbohren! Dann noch diese gefliesten Böden und Wände, der Geruch nach Desinfektionsmittel und zu allem Überfluss der Anblick des schwärzlichen Blutes und des Mageninhalts oder gar von Eingeweiden, die in den Edelstahlabfluss hinunterrutschten. Mehr als einmal hatte sie sich übergeben müssen.

Ein Kollege von der Spurensicherung trat zu ihnen, wies auf den zerschmetterten Kopf. »Da hat jemand ganze Arbeit geleistet.«

Sandra hatte ihn schon einmal gesehen. Diese kurz geschnittenen, roten Haare. Ja, genau! Bei ihrem letzten Fall. Der Unfall auf der Himmelreichkreuzung. Sein Name war Hannes Peter.

Er hob den rechten Arm. Zwischen seinen behandschuhten Fingern hielt er ein Kondom in die Luft. Es war offensichtlich benutzt worden. »Der Typ hat's gschnackselt, bevor er ihr eins übergebraten hat«, sagte er breit grinsend, dann ließ er das Ding in einer kleinen Pappschachtel verschwinden.

»Na, hoffentlich hat er's ihr ordentlich besorgt, bevor er ihr den Schädel eingeschlogn hat«, äffte Sandra den Tonfall mit oberösterreichischer Dialektfärbung nach.

Peter verdrehte die Augen und zog ab.

Sie wandte sich wieder an den Gerichtsmediziner, der inzwischen neben der toten Richterin auf dem Boden kniete. »Denkst du, dass sie gefesselt war, während sie Sex hatten?«

Josef Hofer nickte. Er zeigte auf die Handgelenke. »Die Dinger haben Spuren hinterlassen. Obwohl sie mit Stoff überzogen sind.«

»Wo bekommt man so was?«, fragte Rosa.

»Sexshop«, mutmaßte Sandra und wandte sich dann wieder Hofer zu. »Hatte sie die Dinger noch um, während er sie erschlug?«

»Ich glaube nicht. Warum hätte er sie danach abnehmen und neben die Leiche legen sollen?«

Das klang logisch.

Sie dachte kurz nach. »Wir werden wohl nicht viel erfahren, wenn wir hier rumstehen und die Wolf anstarren. Lass uns reingehen und uns im Haus umsehen«, forderte sie Rosa auf. »Wo ist eigentlich Buchegger?«

Der dicke Polizist stand in Hörweite und kam näher, als er Sandra nach ihm fragen hörte.

»Wo ist die Haushälterin?«

»Frau Loos ist meines Wissens in der Küche.«

»Ist jemand bei ihr?«

»Eine junge Kollegin und eine Ärztin vom Roten Kreuz.«

»Gut, geben Sie ihr Bescheid, dass wir in zwanzig Minuten mit ihr reden werden. Ich möchte mich vorher noch etwas im Haus umsehen.«

Er nickte und verschwand.

Auf dem Weg zum Haus fiel ihnen der gedeckte Tisch auf der Terrasse auf. »Für eine Person«, bemerkte Rosa.

Sandra griff nach einer Semmel im Brotkorb. »Das Gebäck ist frisch.« Sie drehte sich um und sah gedankenverloren zu dem toten Körper. Terrasse mit Seeblick, dachte sie. Jetzt Tod mit Seeblick. Die beiden Polizistinnen traten durch die offene Terrassentür ins Wohnzimmer. Sie registrierten eine Mischung aus Moderne und Biedermeier. Die Essgruppe stammte aus dieser Epoche: Um einen runden Tisch standen Sessel mit Sitzbezügen in weiß, passend zur modernen Couch. Dahinter die halb geöffnete Tür zur Küche. Leises Stimmengemurmel war zu hören. Wahrscheinlich redete die Ärztin beruhigend auf die Haushälterin ein.

»Wir haben eindeutig den falschen Beruf. Allein dieses Möbel hier ist ungefähr fünftausend Euro wert. Typisch Biedermeier. Die klare Form, wodurch die Holzmaserung zur Geltung kommt", sagte Rosa und wies auf einen Sekretär mit vier Schubladen und abklappbarer Schreibplatte. Darüber hing ein Bild von Ferdinand Georg Waldmüller. Ein Original?

»Ich wusste gar nicht, dass du dich mit Antiquitäten auskennst!«, sagte Sandra, während sie das Bild des bekannten Wiener Malers aus der Biedermeierzeit betrachtete.

»Tu ich auch nicht! War nur einmal mit einem Antiquitätenhändler liiert, der hatte so ein Ding im Laden stehen«, erklärte Rosa.

»Was wir jetzt schon wissen ist, dass das hier kein Raubmord war«, folgerte Sandra aus dem ordentlich aufgeräumten Wohnbereich. Keine Schublade war geöffnet oder gar herausgerissen worden, um den Inhalt auf dem Sternparkett zu verstreuen, kein Möbelstück schien entfernt worden zu sein, und es sah auch nicht so aus, als ob an den Wänden ein Bild fehlte. Das einzige moderne Stück in diesem Raum war eine HiFi-Anlage, deren Anschaffungspreis sich Sandra nicht einmal vorstellen wollte. Die Tote musste Wert auf Tonqualität gelegt haben. Sandra ging näher, drückte auf Open/Close. »Mozart«, las sie auf der herausfahrenden CD. »Cosi fan tutte.«

»Ich schau mir mal das obere Stockwerk an«, sagte Sandra zu Rosa. »Hör du dich inzwischen bei den Nachbarn um. Vielleicht hat jemand etwas bemerkt. Normalerweise gibt es in jeder Nachbarschaft jemanden, der Auskunft über das Leben seiner Mitmenschen geben kann.«

Kurz darauf betrat Sandra das großzügige Schlafzimmer. Durch eine Glasfront, die zur Hälfte zur Seite geschoben werden konnte, hatte man einen wunderbaren Blick über den See bis zum Höllengebirge. Sogar einige Masten der Segelboote, die im Yachthafen hinter dem Schloss Kammer lagen, konnte man von hier aus erkennen. See des Himmels, so hatte ihn der Dichter Franz Ginzkey genannt. Die Bettdecken waren zurückgeschlagen, die Laken zerwühlt.

Sandra strich mit der Hand über die Bettwäsche. Fühlte sich an wie Seide, eindeutig Hefel. Eine dieser Garnituren kostete rund hundertzwanzig Euro.

Im angrenzenden Badezimmer fand sie zahlreiche Tuben und Fläschchen. Das ganze Kosmetikprogramm war auf Anti-Aging Produkte aufgebaut. Sandra wunderte sich immer wieder, dass intelligente Frauen an Werbeversprechen glaubten, obwohl sie eigentlich wussten, dass gerade Produkte gegen Falten so gut wie nichts halfen, hielt sich aber mit dieser Frage nicht lange auf, sondern bestaunte die Wände des Raumes. Es sah aus, als wäre das gesamte Bad mit Marmorfliesen ausgelegt worden. Bei näherer Betrachtung bemerkte sie, dass die Marmorierung täuschend echt aufgemalt war. Dann setzte sie ihren Rundgang durch das Obergeschoss fort. Aber auch hier deuteten keinerlei Spuren auf einen etwaigen Raubmord hin. Sandras Gedanken drehten sich weiter.

Mord aus Leidenschaft? Sie mussten so schnell wie möglich das Sperma untersuchen.

Wenig später stieg sie gedankenverloren die Stufen ins Erdgeschoss hinunter. Als sie durch die Terrassentür trat, wäre sie beinahe mit Rosa zusammengestoßen.

»Die Befragung der Nachbarn hat nicht viel gebracht", sagte sie. »Die Villen an diesem Seeufer sind durch hohe Mauern und Sträucher voneinander abgeschirmt. Nicht so wie in Schörfling oder Weyregg, wo die Nachbarn über den Zaun miteinander plaudern können. Hier weiß keiner vom anderen. Außerdem sind die Besitzer der Villen nur vereinzelt anzutreffen. Du weißt ja, die meisten Anwesen sind Zweitwohnsitze.«

Sandra wusste das nur zu gut. Ein großer Teil der Villen und Häuser waren Feriendomizile für Großstädter aus Wien, Linz oder aus Deutschland. Zum Leidwesen der Einheimischen, die durch derartige Grundstücksverkäufe viele Zugänge zum See verloren hatten.

»Ich möchte trotzdem wissen, wem die Nachbargrundstücke gehören. Eruiere bitte die Namen aller Nachbarn. Egal ob Haupt- oder Zweitwohnsitz, und ob sie dieses Wochenende anwesend waren oder nicht.« Sie streifte ihre Latexhandschuhe ab, warf sie auf den Tisch. Sie hasste diese Dinger, sie machten ihre Hände rau und trocken.

Insgeheim sehnte sie sich nach einer Tasse Kaffee, sie hatte noch nicht gefrühstückt. Und etwas Ruhe, um besser nachdenken zu können. Sie durfte nicht vergessen, Jürgen nach der möglichen Tatwaffe zu fragen.

Aber das Gespräch mit der Haushälterin ging vor.

Montag, 2. Juli, 11.00 Uhr

Die Arbeitsfläche der Küche war völlig mit kleinen Mosaikkacheln versehen, weiß und blau. Das verschaffte dem Raum sofort eine behagliche Atmosphäre. Auch sonst stand er im Gegensatz zum Rest des Hauses. Er war klein und bescheidener möbliert. Die Mitte dominierte ein Eichentisch mit vier Stühlen darum. Auf einem saß eine Frau mit halblangen braunen Haaren. Sie starrte auf eine zusammengefaltete Pizzaschachtel, einen weißen Teller mit zwei liegen gebliebenen Shrimps und eine leere Champagnerflasche. Die Notärztin entfernte gerade die Armmanschette des Blutdruckmessgerätes. Eine junge uniformierte Polizistin stand unbeholfen daneben.

Die Kaffeemaschine auf der Anrichte war eingeschaltet. Der Kaffee duftete verführerisch.

»Frau Loos, ich bin Sandra Anders, Kriminalpolizei Linz. Man hat mir gesagt, dass Sie Helga Wolf gefunden haben?«, begann Sandra zaghaft, nahm gleichzeitig auf dem gegenüberstehenden Stuhl Platz. Rosa blieb hinter ihr stehen. »Ist Ihnen etwas aufgefallen? Vielleicht als Sie die Villa betreten haben? Etwas, das anders war als sonst.«

Maria Loos hob den Kopf. Sie war keine Schönheit, eher apart auf eine unauffällige Art, sonnengebräunte Haut mit Augen, die mindestens so braun waren wie ihre Haare. Ihr Körper steckte in kurzen Jeans und einem hellblauen Shirt. Die Kleidung ließ einen sportlichen Körper darunter vermuten. Sie bediente nicht das Klischee einer Putzfrau. Auch ihre Aussprache verriet, dass hier eine gebildete Frau saß. Ihr Alter schätzte Sandra auf Ende vierzig.

»Die Terrassentür stand offen.«

»Wie, die Tür stand offen?«

»Die Frau Doktor war Langschläferin. Sie stand seit ihrer Pensionierung selten vor zehn Uhr auf, deshalb beginne ich auch immer in den unteren Räumen. Erst wenn die Frau Doktor runterkommt, geh ich nach oben.«

»Und heute war das anders?«

Die Haushälterin nickte. »Warum ich heute ausgerechnet zuerst ins Wohnzimmer gegangen bin, kann ich nicht sagen. Normalerweise fang ich mit dem Bad im Erdgeschoss an. Es war ...« Sie suchte nach Worten.

»Instinkt«, half Sandra weiter.

»Ja, so könnte man sagen, Instinkt. Ich spürte gleich, dass irgendetwas anders war als sonst.«

»Die Terrassentür«, wiederholte Sandra.

»Genau. Frau Doktor Wolf hatte sie niemals offen stehen lassen, nicht um diese Uhrzeit.«

»Was haben Sie als Nächstes gemacht?«

»Ich bin nach oben.«

Die Küchentür öffnete sich. Buchegger schob seinen dicken Kopf durch die Tür. »Frau Anders, ich hab hier drei Männer, die angeblich für heute herbestellt worden sind.«

Sandra drehte sich herum. »Wozu?«

»Sie behaupten, für die Außenanlage zuständig zu sein.«

Maria Loos warf die Hände in die Luft, sprang von ihrem Stuhl hoch. »Oh, Gott, das hab ich ja ganz vergessen. Heute sollte der Rasen gemäht werden.«

»Dazu braucht es drei Männer? Wer sind sie?"

Die Haushälterin setzte sich wieder. »Frau Doktor Wolf hat eine private Firma damit beauftragt. Die kümmern sich schon seit Jahren um den Garten, schauen auch nach dem Unkraut. Das hab ich total vergessen, dass die für heute bestellt waren.«

»Die Männer sollen bitte einen Moment warten. Es kommt gleich jemand.« Sie deutete Rosa mit einem Kopfnicken, dass sie sich ihrer annehmen sollte. »Lass dir mal die Personalien und die Adresse der Firma geben und red mit ihnen.«

»Sie waren immer zu dritt«, warf Maria Loos ein. »Die Frau Doktor wollte, dass alles an einem Tag erledigt wird. Sie mochte es nicht, wenn fremde Personen sich in der Nähe der Villa aufhielten.«

»Meine Kollegin macht das schon, Frau Loos.« Rosa verschwand durch die Tür in den Gang. »Ich wiederhole jetzt mal, was Sie gesagt haben. Sie spürten, dass etwas anders war als sonst, die Terrassentür stand offen. Sie sind nach oben gegangen, und?«

Sandras Stimme klang ungeduldig. Sie hasste es, wenn sie ihrem Gegenüber jedes Wort aus der Nase ziehen musste, und sie hasste Unterbrechungen.

»Das Bett war unordentlich, die Decke zurückgeschlagen. So als wäre die Frau Doktor erst vor wenigen Minuten aufgestanden. Aber das Laken ... es war kalt. Verstehen Sie? Wenn jemand gerade aus dem Bett gestiegen ist, dann ist das Laken warm.«

Sandra nickte, als würde sie diese Tatsache heute zum ersten Mal hören.

»Ich hab halt überlegt, ob sie vielleicht schwimmen gegangen ist. War zwar ungewöhnlich, aber wissen Sie ... seit sie in Pension

war … sie ist ja frühzeitig pensioniert worden … ihre Gesundheit
… sie hat vielleicht auch ihre Gewohnheiten geändert, hab ich
gedacht. Dann bin ich halt runter in die Küche und hab Kaffee
gemacht. Frische Semmeln vom Bäcker hab ich auch mitgebracht.
Mach ich jeden Morgen, wenn ich putzen komm. Die Frau Doktor
gibt mir dann immer das Geld zurück.« Die Putzfrau machte eine
Pause, als wartete sie, ob sie vielleicht das Geld von der Polizei
zurückbekommen würde. Als Sandra keinerlei Anstalten machte,
ihre Geldtasche hervorzuholen, redete sie weiter.

»Auf dem Esstisch lag die Pizzaschachtel. Das war sehr ungewöhnlich, weil sich meine Chefin niemals Pizza liefern ließ. Entweder ist sie in ein Restaurant essen gegangen, oder sie hat sich
eine Kleinigkeit in der Küche gekocht, was aber selten vorkam.
Der Teller mit den Shrimps hat mich nicht verwundert. Sie mochte
gerne Fisch und manchmal nahm sie sich etwas aus Wien mit,
Feinkost vom Naschmarkt. Aber die Pizza. Na ja, vielleicht hingen
diese Veränderungen ja auch mit der Pensionierung zusammen,
wer weiß.« Die Haushälterin seufzte, rang erneut mit den Tränen.

»Und dann haben Sie Frühstück gemacht, wie üblich.«

»Ja. Draußen auf der Terrasse hab ich aufgedeckt. Die Frau Doktor hat so gerne auf der Terrasse gefrühstückt, mit Blick auf den
See.« Sie knüllte das Taschentuch zusammen. Rosa kam zurück,
nickte Sandra zu.

»Haben Sie sie gesucht?«

Tiefes Schniefen war die Antwort. »Ja, ja.« Maria Loos drückte
das Taschentuchknäuel gegen ihre nassen Augen. »Die Sonne hat
mich geblendet. Ich konnte nicht gleich sehen, ob die Badesachen
am Steg lagen. Es hätte ja auch sein können, dass sie mit dem Boot
ausgefahren ist. Sie hat ein Segelboot. Deshalb bin ich nach unten
gelaufen, um in die Bootshütte zu schauen. Und dann hab ich sie …«

Sie begann, heftig zu weinen. Ihr Körper zuckte. Sandra griff
über den Tisch, legte beruhigend ihre Hand auf den Arm der
Haushälterin. Die Notärztin reichte ihr ein neues Taschentuch.

»Es ist gut, Frau Loos.«

»Mein Gott, es war grauenhaft. Sie lag so reglos da, zugedeckt
und im Gesicht war Blut. Zuerst dachte ich, sie sei nur verletzt, aber

irgendwie hab ich gleich gespürt, dass sie tot war. «Sie presste das Taschentuch gegen den Mund.»Mir ist schlecht. Ich glaub ich muss ...« Sie sprang auf, rannte aus der Küche. Es dauerte einige Minuten, bis Maria Loos zurückkam.»Entschuldigung.«

»Sie brauchen sich nicht zu entschuldigen. Erzählen Sie mir lieber von Ihrer Chefin. Was war sie für ein Mensch? Hatte sie viele Freunde?«

Maria Loos berichtete, dass die Ehe ihrer Chefin kinderlos geblieben war, ihre Eltern bereits verstorben waren und dass sie nur selten Besuch bekam.»Sie war eine Einzelgängerin, wenn Sie so wollen. Sie hatte nicht viele Freunde. Die Villa war ihr Rückzugsort. Hier war sie am liebsten allein.«

Allein, dachte Sandra. Zwei Sektgläser und Handschellen deuteten auf alles andere als Alleinsein.

»Gibt es jemanden, den wir benachrichtigen müssen? Ein Lebensgefährte, eine Freundin? Irgendwer muss sich doch um den Nachlass kümmern.«

Maria Loos überlegte kurz.»Vielleicht ihre beste Freundin, die Frau Bachmann, Marianne Bachmann. Die war auch öfter in der Villa ... und vielleicht ... vielleicht ihr Ex-Mann. Der lebt in Linz.«

»Haben Sie zufällig eine Adresse oder Telefonnummer der beiden?«

Sie schüttelte den Kopf.

»Wissen Sie, wo diese Frau Bachmann wohnt?«

Wieder schüttelte sie den Kopf, sagte aber: »Muss aber in der Nähe sein ... sie kam immer mit einem blauen Mercedes mit Vöcklabrucker Nummerntaferl.«

»Das Kennzeichen haben Sie sich nicht zufällig gemerkt?«

»Na, so was merk ich mir nicht.«

»Was für ein Mercedes vielleicht? Cabrio, Limousine?«

»Ich kenn mich da nicht so aus, aber ein Cabrio war's nicht, eher ... eher so ein sportlicher Wagen ... so ... ich weiß nicht.«

»Ein Sportcoupé?«

Maria Loos zuckte mit den Achseln.»Ja ... so irgendwie.«

»Gut, wir finden die Adresse auch so raus. Wie oft helfen Sie hier im Haushalt?«

»Dreimal die Woche. Früher war ich nicht so oft hier, da hat die Frau Doktor ja noch in Linz gewohnt und ist nur an den Wochenenden gekommen, aber jetzt ...«

»Haben Sie noch andere Stellen?«

»Sonst arbeite ich noch in einem Geschäft und in zwei Privathaushalten in Vöcklabruck.«

»Sind Sie eigentlich angemeldet, Frau Loos?«

Verschämt blickte die Frau zu Boden. Das war Antwort genug.

»Gut. Lassen wir das. Das heißt aber, die Stelle hier ist Ihre wichtigste und Sie verbrachten relativ viel Zeit im Haus und in der Nähe der Richterin. Gab es einen Mann in ihrem Leben? Sind Sie jemals irgendjemandem begegnet, von dem Sie dachten, dass er die Nacht hier verbracht hat? Einem Liebhaber?«

»Nein.«

»Frau Loos, wir haben neben der Leiche Handschellen gefunden. Wissen Sie etwas darüber? Haben Sie die beim Putzen vielleicht einmal gesehen?«

Energisch schüttelte die Frau den Kopf. »Nein!«

Die Tür ging auf, Bucheggers massiger Körper tauchte erneut auf. »Da sind noch zwei Männer. Sie wollen das Gerüst abholen.«

Maria Loos sprang auf, sah auf ihre Armbanduhr. »Um Himmels willen, das hab ich auch vergessen.«

Sandra deutete ihr, wieder Platz zu nehmen, während Rosa sich erhob. »Meine Kollegin kümmert sich darum, Frau Loos. Sie müssen jetzt wirklich nicht ...«

Maria Loos setzte sich wieder.

»Die Fassade wurde neu gestrichen, oder täusche ich mich?«

Maria Loos nickte. »Hat eine ganze Woche gedauert. Die Arbeiter sind am Donnerstag fertig geworden.«

»Sind die Männer auch in der Villa gewesen?« Sandra dachte an Spuren.

»Nein, nur wenn sie auf die Toilette mussten. Haben sich aber die Schuhe vor dem Haus ausgezogen.«

Sandra nickte, machte sich Notizen, nur für den Fall, dass Farbe oder Mauerteilchen im Bericht der Spurensicherung auftauchen würden.

»War Ihre Chefin während der Arbeiten im Haus?«

»Nein.«

»Wo war sie»?

»Ich glaube in Wien. Ich hab's ja schon gesagt. Sie mag es nicht, wenn Fremde auf ihrem Anwesen sind, deshalb fährt sie meistens weg.«

»Das heißt, sie war vergangene Woche nicht im Haus.«

Die Haushälterin nickte. »Ja. Sie wollte Samstagmorgen zurückkommen.«

»Ist sie das?«

»Ich nehme es an, aber ich weiß es nicht. Ich bin ja erst heute Morgen ...«

„War Ihre Chefin auch in Wien, wenn die Gärtner kamen?«

Wieder nickte Maria Loos.

»Und die kommen wie oft?«

»Alle zwei Wochen, einen Tag lang. Außer im Winter.«

»Das würde bedeuten, dass Frau Doktor Wolf heute die Villa wieder verlassen hätte.«

»Nein. Das ist ja auch so eigenartig. Heute wollte die Frau Doktor einmal da bleiben.«

»Gut. Und wo war nun Helga Wolf, wenn sie in Wien war?«

»Ich weiß es nicht, nehme an bei einer Freundin.«

»Sie nehmen an, bei einer Freundin. Bei welcher?«

»Das hat sie mir nie gesagt. Sie hat immer nur gesagt, ich bin in Wien.«

»Und was war, wenn Sie eine dringende Entscheidung von Frau Doktor Wolf brauchten? Was, wenn ein Rohrbruch oder sonst etwas im Haus passiert war?«

»Dann hab ich sie am Handy angerufen.«

»Was haben Sie gemacht, dieses Wochenende?«

»Am Samstag hab ich meine Wohnung geputzt und gestern war ich baden, mit einer Freundin.«

»Wie lange?«

»So bis sieben, dann bin ich nach Hause, hab mir eine Kleinigkeit gekocht, hab ferngesehen. Gegen halb elf bin ich dann schlafen gegangen, musste ja heute früh raus.«

»Zeugen?«

»Am Abend war ich allein.«

»Gut.« Sandra notierte sich den Namen der Freundin. »Gab es sonst irgendetwas Ungewöhnliches. Vertreter? Besucher?«

»Solange ich im Haus war, nichts.«

»Und Sie waren die ganze Zeit anwesend, während die Maler ...«

»Nein, das geht sich ja mit meiner anderen Arbeit nicht aus. Ich war in der Früh da, ungefähr bis Mittag, dann bin ich wieder gefahren. Ich habe natürlich abgesperrt. Die Leute haben ja draußen gearbeitet.«

Sehr viel mehr erfuhr sie von Maria Loos nicht mehr. Sie sprach über ihre Chefin wie über eine Heilige. Sandra Anders stand auf, wechselte einen raschen Blick mit der Notärztin, die ihr stillschweigend die Erlaubnis gab, die Frau nach Hause zu schicken. Sie gab der uniformierten Polizistin ein Zeichen, sie zu begleiten. »Ich werde mich in den nächsten Tagen vielleicht bei Ihnen melden. Geben Sie uns auf alle Fälle eine Telefonnummer und Ihre Adresse, wo wir Sie jederzeit erreichen können.«

Rosa kam zurück. Sandra deutete mit dem Kopf in Richtung Kaffeemaschine. Ihre Assistentin verstand. Gedankenverloren schob sich Sandra durch die Tür in den Flur. Die Stimme von Hannes Peter riss sie aus ihren Gedanken. »Wir haben im Mistkübel zwei weitere Kondome gefunden, benutzte. Und einige dieser kleinen Plastikbehälter, in denen man Delikatessen transportiert. Sind alle vom Naschmarkt in Wien. Sie dürfte einige Schmankerl eingekauft haben. Shrimps, eingelegte Artischocken, getrocknete Tomaten und Oliven. Jedenfalls stand das auf den Pickerln, die auf den Behältern klebten. Wir vergleichen die Reste aus den Behältern mal mit den Rückständen vom Teller. Bin mir aber jetzt schon sicher, dass die Spuren ident sind. Tatwaffe haben wir leider keine gefunden, muss er mitgenommen haben.«

»Hat Jürgen schon etwas gesagt, wonach wir seiner Meinung nach suchen sollen?«

»Ja. Er vermutet einen stumpfen Gegenstand: Ein Hammer, ein Stein, aber auch eine Axt könnt es gewesen sein. Sie wissen ja, dass aus irgendeinem Grund zumeist die stumpfe Seite der Axt zum

Zuschlagen benutzt wird.« Er schüttelte den Kopf.»Warum auch immer das so ist. Vielleicht kann's uns einmal einer erklären.«

»Wir brauchen Spürhunde. Suchen Sie die gesamte Umgebung ab! Irgendwo muss dieses Ding doch liegen.« Sandra überlegte. »Komisch! Ein Mann schläft mit seiner Geliebten, verwendet Kondome, nach dem letzten Geschlechtsverkehr erschlägt er sie mit einem Gegenstand, den er mitnimmt. Das zuletzt benutzte Kondom aber lässt er da. Sehr eigenartig.«

»Vielleicht hat er es in der Eile nicht mehr gefunden?« Sandra lächelte spöttisch.»Die meisten Männer finden es dort, wo sie es vor dem Verkehr übergestülpt haben.« Unweigerlich drängte sich ihr ein Bild von einem Mann auf, der mit erschlafftem Glied und einem daran baumelnden Kondom eine Frau erschlägt. Sie musste lachen.

Ihr Gegenüber sah sie zuerst verwundert an, dann schien er ihre Gedanken zu erraten, denn er errötete leicht, als er sagte: »Ich meinte, dass er es abgezogen hat. Vor dem Mord!« Den Bruchteil einer Sekunde zögerte er, ehe er ihr ein Buch überreichte.»Das hier dürfte interessant sein.«

Sandra griff danach.

Reflexartig zog er es wieder zurück und kommandierte:»Handschuhe!« Sandra seufzte. Wie immer hatte sie keine eingesteckt und die von vorhin hatte sie irgendwo im Haus abgelegt. Bedauernd zuckte sie mit den Achseln, und Hannes Peter rief über seine Schulter hinweg einem Kollegen zu, er möge welche bringen.

»Was ist es denn?«, fragte Sandra, während sie sich die Handschuhe überstreifte.

»Ein Kalender«, antwortete er knapp.»Es lag in der untersten Schublade ihres Schreibtisches. Sie hat offensichtlich Buch darüber geführt, wann sie sich mit wem und wo getroffen hat. So wie es aussieht, ganz genau.«

»Das nennt man einen Terminkalender. Bei Menschen, die Termine haben, ist das nicht ungewöhnlich«, bemerkte Sandra in einem ruhigen, ein wenig zynischen Tonfall.

Peter verdrehte wieder die Augen, so als wüsste er, dass er es hier mit einer Verrückten zu tun hatte, aber im Moment nichts dagegen unternehmen konnte. Kommentierte aber Sandras Spitze nicht, sondern schwieg ganz einfach.

Sandra schlug eine Seite auf. »Wunderbar! Hier stehen aber nur Anfangsbuchstaben drin. Wie soll ich herausfinden, wer zum Beispiel am 5. Jänner mit A. gemeint ist?«, seufzte sie.

»Das ist jetzt Ihr Job. Ich finde Spuren, und Sie entschlüsseln sie.« Der hämische Unterton in Peters Stimme war nicht zu überhören. Er zuckte teilnahmslos mit den Schultern und wandte sich zum Gehen, drehte sich aber noch einmal um. »Ach ja, übrigens. Wir haben ihr Handy gefunden. Das letzte Telefonat hat sie mit einer Pizzeria geführt. Sie hat eine Pizza mit Thunfisch bestellt.«

Sandra nickte. Die Schachtel in der Küche. Sie schlug im Kalender den vergangenen Tag auf: Samstag, zwanzig Uhr: J. Es war nicht viel, aber immerhin etwas. Es gab gewiss nicht viel mehr als hundert Namen, die mit einem J begannen, Familiennamen nicht mitgerechnet.

Sie rief Buchegger zu sich.

»Wir werden ihren Ex-Mann benachrichtigen müssen. So wie's aussieht, der einzige Hinterbliebene. Die Kollegen in Linz sollen ihm die Nachricht vom Tod seiner Ex aber bitte persönlich überbringen. Nicht am Telefon. Außerdem will ich selbst auch noch mit ihm sprechen. Am besten noch heute. Dann brauche ich, so schnell wie möglich, eine vollständige Auswertung ihrer Telefonliste, Festnetz und Handy. Ja und die Kollegen in Vöcklabruck sollen für mich eine Marianne Bachmann finden. Sie fährt einen blauen Mercedes, wahrscheinlich Sportcoupé, Vöcklabrucker Kennzeichen. Ich will ihre Adresse, und was wir sonst noch haben.«

Buchegger notierte sich die Anweisungen, nickte zwischendurch. »Haben wir eine Adresse von Herrn Wolf?«

»Nein, haben wir nicht. Aber so viele Staatsanwälte mit diesem Namen wird es sicher nicht geben in Linz. Außerdem werden die Kollegen wohl selbst auf die Idee kommen, beim Landesgericht nachzufragen.«

Sandras Handy läutete. Sie hatte es ausnahmsweise einmal nicht in den Tiefen ihrer Umhängetasche versenkt, sondern obenauf gelegt.

Es war ihr Chef.

Sie blickte auf ihre Armbanduhr. Es war fünfzehn Minuten vor zwölf. Rosa trat neben sie und reichte ihr ein Häferl mit heißem Kaffee. Sandra formte mit ihren Lippen übertrieben das Wort DANKE und den Namen MARTIN.

»Was haben wir, Sandra?«, fragte Martin Holzer währenddessen.

Sie konnte sich einen gewissen Sarkasmus nicht verkneifen: »Die Lage sieht folgendermaßen aus: Wir haben hier eine tote Richterin. Ihr wurde der Schädel eingeschlagen, ziemlich brutal. Sie hatte offensichtlich Sex, vor ihrem Tod. Denke ich. Dabei waren Handschellen im Spiel. Ob der Kerl gut oder schlecht war, können wir zum jetzigen Zeitpunkt noch nicht sagen. Dazu müssten wir ihn erst einmal finden.«

»Sandra, lass deine blöden Sprüche und komm zur Sache. Die Journaille rennt mir die Tür ein. Ich brauche Fakten, die ich an diese Aasgeier weitergeben kann. In einer halben Stunde habe ich eine nicht besonders lustige Pressekonferenz, die ich eigentlich dir aufs Aug drücken könnte.«

»Hatten wir schon einmal eine lustige Pressekonferenz? Wenn ja, ist sie an mir spurlos vorbeigegangen.«

»Weißt du, was mich wirklich beruhigt?«, entgegnete Martin spöttisch. »Ich denke, dass einige Sensationsreporter sowieso schon zu dir unterwegs sind. Du weißt, eine tote Richterin ist nicht irgendeine Tote. Es ist wie ...« Er suchte nach dem richtigen Wort, vollendete den Satz aber nicht.

Sandra hörte, wie Martin an einer Zigarette zog, obwohl er schon lange mit dem Rauchen aufhören wollte. Sie war sich bewusst, dass ihr Chef in diesem Fall besonders unter Druck stehen würde. Nicht alle Tage wurde eine Richterin ermordet, da hatte er durchaus Recht. Die Öffentlichkeit würde nach grausamen Details verlangen. Auch sie mochte solche sensationsgierigen Fragen nicht. In dieser Situation war er nicht zu beneiden. Deshalb verzichtete sie darauf, ihm wegen seiner Raucherei zuzusetzen. Sie konnte sich lebhaft vorstellen, wie er gerade in seinem Büro auf- und ablief, wie ein gereizter Tiger in seinem Käfig. Martin war Anfang fünfzig und seit einiger Zeit ging er erstmals wieder mit einer Frau aus, obwohl seine Scheidung bereits sechs Jahre zurücklag. Er sah wesentlich jünger aus, als er tatsächlich war. Aber dieser Fall würde ihn einige graue Haare kosten.

Noch einmal nahm sie einen kräftigen Schluck Kaffee und sagte in ernstem Tonfall: »Ich denke, dass es kein Raubmord war. Die Wohnung ist so sauber, als wäre erst heute Morgen geputzt und aufgeräumt worden. Aber dem ist nicht so, denn die Putzfrau hat die Leiche gefunden und glaubhaft versichert, nichts angerührt zu haben. Woher weiß eigentlich die Presse jetzt schon davon? Wir sind gerade mal zweieinhalb Stunden vor Ort. Irgendwie werde ich das Gefühl nicht los, dass diese Ratten hinter Büschen sitzen und darauf warten, dass etwas passiert.« Sie war froh, dass Bernd sie nicht hören konnte.

»Sie wurden angerufen.«

»Wie, angerufen?«

»Es hat sich jemand die Mühe gemacht, in sämtlichen Redaktionen anzurufen und den Mord an Richterin Helga Wolf rauszuposaunen. Und zu unserem Glück hat er oder sie auch die größte Klatschzeitung nicht vergessen. Baby, wir sind morgen auf der Titelseite«, äffte er den Tonfall eines Managers nach, der zu einem Superstar sprach.

Sandra war fassungslos. »Könntest du das bitte wiederholen! Es hat jemand angerufen?«

»Ja, du hast richtig verstanden.«

»Wer war das?«

»Keine Ahnung, das sagen uns die Presseleute doch nicht«, antwortete Martin.

Einen Augenblick überlegte Sandra, ob ein Nachbar die Medien informiert hatte, um Seewalchen einen kostenlosen Beitrag in der Presse zu verschaffen. Immerhin war Hauptsaison, und Touristen besuchten aus unterschiedlichen Gründen den Attersee. Warum also nicht auch wegen eines Mordfalls?

»Wann?«

»Vor etwa zwanzig Minuten.«

Die Nachbarn hatten etwa vor einer halben Stunde vom Tod Helga Wolfs erfahren. »Vor zwanzig Minuten, sagst du? Das heißt, es bleibt mir ungefähr noch eine halbe Stunde, bis hier die Hölle los sein wird, oder?«

»Mit etwas Glück kommen sie zuerst zu meiner Pressekonferenz. Dann bleiben dir noch rund zwei Stunden.«

Plötzlich fiel Sandra ihr Bernd ein. War auch er schon informiert worden? Wenn ja, konnte er jeden Moment bei ihr auftauchen! Da war es wieder. Diese Unverträglichkeit. Sie Polizistin, er Journalist. Sandra fragte sich, wie lange diese Beziehung wohl gut gehen würde. Mal abgesehen von dem Einwand ihrer Mutter, dass Männer lieber eine Frau zu Hause hatten als eine Wilde, die auf Mörderjagd ging. Eine These, die Sandra stark bezweifelte.

»Hast du schon eine Vorstellung, in welche Richtung unsere Ermittlungen gehen werden?«, fragte Martin in ihre Gedanken hinein.

»Im Moment noch nicht. Das Bild ist so grotesk. Da schläft ein Mann mit einer Frau, und wahrscheinlich auch in beiderseitigem Einvernehmen, und erschlägt sie danach. Was bitte geht in so jemandem vor?«, fragte Sandra nachdenklich.

»Du weißt, dass Liebe und Hass gleichberechtigte Partner der Gefühlswelt sind«, antwortete ihr Vorgesetzter.

»Liebe muss ja nicht unbedingt im Spiel gewesen sein, Sex auf jeden Fall. Er hat ein Kondom benutzt.«

»Ein wirksamer Schutz vor Krankheiten und Schwangerschaften!«

»Um eine Schwangerschaft musste sich die Wolf nicht mehr sorgen. Die Frau war Ende fünfzig. Aber halten wir mal deine Theorie über mögliche Krankheiten fest. Wann verlange ich als Frau, dass der Mann, mit dem ich bumse, ein Kondom benutzt? Doch nur, wenn ich ihm nicht vertraue oder ihn nicht lange genug kenne. Den Grund werden wir schon noch rauskriegen. Aber wir haben jedenfalls Kondome mit Spermien. Zwei aus dem Mistkübel und eines, das neben der Leiche lag. Mal sehen, ob alle drei die gleiche DNA aufweisen. Ich persönlich gehe jetzt einmal von einem und nicht von drei Liebhabern aus.«

»Sie war pensioniert. Check zuerst ihr privates Umfeld.«

Sandra hörte durchs Telefon, wie sich Martin Holzer erneut eine Zigarette anzündete. »Weißt du, was mir ein Rätsel ist? Er hat das Tatwerkzeug mitgenommen, aber das Kondom liegen gelassen, beziehungsweise zwei im Mistkübel entsorgt. Warum nimmt er nicht zumindest das neben der Toten mit?«

Martin Holzer blies geräuschvoll den Rauch aus. »Vielleicht hat er nicht daran gedacht oder es nicht mehr gefunden.«

»Jetzt fängst du auch noch damit an. Diese Antwort hat mir schon Kollege Peter von der Spurensicherung gegeben. Sag mal! Was macht ihr Männer mit einem Kondom, das ihr zuvor benutzt habt? Hundertmeterschießen?«

»Denk mal nach. Wenn der Mord nachts geschehen ist, dann war es vielleicht einfach zu dunkel. Und hast du schon daran gedacht, dass die Spur mit dem Kondom womöglich fingiert ist?«

»Natürlich! Wenn es so ist, werden wir es herausfinden. Aber ich glaube nicht, dass jemand einen Freund bittet, mal eben in ein Kondom abzuspritzen, um es danach neben eine Leiche zu legen.«

»Das meinte ich nicht. Meine Gedanken kreisen vielmehr um eine Frau. Eine Frau, die Rache nehmen will, an einem Mann, der sie immer wieder betrügt, und an der Frau, mit der er sie immer wieder betrügt.«

»Hm.« Sandra stellte das leere Kaffeehäferl auf eine Anrichte, fingerte mit ihrer freien Hand an ihrem Löwen im rechten Ohrläppchen herum. Das tat sie immer, wenn sie nachdachte. Die Ohrstecker waren ein Geschenk ihrer Eltern zur bestandenen Polizeiprüfung, sie sollten ihr Glück bringen, sie bei der Arbeit beschützen. Sandra war im Sternkreiszeichen Löwe geboren.

»Vielleicht hast du Recht. Das könnte eine Spur sein. Eine Betrogene, die das gute Ding ganz bewusst liegen ließ. Quasi für uns als ersten Anhaltspunkt.«

»Na dann, viel Spaß bei der Arbeit.« Martin legte auf.

Sandra blieb mit dem Handy in der Hand stehen und grübelte über das Gespräch mit Martin nach, entschloss sich aber, die Untersuchung nicht auf das private Umfeld der Richterin zu beschränken.

»Wir müssen so schnell wie möglich das Umfeld Helga Wolfs durchleuchten. An welchen Fällen hat sie vor ihrer Pensionierung gearbeitet? Wurde sie jemals bedroht? Wer sind ihre Freunde?

Hatte sie einen festen Liebhaber? Wo kommen die Handschellen her? Und, und, und ...«, sagte sie zu Rosa. »Was war eigentlich mit diesen Männern?«

Rosa nahm ihren Notizblock zur Hand. »Die Firma Garten&So betreut hier schon seit sieben Jahren die Außenanlage. Es sind immer dieselben drei Männer. Sie kommen alle zwei Wochen im Frühling, Sommer und Herbst, mähen den Rasen, schneiden welke Blüten von den Sträuchern, rechen Laub, alles, was halt so ansteht, je nach Jahreszeit. Im Winter kommen sie nicht. Ins Haus sind sie nur, wenn jemand von ihnen auf die Toilette musste, solange die Haushälterin da war. Mit der Richterin selbst hatten sie keinen Kontakt. Ihre Anweisungen haben sie von ihrem Chef erhalten, der wiederum von Maria Loos informiert wurde, wenn sich im Ablauf einmal etwas geändert hat. Die Männer, die das Gerüst abgeholt haben, waren nicht die, die die Fassade gestrichen haben.«

»Überprüf das mal, auch die Namen der Männer, etwaige Vorstrafen, wie lange sie schon bei der Firma arbeiten und so weiter. Den von Maria Loos lass auch durch den Computer laufen. Sicher ist sicher. Und ich werde auf alle Fälle der Gärtnerei und dem Malereibetrieb einen Besuch abstatten.«

Sie schwiegen einige Sekunden, während Sandra auf die Motorengeräusche vorbeifahrender Autos achtete. Wenn es ihr gelänge, Bernds Wagen rechtzeitig zu hören, falls er auftauchte, könnte sie ihn abfangen.

»Soll ich gleich ins Büro zurück?«, riss Rosa Sandra aus ihren Gedanken.

»Nein. Das hat sicher Zeit. Wir müssen jetzt gleich einen Trupp zusammenstellen, der die Gegend absucht und noch mal die Leute befragt. Wenn die Nachbarn schon so eifrig die Presse benachrichtigen, hat ja vielleicht doch jemand etwas beobachtet und es ist ihm oder ihr erst jetzt wieder eingefallen. Sind die Hunde schon da?«

Rosa nickte. »Eben eingetroffen.«

»Dann mal los.« Sandra Anders spürte, wie sie das Jagdfieber packte. Das war ein gutes Zeichen. Sie würden das Schwein finden.

Wieder läutete ihr Handy. Rosa verschwand. Sie wollte die Kollegen mit den Hunden informieren und dann gemeinsam mit Buchegger und noch ein paar Polizisten die Gegend abklappern. Diesmal war es Bernd. Ihre Muskeln verkrampften sich und ihr Herz pochte wild. Sie wusste, dass sie den Mann, den sie liebte, nun behandeln musste wie jeden anderen Journalisten auch. Keine Ausnahmen!

»Hallo«, sagte sie knapp. Ihre Stimme klang abweisend. Kein »Guten Morgen«, kein »Wie geht es dir?«, einfach nur »Hallo.«

Bernd begriff sofort. »Ich habe keinen Dienst«, kam es ebenso frostig zurück. »Ich wollte dich nur davon in Kenntnis setzen, dass ich in meine Wohnung fahre. Ich will nicht, dass du dich unter Druck fühlst. Du sollst nicht das Gefühl haben, dass ich hier herumsitze und auf dich warte. Dann kannst du in Ruhe deinen Job erledigen. Und ich habe frei heute.«

Sandra ärgerte sich. Natürlich hatte niemand Bernd losgeschickt. Heute saß dieser Kuhn im Büro, ein freier Mitarbeiter. »Hab ich ganz vergessen«, sagte sie. »Und hier bei mir wird gleich die Hölle los sein. Jemand hat anonym die gesamte Presse verständigt. Ich dachte ...«

»Du dachtest, da ruft jetzt gleich Bernd an und will eine Exklusivstory. Mensch, Sandra! Inzwischen solltest du mich kennen.« Dann schwieg er.

Sandras Magen krampfte sich zusammen. Warum war sie eigentlich so ruppig? Heute Morgen hätte sie ihn am liebsten geweckt, um ihn zu vernaschen, und jetzt war sie kalt wie ein Fisch. War es wirklich nur die scheinbar unüberwindbare Kluft zwischen ihren Berufen? Bernd hatte ihre Position noch nie ausgenutzt, um an Informationen zu kommen. Sie hätte ihn wirklich besser kennen müssen. Aber noch bevor sie sich bei ihm entschuldigen konnte, legte er auf.

Sie würde ihn heute Abend überraschen.

Dann wurde ihre Aufmerksamkeit auf die ersten eintreffenden Journalisten gelenkt. Sandra gab Anweisung, niemanden auf das Grundstück zu lassen. »Filmaufnahmen und Fotos nur von der Straße aus«, rief sie einer jungen Polizistin in Uniform zu, die an der Einfahrt Wache hielt. Sandra hoffte, dass sie die Meute in Schach halten konnte. Sie selbst ließ sich nicht in der Nähe der Presseleute blicken. Sie hatte keine Lust, Fragen zu beantworten. Auch nicht dazu, »Kein Kommentar!« zu sagen.

Bernd Rotaro war durch das Läuten seines Handys aus dem Schlaf gerissen worden. Es war sein Chef gewesen, aber das wollte er Sandra nach ihrer frostigen Begrüßung nicht erzählen. In Gedanken ging er das Telefonat noch einmal durch. Wolfgang Kemeter, der von seinen Kollegen Wolferl genannt wurde, weil er gerne Mozart hörte, wusste natürlich inzwischen, dass sein Vöcklabrucker Lokalredakteur mit einer Inspektorin ins Bett stieg. Alle wussten das. So etwas ließ sich nicht lange geheim halten. Bernd hatte zwar einen dicken Kopf, weil er und Sandra am Vorabend zu viel Rotwein getrunken hatten, aber als Kemeter ihm von der ermordeten Richterin erzählte, konnte er sofort eins und eins zusammenzählen.

„Ich weiß! Du hast frei", leitete sein Chef das Gespräch ein. Bernd hörte, wie er sich eine Zigarette anzündete und inhalierte, bevor er weitersprach. „Aber vielleicht bekommt deine Inspektorin den Fall zugewiesen, dann wärest du näher am Geschehen als irgendein anderer Kollege!«

»Tut mir leid, Wolferl. Aber Sandra und ich sitzen gerade in München bei einer Tasse Kaffee. Wenn überhaupt, wird sie den Fall wohl erst morgen auf den Tisch bekommen«, hatte Bernd gelogen. Sein Chef hatte gemurrt.

»Außerdem darf sie mir nicht mehr Informationen geben als meinen Kollegen. Das weißt du!«

»Ich meine ja nur«, hatte Kemeter geknurrt. »Vielleicht kann sie ja in diesem Fall eine Ausnahme machen. Es handelt sich ja nicht um irgendeine Tote, sondern um eine angesehene Richterin. So gesehen eine Angelegenheit öffentlichen Interesses. Lass die Lokalscheiße Kuhn machen. Der braucht sowieso Geld, und du kannst dich ganz auf die Richterin konzentrieren. Quasi für die Linzer Redaktion.« Er machte eine kurze Pause. »Deiner Karriere würde es jedenfalls nicht schaden!«

Manfred Kuhn war freier Mitarbeiter, gerade mal Vierundzwanzig, mit dem Studium fertig und begierig darauf, so viele Artikel wie möglich zu schreiben. Kein Wunder bei der schlechten Bezahlung freier Journalisten. Normalerweise hätte es Bernd gefreut, Manfred Arbeit zukommen zu lassen. Aber in diesem Fall ... Er war wütend geworden. Mit einem Satz war er aus dem Bett gesprungen, was er besser nicht getan hätte. Sofort war ein stechender Schmerz durch seinen Kopf gefahren. Er hatte die Zähne zusammengebissen und ins Telefon geknurrt. »Was ist das jetzt? Erpressung oder willst du mir drohen?«

»Weder noch, aber ich weiß, dass hier in der Redaktion bald die Stelle eines leitenden Kulturredakteurs frei wird. Und es ist ja kein Geheimnis, dass du in dieses Ressort willst, schließlich hast du einige Semester Kunstgeschichte intus. Ich könnte da ein bisschen helfen, wenn du mir auch mal ein wenig entgegenkommst.«

Damit war das Telefonat beendet.

»Arschloch«, hatte Bernd geschimpft und sein Handy aufs Bett geworfen. Aber erst als er sich sicher war, dass sein Chef es nicht mehr hören konnte. Er hatte einige Minuten gewartet, bis er Sandra angerufen hatte. Niemals hätte er sie nach Informationen gefragt, die ihm einen Vorteil gebracht hätten. Wenn er nur mit ihr befreundet gewesen wäre, hätte er vielleicht keine Skrupel gehabt, aber in ihrem Fall war Liebe im Spiel. Er liebte diese Frau wirklich. Ihre kurzen, dunklen Haare, ihr Gesicht, das sie nie mit Make-up verschmierte. Er liebte die Art, wie sie an ihren Ohrsteckern drehte, wenn sie nachdachte. Kleine silberne Löwen, ihr gemeinsames Sternzeichen. Er liebte es, wenn sie mit nassen Haaren aus der Dusche kam und ihn verführte. Er war nicht bereit, diese Liebe seinem Beruf zu opfern.

Langsam ging er in die Küche. Auf dem Tisch stand ein Tablett mit einer Thermoskanne, zwei weichen Eiern, frischen Semmeln, Butter und Honig. Sandras Mutter, dachte er grinsend, nahm sich vor, nicht mehr nackt durch die Wohnung zu laufen, und machte sich über das Frühstück her. Nach der zweiten Tasse Kaffee hatte sich sein Ärger über seinen Chef schon wieder ein bisschen gelegt. Er hasste diesen sensationslüsternen Teil seiner Arbeit. Immer wieder mussten sie Menschen in Ausnahmesituationen interviewen. Eltern, deren Kind gerade ums Leben gekommen war. Familien, deren Vater tödlich verunglückt war. Die Frage nach einem aktuellen Foto ließ ihn jedes Mal einen Brechreiz im Hals spüren. Auch aus diesen Gründen wollte er unbedingt zur Kulturredaktion wechseln.

Bernd öffnete das Küchenfenster. Er genoss den Anblick Schörflings: Felder, der Kirchturm und rote Ziegeldächer. Den See konnte man von hier aus nicht sehen, aber dafür die Möwen, die hoch über dem Wasser kreischend durch die Luft segelten. Die Sonne stand am wolkenlosen blauen Himmel. Es war ein wunderbarer Tag. Einer von denen, die den schönen Teil des Salzkammerguts ins rechte Licht setzten und im Laufe der Jahrhunderte allerlei Künstler in den Bann gezogen hatten. Auch wenn die Menschen, die hier lebten, manchmal ganz schön eigensinnig waren.

Nach wenigen Minuten wandte er sich um und ging ins Badezimmer. Kurz darauf verließ er die Wohnung. Er würde eine Entscheidung treffen müssen.

Montag, 2. Juli, 14.00 Uhr

Um zwei Uhr fuhren die beiden Frauen in Sandras schwarzem Golf über die Autobahn Richtung Linz. An einem Montag war das ein Problem, denn LKWs und dichter Verkehr hielten sie unnötig auf. Sie hatte keine Augen für den weithin sichtbaren Traunstein, den steinigen Wächter des Salzkammergutes, sondern überlegte stattdessen, worüber sie Walter Wolf befragen wollte.

Buchegger hatte veranlasst, dass Walter Wolf von Linzer Kollegen über den Tod seiner geschiedenen Frau informiert worden war. Sandra hatte jedes Mal ein Problem damit, den Hinterbliebenen dabei in die Augen zu sehen, auch wenn es sich um Ex-Partner der Opfer handelte und sie mit schwachen emotionalen Ausbrüchen rechnen konnte. Sie war ganz einfach zu nahe am Wasser gebaut. Kaum brach jemand vor ihr in Tränen aus, hatte sie Mühe, nicht gleich mitzuheulen. Auch bei Fernsehfilmen erging es ihr ähnlich. Bei Krambamboli genügte bereits der Vorspann, um nach einem Taschentuch zu greifen.

Das Haus Walter Wolfs lag am Linzer Pöstlingberg, in einer ruhigen Straße, in der vorwiegend Menschen mit gutem Einkommen lebten. Dieser Mann hatte sich bis zu seiner Pensionierung zu einem der erfolgreichsten Staatsanwälte Österreichs gemausert. Er war bekannt gewesen für seine ruhige Art, an Fälle heranzugehen, aber auch dafür, dass er ermittelnden Beamten die Hölle heiß machte, wenn diese – seiner Meinung nach – nicht effizient genug arbeiteten.

Walter Wolf war ein hochgewachsener Mann und laut Bucheggers Informationen achtundsechzig Jahre alt. Seine strahlend blauen Augen, sein hellblondes Haar und seine gebräunte Haut ließen ihn jünger erscheinen. Höchstens wie Ende fünfzig. Er trug Jeans und einen weißen Sommerpullover. Soweit Sandra von ihren Kollegen wusste, hatte er die Todesnachricht mit eiserner Beherrschung aufgenommen. Sein Blick verriet keine Trauer.

Sandra stellte Rosa und sich selbst vor, sprach ihm ihr Beileid aus, ohne darüber nachzudenken, ob das einem Ex-Mann gegenüber üblich war.

»Danke!«, erwiderte er knapp und führte sie ins Wohnzimmer. Der Raum war groß und modern eingerichtet: dunkler Nussholzboden, Wohninsel und Couchtisch von Rolf Benz, ein ovaler Esstisch mit acht Stühlen aus Kirschholz und eine Bar aus hellem Stein und Glas. Das Wandregal war von oben bis unten voller Bücher. Rechts daneben war ein teurer CD-Player an der Wand befestigt. Die CDs dazu befanden sich wahrscheinlich in dem darunter stehenden Sideboard. Auch hier Kirschholz. Perfekte Tischlerarbeit.

Ein kurzer Blickwechsel zwischen Sandra und Rosa bezeugte, dass beide das Gleiche dachten. Hier spielte Geld keine Rolle. Genauso wenig wie in Helga Wolfs Villa.

Durch die großen, weit geöffneten Fenster gegenüber der Couch hatte man einen herrlichen Ausblick auf den Garten und die am Fuße des Pöstlingberges gelegene Stahlstadt. Deutlich erkannte sie die Glasfront des Kunstmuseums Lentos, die nachts in den verschiedensten Farben leuchtete. Ein lautes Krächzen erschreckte Sandra. Auf dem obersten Ast einer etwa vierzig Meter hohen Fichte schlug ein Rabe kurz mit den Flügeln und erklärte lauthals diesen Wipfel zu seinem Revier.

Walter Wolf bot den beiden Inspektorinnen einen Kaffee an, was sie dankbar annahmen, und bat sie, auf der Couch Platz zu nehmen. Während der Staatsanwalt in die angrenzende Küche ging, fiel Sandras Blick auf die Gemälde an den Wänden. Auch hier hingen Originale. Aber im Gegensatz zu Helga Wolf schien sich ihr Ex-Mann eher für moderne Kunst zu interessieren.

Walter Wolf kam zurück und stellte ein braunes Holztablett mit drei Kaffeetassen, Löffeln, etwas Milch und einer weißen Zuckerdose auf den Couchtisch. Dann setzte er sich den beiden Frauen gegenüber. In wenigen Worten berichtete Sandra, was sie bisher wussten. Nur die Sache mit den Handschellen und den Kondomen ließ sie aus. Warum, wusste sie auch nicht genau.

»Und was kann ich für Sie tun, meine Damen?« Der Klang seiner Stimme war höflich aber distanziert. So wie zuvor der Rabe mit seinen Flügeln markierte Wolf mit jedem Ton und jeder Geste sein Revier.

Sandra beugte sich nach vorn, nahm ihre Tasse mit dem dampfenden Kaffee in die Hand und lehnte sich wieder zurück. »Wir haben gehofft, dass Sie uns etwas über Ihre Frau ... ähm Ex-Frau erzählen könnten. Wie sie war, welche Vorlieben sie hatte und wie ihr Leben aussah.«

»Was denken Sie, soll ich Ihnen erzählen können? Helga und ich hatten kaum mehr Kontakt zueinander. Ich glaube ...«, er fuhr sich nachdenklich mit der Hand über sein Kinn, bevor er weitersprach, »ich habe sie zuletzt vor einem Jahr getroffen. Das war zufällig, auf der Landstraße, hier in Linz. Für viel mehr als ein Guten Tag hat es nicht gereicht.« Er strich sich über den Kopf. Für Sandra waren das eindeutig zu viele Handbewegungen für eine so banale Antwort. Irgendetwas blitzte in seinen blauen Augen auf. Sie registrierte den festen Blick eines Mannes, der es gewöhnt war, Macht zu besitzen und Recht zu bekommen, und wusste, dass er ihr nur bis zu einem gewissen Punkt antworten würde. Und diesen Punkt würde er festlegen.

»Danach haben Sie sie nicht mehr gesehen?«

Wolf dachte einige Sekunden nach, schüttelte dann verneinend den Kopf. »Ich bin ja schon seit mehreren Jahren in Pension und war nur noch selten im Gericht. Und woanders habe ich meine Ex-Frau kaum getroffen. Wie gesagt, unser Kontakt zueinander ist nahezu abgebrochen.«

»Telefoniert?«

Wieder folgte eine kurze Pause. »Jetzt wo Sie's erwähnen ... doch, ein- oder zweimal. Es ging um ein Bild, das Helga haben wollte. Ich habe es ihr nicht überlassen ... ist zwar nicht mein Stil. Biedermeier. Ein Hochzeitsgeschenk meiner Schwiegereltern. Aber als Wertanlage durchaus vertretbar. Helga hat ja in dieser Hinsicht das Alte dem Jungen vorgezogen.« Schon wieder war andeutungsweise ein verächtlicher Unterton zu hören. Vielleicht bildete sie es sich auch nur ein, weil sie das Gerücht kannte.

»Ich mag moderne Kunst.« Wolf machte eine ausladende Handbewegung und bezog damit alle Bilder an den Wänden mit ein.

»Sehe ich«, sagte Sandra und schenkte für einen kurzen Augenblick den Farbradierungen und Ölgemälden ihre Aufmerksamkeit, um dann das Thema zu wechseln.

»Seit wann sind Sie geschieden?«

»Seit ... warten Sie, ich muss nachsehen. So genau weiß ich es nicht.« Er verließ das Wohnzimmer und kam wenig später wieder mit einer Mappe in der Hand zurück. »Seit dem 20. Juni 2001.«

»Sechs Jahre.« Rosa holte ihr Notizbuch und einen Stift aus ihrer Tasche, um sich das Datum aufzuschreiben.

Walter Wolf sah ihr dabei zu. »Ich weiß nicht, was das mit Helgas Tod zu tun haben soll.«

Sandra hob bedächtig ihre Tasse hoch, führte sie zu ihren Lippen und nahm einen Schluck. Sie wollte Zeit gewinnen, denn sie wusste nicht, was sie diesen Mann noch fragen sollte.

»Es geht darum, ein umfassendes Bild von Ihrer Ex-Frau zu bekommen.«

Walter Wolfs Lippen verzogen sich zu einem frechen Schmunzeln. Er war Staatsanwalt gewesen, er kannte diese berühmten Blubbsätze, wenn man orientierungslos im trüben Gewässer fischte. Er lehnte sich zurück, verschränkte seine Arme. »Und was genau wollen Sie jetzt wissen? Schuhgröße? Sterbedaten der Eltern? Geburtsdaten der Tanten?«

Sandra dachte nicht daran, sich von ihm aus der Ruhe bringen zu lassen.

»Wir haben einen Mord aufzuklären.«

»Und was führt Sie dann ausgerechnet zu mir?«, fragte Wolf unwirsch.

Sandra setzte ihr charmantes Lächeln auf. Ihr Handy läutete. Es war Buchegger. Sie reichte das Telefon Rosa weiter.

»Weil Sie der einzige Hinterbliebene sind. Warum haben Sie sich scheiden lassen? Sie waren doch beide erfolgreich, hatten alles, was sich andere Menschen ein Leben lang wünschen.«

Er nahm die Arme wieder runter, beugte sich vor, um seine Tasse in die Hand zu nehmen, drehte sie hin und her. »Meine liebe Frau Anders.« Sein Tonfall war arrogant. »Ich weiß zwar noch immer nicht, inwiefern Ihnen das bei der Aufklärung des Mordes an meiner Ex-Frau helfen könnte. Aber weil ich heute gut gelaunt bin, werde ich Ihnen antworten. Sagen wir so. Wir haben uns ganz einfach auseinandergelebt, hatten unterschiedliche Lebensauffassungen. Das hat weder etwas mit Erfolg oder mit unerfüllten Wünschen zu tun. Jede Beziehung kann bestehen bleiben oder auseinandergehen, mit und ohne Geld. Und wenn Sie's ganz genau wissen wollen. Wir waren beide froh, als alles vorbei war.«

»Froh? Hat nicht jede Scheidung so einen fahlen Beigeschmack von Niederlage?«, fragte Sandra. Rosa gab das Handy zurück und reichte ihr einen Zettel. Sandra warf einen kurzen Blick darauf, registrierte Marianne Bachmanns Namen und eine Adresse in Nußdorf, nickte, überließ ihn aber wieder Rosa.

»Niederlage! Wie das klingt.« Wolf setzte seine Tasse geräuschvoll auf die Untertasse. »Sind Sie verheiratet?«

Sandra schüttelte verneinend den Kopf.

»Dann fehlt Ihnen auch die Kompetenz, hier mitzureden.« Sie schwiegen eine ganze Weile. Sandra kochte innerlich vor Wut. Dieser Mann war ein arroganter Schnösel, dem es gelang, sie mit wenigen Worten und Gesten auf ihren Platz zu verweisen. Nach geraumer Zeit holte er tief Luft, blies diese ungehalten wieder aus, so als hätte er ein kleines Kind vor sich, dem er zum wiederholten Mal erklären musste, wie die Spielregeln eines einfachen Spiels gingen. »Also gut, Frau Anders. Unsere Ehe, wenn Sie so wollen, war nicht die Erfüllung. Es war mehr eine Zweckehe. Das kann ich Ihnen ja verraten. Sie würden es sowieso erfahren, sobald Sie die Kollegen am Gericht befragen. Und das werden Sie tun, davon gehe ich aus.«

Sandra nickte stumm.

»Wir waren einfach zu unterschiedlich. Als wir heirateten, hat sie sich dem Willen ihrer Eltern gebeugt, so wie sie es immer tat, sogar bei der Wahl ihres Berufes. Sie selbst wollte nie Richterin werden, sondern Sozialarbeiterin, Behindertenpädagogin, irgendetwas Soziales machen. Aber dieser Wunsch ... na ja. Sie müssen wissen, mein Schwiegervater war ein angesehener Richter am Landesgericht, und meine Schwiegermutter kam aus einem Haus, wo man Töchter mit guten Partien verheiratete. Wenn Sie wissen, was ich meine? Die beiden hätten nie geduldet, dass ihre Tochter einen Beruf ergreifen oder einen Mann heiraten würde, der nicht ihrem Stand entsprach und somit nicht in ihre Kreise passte. Und ... zugegeben, ich suchte ebenfalls nach einer adäquaten Partnerin. In unserem Beruf kann die Partnerwahl ausschlaggebend für Karriere oder Niederlage sein.« Seine Stimme klang hart.

»Und bei Ihnen beiden war es die Karriere.«

»Schlecht?«

Sandra schüttelte den Kopf. »Ich habe nicht zu urteilen, ich brauche nur Fakten.« Sie dachte an Bernd. Sie wäre nicht fähig, einen Mann zu heiraten, den sie nicht liebte. Und wenn es hundert Mal ihrer Karriere dienlich wäre. »Aber ich dachte, wir lebten im 21. Jahrhundert und so etwas wie vereinbarte Ehen gäbe es nicht mehr?«

»In diesen Kreisen gibt es sie nach wie vor. Liebe vergeht, Erfolg bleibt, wenn man ihn pflegt.« Walter Wolf lächelte süffisant.

Und Hass wird mit den Jahren nicht schwächer, dachte Sandra. Ihr fiel das Gespräch mit ihrer Mutter ein. Auch sie hätte, wenn es nach den Plänen ihrer Eltern gegangen wäre, den elterlichen Bauernhof übernehmen und Michael, den reichsten Bauern im Ort, heiraten sollen. Aber ihre Eltern hatten ihren Wunsch akzeptiert, Polizistin zu werden. Wenn auch widerwillig.

»Meine Schwiegereltern waren ganz einfach konservativ. Ich passte in ihr Bild, also hat Helga mich auserwählt und geheiratet. So etwas nennt man ein Arrangement.« Beim letzten Satz schwang wieder ein Ton der Überheblichkeit mit.

Ich würde das Inzucht nennen, dachte Sandra. Der Vergleich drängte sich ihr unmittelbar auf, wenngleich derart arrangierte Ehen natürlich mit einer sexuellen Beziehung von Verwandten nicht gleichzusetzen waren.

Walter Wolf erhob sich und stellte sich mit dem Rücken zu ihnen vor die Glasfront, sah in den Garten. »Die Beziehungen meiner Schwiegereltern haben meiner Karriere gut getan. Basta. Und was Helga anging ... natürlich hatte diese strenge und überaus konservative Erziehung ihre Spuren hinterlassen. Niemand und nichts konnte ihren Ansprüchen gerecht werden. Für meine Ex-Frau war nichts gut genug.« Bitterkeit hatte sich im Laufe der Jahre tief in ihm eingefressen, so viel verriet seine Körpersprache.

»Es ging Ihnen aber letztendlich nur um Ihre Karriere?«, ereiferte sich Rosa.

Der pensionierte Staatsanwalt wandte sich langsam um, streifte Rosa mit einem vernichtenden Blick, antwortete aber nicht auf ihre Frage, sondern zischte: »Ich glaube, dass ich genug gesagt habe. Und wie Ihre Chefin schon sagte ...«, er schaute kurz zu Sandra, »Ihnen steht kein Urteil über unsere Ehe zu, die, wie Sie ja vortrefflich gerechnet haben, bereits vor sechs Jahren geschieden wurde.«

»Hatten Sie beide außereheliche Affären?«, fragte Sandra.

»Frau Anders, ich glaube nicht, dass irgendwelche Affären aus einer lang zurückliegenden Ehe etwas mit dem Fall zu tun haben könnten. Konzentrieren Sie sich lieber auf das heutige Umfeld meiner Ex-Frau, bevor Sie herkommen, um mich über unser Eheleben auszufragen.« Sein stählerner Blick verriet, dass er keine Fragen dazu mehr wünschte.

»Natürlich«, sagte Sandra. Sie hielt seinem Blick stand. »Aber wie sah ihr heutiges Umfeld aus? Welche Freunde hatte sie, hatte sie Kontakt zu Kollegen? Ihre Haushälterin konnte uns darüber keine Auskunft geben.«

»Das müssen Sie leider allein herausbekommen. Wie gesagt, ich hatte keinen Kontakt zu Helga, weiß auch nicht, mit wem sie sich getroffen hat und mit wem nicht.«

«Hat sie Ihnen vielleicht einmal etwas erzählt, oder nur so nebenbei erwähnt. Vielleicht von einem besonders schwierigen Fall, einer Drohung oder sonst etwas, das uns weiterhelfen würde. Vielleicht hatte sie ja vor jemandem Angst.«

Walter Wolf sah sie erstaunt an. »Helga und Angst! Sie kannten sie nicht, stimmt's? Nein, eher war es umgekehrt. Menschen hatten Angst vor Helga.«

»Wer zum Beispiel?«, schoss Sandra nach.

Aber Walter Wolf kannte die Fallen einer Befragung, er lehnte sich zurück. Sandra wusste, dass er innerhalb von Sekunden abwägen konnte, welche Antwort die richtige war. Das lag in der Natur eines Staatsanwaltes und machte ein Gespräch spannender. »Helga war dafür bekannt, harte, aber durchaus gerechte Urteile auszusprechen. Milde gab's bei ihr nicht. Das wusste jeder Anwalt und das wusste jeder Angeklagte.«

»Und wen würden Sie persönlich eher verdächtigen, Anwalt oder Angeklagten?«, fragte Sandra.

Einige Sekunden lang schien Walter Wolf irritiert, dann verstand er und antwortete: »Beide. Was macht das schon für einen Unterschied.« Er lachte heiser auf, so als würde er damit dem Gesagten seine Schärfe nehmen. »Das gäbe eine Schlagzeile, Frau Anders! Nicht wahr?«

Sandra schwieg

»Sie werden schon den richtigen Täter finden.«

»Hatte sie vielleicht Feinde unter den Kollegen?«

»Wer hat das nicht?«Er sah Sandra ernst in die Augen. Sie hatte verstanden, sie würden von ihm nicht mehr darüber erfahren. Deshalb fragte sie auch nicht nach, sondern wechselte das Thema.

»Kennen Sie ihre Freundin? Marianne Bachmann.«

Den Bruchteil einer Sekunde huschte ein verächtlicher Blick über sein Gesicht.»Natürlich kenne ich Marianne. Sie war Helgas beste Freundin. Die beiden sind gemeinsam zur Schule gegangen, haben gemeinsam maturiert.«

»Auch studiert?«

»Nein. Marianne hat das Medizinstudium abgebrochen. Sie kam aus sehr gutem Haus. Ihre Eltern sind beide erfolgreiche Ärzte gewesen. Sie haben ihrer Tochter allerdings nie beigebracht, für Geld zu arbeiten, weshalb Marianne es vorzog, einen wohlhabenden Mann zu heiraten, der ihr ein angenehmes Leben bieten konnte. Ich glaube, er ist um zwanzig Jahre älter als sie. Er war bis zu seiner Pensionierung ein ziemlich hohes Tier in der VOEST. Ich glaub, er war ein Vorstandsmitglied. Aber so genau weiß ich das nicht. Ich persönlich hatte nicht viel Kontakt zu den beiden.«

»Ich möchte nicht indiskret erscheinen, aber wer wird sich jetzt um die Hinterlassenschaft kümmern? Sie?«, sagte Sandra.»Wissen Sie, wer das Vermögen oder die Villa erbt?«

»Ja« Aber ohne die Frage zu beantworten, sagte er:»Wir haben beide unser Testament bei einem befreundeten Notar hinterlegt. Vielleicht können Sie vor der offiziellen Verlesung einen Blick darauf werfen.« Er stand auf, ging zum Sideboard, zog eine Lade auf, holte Zettel und Kugelschreiber hervor und schrieb den Namen und die Adresse des Notars darauf.»Wissen Sie eigentlich, dass sie morgen Geburtstag gehabt hätte?«, sagte er beiläufig.

Aber nicht beiläufig genug.

Die Hitze hatte die Stadt noch fest im Griff, als sie Wolfs Haus verließen. Am Himmel zeichneten sich jedoch schon erste Gewitterwolken ab.

Sandra verspürte ein großes Hungergefühl. Sie hatte heute weder gefrühstückt, noch zu Mittag gegessen. Das machte sie reizbar. Essen gehörte für sie zum Leben wie auch guter Wein, es war Kultur – die zu pflegen, ihr Beruf allerdings oft verhinderte.

»Ganz koscher is' mir der net.«

»Ja, eigenartig. So eine Mischung aus Über-den-Dingen-Stehen und dann doch wieder sensibel genug, um an ihren Geburtstag zu denken. Was hältst du davon, essen zu gehen?« Sandra hatte keine Lust, auf direktem Weg nach Hause zu fahren, außerdem wollte sie aus Rosa den Grund ihrer schlechten Laune herauskitzeln. Den Bruchteil einer Sekunde dachte sie an ihr Vorhaben, Bernd zu überraschen. Aber was, wenn er noch in der Schmollecke saß und ihr dadurch den restlichen Montag auch noch versaute? Nein, da wollte sie lieber ein gutes Essen beim Italiener in Linz genießen. Vorher rief sie noch Buchegger in der Polizeiinspektion in Vöcklabruck an und bat ihn, sämtliche Unterlagen, die sich in der Villa befanden, auf ihren Schreibtisch zu legen. Dann gab sie die Telefonnummer ihres Chefs im Landeskriminalamt Linz ein. Sie schlug ihm vor, gemeinsam mit ihr und Rosa essen zu gehen, um dabei den Fall zu besprechen.

Auf dem Weg ins Lokal informierte Rosa Sandra darüber, was sie am Telefon von Buchegger über Marianne Bachmann erfahren hatte. »Sie ist, so wie Helga Wolf, achtundfünfzig Jahre alt, hat zwei Söhne. Der eine ist Anwalt in Linz; und der andere sitzt in der VOEST, wie sein Vater, der war Aufsichtsrat. Manfred Bachmann ist vor vier Jahren gestorben. Er war wirklich um zwanzig Jahre älter als seine Frau. Nach dem Tod ihres Mannes ist Marianne Bachmann dann fix in ihr Ferienhaus am See gezogen, ist dort auch gemeldet. Die Wohnung in der Linzer Innenstadt bewohnt jetzt einer der Söhne mit Familie. Mehr war da nicht. Unauffälliges

Leben, nur bei den wichtigsten gesellschaftlichen Ereignissen dabei, keine Skandale, keine üblen Gerüchte.«

Das Lokal war klein und überschaubar, lediglich vierzehn Tische boten jeweils sechs Gästen Platz. Vier weitere Tische standen auf dem Gehsteig vor der »Osteria«. Da es ein lauer Abend zu werden schien, setzten sie sich ins Freie. Auch deswegen, weil sie die Raucherei Martins hier eher ertragen konnten als im Restaurant. Um diese frühe Zeit waren wenige Gäste anwesend.

Antipasti, in kleinen Schälchen angerichtet, warteten hinter einer Glasscheibe an der Bar auf Abnehmer. Sandra stellte für sich und Rosa in Olivenöl eingelegte Tomaten, Artischocken und Champignons zusammen, als ihr Chef das Lokal betrat. Sandra deutete mit einer Kopfbewegung auf den Tisch im Freien. Martin Holzer hob die Hand, rief einem der Kellner »Ein großes Bier, bitte!« zu und verschwand wieder durch die Tür. Als Sandra ihm mit dem Antipasti-Teller nach draußen folgte, war er bereits in die Speisekarte vertieft. Sie musterte ihren Chef. Gut sah er aus. Sein tot geglaubtes und wiederbelebtes Liebesleben schien ihm zu bekommen. Seine Haut war von der Sonne gebräunt, die wenigen silbernen Fäden in seinen braunen Haaren waren im Laufe der letzten zwei Jahre nicht mehr geworden. Auf vierundfünfzig Jahre schätzte man ihn nicht. Gerne würde sie die dafür verantwortliche Frau kennenlernen. Aber so weit war Martin noch nicht.

»Es waren rund zehn Journalisten anwesend. Sie haben zum Glück nur wenige Fragen gestellt. Vielleicht auch weil Montag ist, sie noch müde vom Wochenende waren und jeder so schnell wie möglich seinen Bericht fertigmachen wollte, um pünktlich nach Hause zu gehen«, berichtete er von der Pressekonferenz, die besser verlaufen war, als er angenommen hatte. »Trotzdem liegt mir die morgige Titelseite schon im Magen.«

»Du wirst sehen, dass der Mord an einer Richterin in der Bevölkerung nicht für viel mehr Aufsehen sorgen wird, als andere Gewaltverbrechen auch«, versuchte sie, ihn wider besseren Wissens zu trösten. »Hat dich jemand auf ihr Privatleben angesprochen?«

Martin Holzer schüttelte den Kopf. »Darüber wissen sie nicht Bescheid. Das Gerede war nur intern, es ist offensichtlich niemals etwas außer Haus gegangen. Du weißt schon Sandra, es wird viel gequatscht. Aber im Endeffekt hackt keine Krähe der anderen ein Auge aus.«

»Das hast du aber schön formuliert. Hätte von mir sein können«, spottete sie.

Der Kellner brachte den bestellten Wein und Wasser.

»Und wie war's beim Wolf?«

»Er ist die arrogante Ruhe in Person. Hat seine Ex in den letzten Jahren kaum gesehen. Sagt er!«

»Da schwingt doch so ein Unterton mit!«

Sandra zuckte die Achseln. »Ach, ich weiß nicht! Es ist viel mehr so eine Bauchsache. Ich hatte einfach das Gefühl, dass er für diese Frau viel mehr empfindet, als er uns gegenüber zugibt. Der Mann trauert und kann es nicht zeigen. Warum müsst ihr Kerle nur immer so beherrscht sein? Warum könnt ihr nicht einmal euren Gefühlen freien Lauf lassen und sagen, was euch wirklich bedrückt?«

»Was meinst du konkret?«

»Am Anfang unseres Gesprächs kam es mir vor, als wäre ihm der Tod seiner Ex-Frau gleichgültig. Ich weiß nicht, er war so unnahbar, so gefasst. Aber später hat er ein ganz klein wenig sein echtes Gesicht gezeigt.« Sandra zeigte mit ihrem Daumen und Zeigefinger etwa drei Zentimeter und wedelte vor Martins Gesicht hin und her. »Er erzählte uns, dass er kaum Kontakt zu ihr gehabt, sie das letzte Mal vor einem Jahr zufällig auf der Straße getroffen habe. Dann habe sie ihn telefonisch um ein Bild gebeten, das er ihr aber nicht habe geben wollen, weil's so eine Art Wertanlage ist. Und zum Schluss erzählt er uns, dass die Frau am 3. Juli, also morgen, Geburtstag habe. Was meinst du, Rosa?«

»Er hatte seine Emotionen alles in allem doch ziemlich gut im Griff, Staatsanwalt halt.«

»Und was habt ihr weiter mit ihm vor?«

»Keine Ahnung? Abwarten und Tee trinken«, sagte Sandra lakonisch.

»Klar du, sicher!« Martin Holzer nahm sich ein Stück Weißbrot aus dem Korb und sprach kauend weiter. »Ich muss euch nicht daran erinnern, dass es in unserer Gesellschaft Menschen erster und zweiter Klasse gibt. Und Wolf gehört definitiv zur ersten Klasse.«

»Wissen wir! Glacéhandschuhe.« Sandra schob ihm einen Zettel über den Tisch. »Und da ich weiß, dass du die Nummer mit den Handschuhen ganz gut drauf hast, kannst du das hier für uns erledigen. Diesen Namen hat uns Wolf gegeben. Es ist die Nummer vom Notar, der das Testament der Richterin verwaltet. Ich würde gerne wissen, an wen das Vermögen geht.«

Martin brummte, schob das Papier aber ein. »Wie sieht es sonst aus?«

Statt einer Antwort nahm Rosa ihre Gabel, spießte das vorletzte Stück Artischocke darauf und schob sie sich in den Mund.

»Unsere Ausgangssituation ist nicht die beste«, übernahm Sandra. Der Aktenberg, den wir durcharbeiten müssen, ist garantiert so hoch wie ein Kirchturm. Die Frau war über vierzig Jahre als Richterin tätig, da sammelt sich schon etwas an. Ich hoffe, dass uns die benutzten Kondome schneller weiterbringen.«

Rosa, die gerade beim letzten Artischockenstück angelangt war, legte es beim Wort Kondome wieder zurück auf den Teller. Nicht, dass sie etwas gegen Spermien hatte. Aber das Bild, das sich in diesem Moment vor ihr auftat, Hannes Peter, in der Hand ein Präservativ mit weiß-gräulicher, männlicher Körperflüssigkeit eines Unbekannten darin, verursachte ihr plötzlich einen leichten Brechreiz.

»Glaubst du, dass wir den Namen ihres Mörders in den Akten finden werden?« Rosa hatte sich bereit erklärt, den Aktenberg in Linz durchzuarbeiten.

»Könnte möglich sein. Richter bekommen immer wieder Drohungen, vielleicht hat sie ja irgendjemand wahr gemacht. Auf alle Fälle werden wir beim Durchsehen des Kalenders auf Namen mit dem Anfangsbuchstaben J besonders achten. Und ich werde morgen gleich mal diese Bachmann besuchen, vielleicht hilft uns das«, überlegte Sandra.

Ein junger Kellner mit einer bodenlangen weißen Schürze über seinen Jeans und einem weißen Poloshirt brachte Gnocchi und Martins Kalbsröllchen. Sandra hätte gerne noch ein Glas Wein bestellt, ließ es aber bleiben. Sie musste noch Auto fahren.

Martin, der den beiden bis dahin schweigend zugehört hatte, meldete sich nun zu Wort. »Könntet ihr mich bitte mal aufklären, wovon ihr sprecht? Kalender, Anfangsbuchstaben?«

Rosa zückte ihren Notizblock und begann die bisherigen Fakten aufzuzählen. Sie ließ kein Detail aus, sodass Martin schließlich das Gefühl hatte, selbst am Tatort gewesen zu sein. Sandra war froh, dass sie das nicht machen musste. Rosas Aufzeichnungen waren genauer als ihre. Sandras Stärken lagen in ihrem Jagdinstinkt, und sie war in der Lage, auch unlogische Zusammenhänge in eine logische Reihenfolge zu manövrieren. Und hatte sie sich einmal in einen Fall verbissen, gab sie keine Ruhe, bis die Geschichte vollkommen aufgeklärt war. Diese Tatsache ließ Martin zumeist über ihre unkonventionelle Art zu arbeiten und ihre Schlampereien hinwegsehen.

»Wenn es stimmt, was Walter Wolf erzählte, dass Helga Wolf ihren Eltern zuliebe Jus studiert, als Richterin gearbeitet und Wolf geheiratet hat, quasi einen Mann, der standesgemäß war, bekommt man da nicht im Laufe der Zeit einen Knacks, wenn man immer nur funktioniert?«, warf Rosa ein.

»Kann sein«, pflichtete Sandra ihr bei. »Aber sie hat sich ja, wenn man dem Gerücht Glauben schenkt, unstandesgemäßen Ersatz gegönnt.«

Verdammt! Jetzt war es heraußen. Sie hatte sich verplappert. Hatte unbewusst zugelassen, dass dieses Scheiß Gerücht ihre Gedanken beeinflusste. Rosa sah sie mit einem breiten zynischen Grinsen an, sagte aber kein Wort.

Martin sinnierte weiter. »Vielleicht stand sie deshalb auch auf Fesselspielchen beim Sex! Der Gedanke, völlig ausgeliefert zu sein, erregte sie.«

»Schlag mich oder schnacksel mich!«, vollendete Sandra den Gedanken etwas zu laut. Zwei Damen am Nebentisch sahen pikiert herüber.

»Manchmal vielleicht sogar beides.« Rosa starrte provozierend zurück, bis die beiden Frauen sich abwandten.

Das Läuten von Martins Handy unterbrach das Gespräch. Nach einem strahlenden »Hallo« schwieg er eine Weile, dann schob er ein »Gut, in einer halben Stunde« hinterher und legte auf. Sein Grinsen verriet, dass er nun noch etwas Wichtiges vorhatte.

Das Lokal füllte sich. Immer mehr Menschen tummelten sich um die Bar herum, um Antipasti zu bestellen und anschließend einen Tisch in Anspruch zu nehmen. Martin winkte dem Kellner, zahlte die gesamte Rechnung und verabschiedete sich. Gerade rechtzeitig, denn Donnergrollen und erste schwere Tropfen kündigten ein Sommergewitter an.

Montag, 2. Juli, 19.00 Uhr

Sie lag auf der Seite. Der Boden unter ihr war kalt. Sie starrte in die Dunkelheit eines unwirklichen Raumes.

Briska Frank fühlte, wie Blut über ihr Gesicht rann, die Haare klebten ihr auf der Stirn und an den Wangen. Er hatte fest zugeschlagen, aber nicht fest genug. Sie war nicht tot, sie war nur benommen. War es Zufall oder Absicht gewesen, dass sie noch am Leben war? Waren seine Schläge nicht schon einmal tödlich gewesen? Kalter Schweiß rann ihr über Hals und Brust. Sie stand unter Schock. Trotzdem versuchte sie, einen klaren Gedanken zu fassen, bemühte sich, ihre Hände freizubekommen, zerrte immer wieder an dem Seil, mit dem sie gefesselt und das mit einer Schlinge um ihren Hals verknotet war. Bei jeder Bewegung lief sie Gefahr, sich selbst zu erdrosseln. Auch ihre Beine waren festgezurrt. Sie versuchte, ihre Angst, ihre Panik hinauszuschreien. Aber das dicke Klebeband über ihrem Mund ließ es nicht zu. Würde sie ohnmächtig werden?

Soweit es ihre Knebelung zuließ, versuchte sie festzustellen, ob ihr Körper weitere Verletzungen aufwies. Ihr Kopf dröhnte und ihre Handgelenke schmerzten. Ihr Körpergefühl bezeugte, dass sie vollständig bekleidet war. Ihr Rock reichte über die Knie und ihre Bluse war zugeknöpft. Er hatte sie also nicht vergewaltigt. Noch nicht!

Aber was wollte dieses Monster sonst von ihr?

»Ganz ruhig«, ermahnte sie sich. »Versuch, einen klaren Gedanken zu fassen.«

Wo war sie eigentlich? Wie war sie hierher gekommen? Was genau war passiert? Sie hatte die Garage aufgesperrt, ein Geräusch gehört und plötzlich war er vor ihr gestanden. Noch bevor sie reagieren konnte, hatte sie einen starken Schlag auf den Kopf gespürt und eine wunderbare Bewusstlosigkeit hatte sie fortgetragen. Erst im Kofferraum eines Wagens war sie wieder aufgewacht. Sehen konnte sie nichts, man hatte ihr eine Augenbinde angelegt.

Schließlich war das Auto stehen geblieben, die Fahrertür wurde geöffnet; und kurz darauf hörte sie ein Geräusch, als ob das Tor einer Garage oder einer Scheune auf Schienen bewegt würde. Dann war der Kofferraum geöffnet worden, jemand hatte sie am Arm gepackt und herausgezerrt. Dem Griff nach zu urteilen, war er es gewesen. Er hatte sie über einen weichen Boden, dann über Stufen nach unten und in dieses Verlies geführt, ihr die Binde von den Augen gerissen, sie zu Boden gestoßen, hatte die Tür verriegelt, war wieder nach oben gegangen und hatte sie im Dunkeln zurückgelassen.

Da! Was war das?

Die Finsternis wurde vom plötzlichen Aufleuchten von Tageslicht unterbrochen. Er war zurückgekommen, ließ die Tür einen Spalt breit offen stehen. Gerade so weit, dass sie seine Silhouette sehen konnte. Aber sie wusste auch so, wer vor ihr stand. Er war zurückgekommen, genau wie er ihr vor Jahren gedroht hatte. Obwohl sie sein Gesicht nur als Schatten wahrnehmen konnte, spürte sie, wie sein Blick auf ihr ruhte, voller Gier. Erregung. Macht.

Sie zwinkerte, um ihre Augen an das Zwielicht zu gewöhnen.

Warum ausgerechnet sie? Sie, die immer für andere da war, niemals an sich selbst dachte. Seit zwanzig Jahren in der Notaufnahme im Krankenhaus schuftete, die Nachtdienste von Kolleginnen übernahm, wenn diese bei ihrer Familie sein wollten oder die Jüngeren einen neuen Freund hatten. Sie hatte niemals einen Freund gehabt, geschweige denn einen Ehemann. Sie war zweifellos ein zu schüchternes Mädchen gewesen, was sich auch nicht änderte, als sie erwachsen wurde. Ein grausames Erlebnis hatte gereicht, in ihr Selbstbewusstsein eine tiefe Wurde zu reißen. Danach hatte sie ihr Leben kranken und schwachen Menschen verschrieben und zusätzlich vor zehn Jahren ihre ehrenamtliche Arbeit im Frauenhaus begonnen.

Jetzt war sie hier in einem dunklen Raum eingesperrt, mit einem Mann, der sie hasste. Wie lange würde er sie hierbehalten?

Er kam näher, hielt etwas in seinen Händen, etwas Großes. Oh Gott! Aber der hatte sie verlassen.

Er kniete nieder, beugte sich über sie, lockerte ihre Fesseln so weit, dass er sie auf den Rücken drehen konnte, ohne dass sie sich dabei selbst erdrosselte. Ihre Beine waren ausgestreckt. Er packte sie an der Hüfte, hob sie hoch und schob das mitgebrachte Ding unter ihren Po. Briska spürte etwas Weiches. Ein Polster, eine zusammengelegte Decke? Ihr Unterleib reckte sich ihm in dieser Stellung schamlos entgegen. Es war demütigend.

Sein Gesicht war nun dicht über ihrem. Sein Atem stank nach Bier und kaltem Rauch, sein Körper nach Schweiß. Sie spürte durch ihre Kleidung seinen erigierten Penis auf ihrem Oberschenkel. Er sprach kein Wort.

Sie schloss die Augen. Wenn sie sie nur lange genug geschlossen hielt, würde er verschwinden. So wie ein böser Traum.

Sie spürte seinen Blick, wie er über ihre Brust glitt. Mit einer raschen Handbewegung schob er ihren Rock nach oben und riss ihre Bluse entzwei. In BH und Slip lag sie schutzlos vor ihm auf dem Rücken. Lautlos begann sie zu weinen, als er ihr mit einem Messer die Unterwäsche vom Leib schnitt. Trotzdem dachte sie daran, keinen Widerstand zu leisten. Dann hätte sie es vielleicht bald hinter sich. Und mit etwas Glück würde er schnell kommen und sie danach freilassen.

So wie damals.

Montag, 2. Juli, 19.30 Uhr

Sandra und Rosa waren auf der Autobahn Richtung Vöcklabruck unterwegs. Der Scheibenwischer kam kaum nach, den Regen von der Windschutzscheibe zu wischen. Sandra dachte an die Villa in Seewalchen. Etwaige noch nicht gesicherte Spuren im Garten würden nun gänzlich zerstört sein. Rosa hatte ihren Kopf gegen die Kopfstütze gelehnt. Ihre Augen waren geschlossen.

Bedrückt und verärgert schob Sandra eine CD ein. Hans Theessink: *Call me.* Sie brauchte Musik. Der Tag war nicht so gelaufen, wie sie es sich gewünscht hätte.

»Was war eigentlich heute Vormittag mit Bernd?«, fragte Rosa, ohne die Augen zu öffnen, so als hätte sie Sandras Gedanken erraten.

»Ach, ich habe wieder einmal unsere Berufe nicht auf die Reihe bekommen. Und eigentlich habe ich schlicht und einfach nur vergessen, dass Bernd heute keinen Journaldienst hat.«

Rosa öffnete die Augen und drehte den Kopf zu ihr. »Und du hast ihn am Telefon kalt abserviert, oder?«

Sandra erzählte in wenigen Worten den Verlauf des Telefonats und fragte dann: »Schlimm?«

»Ja, schlimm. Aber auch wenn er heute Dienst gehabt hätte, müsstest du ihm zugestehen, dass er seinen Job macht. Er hat das Recht, die gleichen Infos zu bekommen, wie alle anderen Journalisten auch.«

»Seit wann setzt du dich für die Rechte der Presse ein?«

»Nicht die Presse, nur für deinen Freund, den du manchmal behandelst, als wäre er dein Feind.« Ihre Stimme klang schnippisch.

»Was ist dir denn über die Leber gelaufen?«

»Nichts. Nur so.«

Sandra wusste instinktiv, dass sich hinter diesem Nichts sehr viel verbarg, hatte aber im Moment keine Lust nachzuhaken. »Aber ich habe jedes Mal Angst, dass er mehr wissen will, als ich ihm sagen kann.«

»Hat er das schon einmal gewollt?«

Sandra schüttelte den Kopf.

»Entschuldige Sandra, aber du hast an' Verfolger. Ich an Bernds Stelle wäre stocksauer.«

»Ist er auch. Eigentlich wollt ich mich heute Abend bei ihm entschuldigen, aber irgendwie ...«

»Was irgendwie? Los! Fahr bei der nächsten Raststätte raus, kauf einen guten Wein, und alles andere wird sich regeln.«

»Meinst du?«

»Ja, ich meine. Und jetzt blink endlich, denn da vorne geht's raus.«

Im Shop der Autobahnraststätte kaufte Sandra zwei Flaschen Chianti Classico und bezahlte viel zu viel Geld dafür. Aber das war es ihr wert. Um acht Uhr fuhr sie in Regau von der Autobahn ab und brachte Rosa zu ihrem Wagen.

Frisch, munter und ohne geringste Spur von Müdigkeit traf sie um halb neun vor Bernds Wohnung in Vöcklabruck ein. Das Gewitter war inzwischen weitergezogen.

Den Bruchteil einer Sekunde überlegte sie, die Tür mit ihrem Schlüssel zu öffnen. Bernd hatte ihr vor längerer Zeit einen eigenen gegeben. Aber das Gespräch mit ihrer Mutter von heute Morgen fiel ihr wieder ein. War das wirklich die erste Zerreißprobe ihrer Beziehung? Bernd hatte seit ihrem missglückten Telefonat nicht mehr angerufen. Würde er sie wirklich verlassen, nur weil sie Kriminalistin war? Vielleicht hatte er ja schon eine neue Freundin oder seine Ex eingeladen und schlief gerade mit ihr in seiner Wohnung? Aber so blöd würde doch kein Mann sein und eine andere im eigenen Bett vögeln, wenn die Freundin einen Wohnungsschlüssel besaß. Oder doch?

Wütend wischte sie die dunklen Gedanken beiseite. Warum schafften es Mütter immer wieder, ihren Töchtern ein schlechtes Gewissen einzureden? War das ein Fluch? So wie die Tatsache, dass die eigenen Kinder die meisten Schwierigkeiten machten und die Kinder anderer Eltern immer alles besser konnten?

Entschlossen wischte sie alle Bedenken beiseite und drückte auf den Klingelknopf.

Wenige Sekunden später öffnete Bernd. Der Duft seines Duschgels empfing sie: herb, männlich. Sie atmete tief ein. Sein dunkelblaues Hemd hing lässig über den Bund seiner Jeans. Barfuß stand er vor ihr und sah sie herausfordernd über seine randlose Brille hinweg an. Im Hintergrund lief Paolo Conte. Via con me. Das war das Leben und dieser Mann der Teufel.

Sandra streckte ihm beide Flaschen Wein entgegen. »Friede?«

»Kommt auf dein Angebot an«, erwiderte Bernd anzüglich, zog sie dicht an sich heran, hielt ihre Hände mit den zwei Flaschen auf dem Rücken gefangen und küsste sie. Gleichzeitig stieß er die Eingangstür mit dem Fuß zu und dirigierte sie die Wand entlang Richtung Schlafzimmer. Sandra stellte auf dem Weg dorthin die zwei Flaschen auf einem Regal ab, streifte ihre Schuhe von den Füßen und Bernds Hemd über seine Schultern, ließ es auf den Boden gleiten. Wie viele Handgriffe man in solchen Situationen auf einmal erledigen konnte, war schier unglaublich. Es genügte, den Bauch und Unterleib arbeiten zu lassen und das Gehirn auszuschalten.

Dienstag, 3. Juli, 07.30 Uhr

Über Nacht hatte es sich abgekühlt, es war um einige Grad kälter als am Vortag. Im Attersee baden, war heute sicher kein Vergnügen. Für viele Tourismusbetriebe waren diese Wetterschwankungen eine Katastrophe. Sie waren von Badegästen und Tagesausflüglern abhängig und nicht auf Kaltwetterperioden und Regen eingestellt, obwohl gerade dieses Wetterbild mehr zum Salzkammergut gehörte, als ungetrübter Sonnenschein. Seit Jahren sprachen die Tourismusverantwortlichen zwar über Alternativen zum Badeurlaub, aber es war zum großen Teil bei Diskussionen geblieben. Einige Hotel- und Gasthausbetreiber waren einfach zu träge, um sich darüber ernsthafte Gedanken zu machen. Sandras Mutter hielt für solche Fälle immer eine Handvoll Prospekte von Museen, Tierparks und sonstigen Sehenswürdigkeiten bereit. Auch sonst wusste sie ihre Pensionsgäste zu beschäftigen. Die Kinder durften ihrem Mann im Stall bei den zwei Friesenstuten helfen, mit dem Hund spazieren gehen, während die dazu gehörenden Eltern mit einem Lunchpaket bewaffnet auf Tour gehen konnten: eine Wanderung auf den Hochlecken, eine Kulturreise rund um den See auf Gustav Klimts Spuren, eine Kletterpartie, eine Schifffahrt oder einfach eine Tagestour nach Salzburg. So einfach war das.

Bernd hatte um halb acht Frühstück gemacht und Sandra nicht nur mit frischem Gebäck überrascht, sondern auch gleich noch einige Tageszeitungen als Garnierung obendrauf gelegt. Wie Martin vorhergesagt hatte, meldete ein bekanntes Sensationsblatt auf der Titelseite den Mord an Helga Wolf. Ein Bild der Richterin prangte unter der Schlagzeile. Sie wurde als eine der engagiertesten Gesetzesvertreterinnen Oberösterreichs beschrieben, die seit Kurzem in Pension war. Den richtigen Human Touch hatte man der Geschichte mit dem Hinweis gegeben, dass Helga Wolf am 3. Juli, also heute, ihren achtundfünfzigsten Geburtstag gefeiert hätte.

»Happy Birthday«, murmelte Sandra.

Wolf, hieß es, sei auf ihrem eigenen Grundstück in Seewalchen am Attersee erschlagen aufgefunden worden. Laut einer exklusiven Information wusste man zu berichten, dass die Polizei im privaten Umfeld und unter den Verbrechern fahnde, die Wolf hinter Gitter gebracht hatte. Woher die Journaille nur immer ihre angeblich so geheimen Informationen hatte? Wo sollten sie sonst mit den Ermittlungen beginnen, wenn nicht im privaten und beruflichen Umfeld?

Mehr über den Mord konnte man auf Seite sechs lesen. Der Artikel begann mit einer ausführlichen Beschreibung von Helga Wolfs Tätigkeit im Landesgericht Linz. Ihre Arbeit wurde von Kollegen in Interviews über den grünen Klee gelobt. Sandra erinnerte sich an die Aussage von Wolf auf die Frage, ob seine Frau in den eigenen Reihen Feinde gehabt hätte. »Wer hat das nicht?« So war das in Österreich. Auch wenn man vielleicht während der Lebzeit mit Dreck beworfen wurde, die Menge jubelte einem zu, wenn man tot war.

Im Mittelteil konnte man über ihre spektakulärsten Fälle der letzten Jahre lesen. Auch darüber, dass sie für Täter, die nach dem § 87 StGB – absichtlich schwere Körperverletzung mit Todesfolge – zu verurteilen waren, immer die Höchststrafe gefordert hatte. Das Ende des Artikels warf die Frage auf, ob wir überhaupt noch sicher waren in diesem Land, wenn inzwischen Richter umgebracht wurden, nur weil sie ihre Arbeit erledigten. Darauf hatte Sandra nur gewartet. Und sie war sicher, dem würde eine, inzwischen zum dritten Mal aufgewärmte, Diskussion über die Personalknappheit der Polizei folgen. Diese Meldungen würden die nächsten vierzehn Tage durch die Medien wandern und wieder verschwinden. Daran, dass Polizeiinspektionen zugesperrt und Dienststellen zusammengelegt wurden, es tatsächlich immer weniger Polizisten gab, die unentwegt Überstunden schoben, würde es dennoch nichts ändern.

Eine nicht eingeplante Nacht bei Bernd bedeutete unweigerlich eine Einkaufstour am nächsten Morgen. Zumindest war sie inzwischen so klug gewesen, frische Unterwäsche bei ihrem Freund zu deponieren. Kleidung, außer Jeans, zweimal hintereinander zu tragen, war Sandra ein Gräuel.

Vöcklabruck, die Einkaufsstadt. Hier schnell einen Pulli zu kaufen, sollte kein größeres Problem sein. Obwohl, in den circa fünfzehn Damenbekleidungsgeschäften, die sie auf dem Weg von Bernds Wohnung in der Maximilianstraße über den Stadtplatz ins Büro passierte, einen dunkelblauen Pulli, ohne Schnörkel, Schas und Trallala zu finden, wenn die Modefarben Orange und Pink waren, war eine echte Herausforderung.

Während sich bereits nach dem vierten Geschäft erste Ermüdungserscheinungen einstellten, nahm sie sich vor, demnächst zwei oder drei Pullis in Bernds Kleiderkasten zu legen, sonst würden ihr die Einkäufe nicht nur den letzten Nerv ziehen, sondern bald auch ihr Budget sprengen. Zum Glück war nicht Mittwoch, denn dann hätte sie sich zusätzlich durch die Besucher des Wochenmarktes auf dem Stadtplatz drängen müssen und hätte noch länger gebraucht. Sandra wunderte sich jedes Mal, wie viele

Menschen Zeit fanden, an einem Mittwochvormittag einkaufen zu gehen oder im Kaffeehaus zu sitzen. Denn auch die Cafés und Konditoreien profitierten von diesem wöchentlichen Spektakel.

Als Sandra im neuen Pullover zwanzig Minuten nach Neun in der Vöcklabrucker Polizeiinspektion ankam, fand sie in ihrem Büro eine Nachricht von Buchegger auf dem Schreibtisch. Die nochmalige Befragung der Nachbarn und der umliegenden Bevölkerung in Seewalchen hatte nichts ergeben. Nur von der Bar an der Promenade, unweit von Wolfs Villa gelegen, hatten Anrainer Nachtschwärmer grölen gehört und das Folgetonhorn der Rettung wahrgenommen. Dafür war die Liste mit den Namen der Nachbarn und Villenbewohner komplett. Das Haus unmittelbar neben der Villa der Richterin stand leer, wurde schon seit Monaten von einer Vöcklabrucker Immobilienfirma zum Verkauf angeboten. Sie legte den Bericht zur Seite, kramte das Handy aus ihrer Umhängetasche hervor und schrieb Rosa, die sicher schon auf dem Weg nach Linz war, eine kurze SMS. »Alles wieder im Lot!« Dann verließ sie das Büro.

Dreißig Minuten später bog Sandra einige hundert Meter nach dem Ortsschild von Parschallen, zwischen Nußdorf und Unterach von der Attersee Bundesstraße auf eine schmale Hauszufahrt ab. Fast hätte sie das Anwesen übersehen, denn eine hohe Hainbuchenhecke verdeckte den Blick auf das Ferienhaus, gab es erst frei, wenn man die Einfahrt passiert hatte. Das in den 70er Jahren errichtete zweigeschossige Gebäude lag nur wenige Meter vom Seeufer entfernt. Ein etwa hundert Quadratmeter großer Balkon im Obergeschoss war in Richtung See ausgerichtet. Links vom überdachten Eingangsbereich lag eine Garage, deren Mauer direkt an das Haus grenzte. Im Großen und Ganzen wurde das Geld, das man für ein derartiges Anwesen benötigte, hier aber nicht protzig zur Schau gestellt.

Sandra parkte ihren schwarzen Golf direkt vor der Eingangstür und blickte auf den See. Es war windstill, der Himmel nach wie vor grau. Trotzdem hatten sich einige Segler auf den See verirrt. Wahrscheinlich Urlauber oder Zweithausbesitzer, die nur heute für ihr Hobby Zeit hatten, egal welches Wetter ihnen die Region bot. Das gewaltige Höllengebirge auf der gegenüberliegenden Seeseite wirkte von hier aus gesehen wie der Wächter einer Märchenwelt. Kein Wunder, dass diese Gegend Künstler magnetisch anzog. Die Liste der Schriftsteller, Maler und Musiker, die hier gewirkt hatten oder nach wie vor hier lebten und wirkten, war lang. Sie nahm sich fest vor, demnächst wieder einmal vom Parkplatz Taferlklause auf den Hochlecken zu gehen.

Sandra drückte auf die Klingel neben der Haustür. Ein kurzer Gong ertönte. Danach war es wieder still. Eine Weile rührte sich nichts. Gerade als Sandra sich von der Tür abwenden und ums Haus herumgehen wollte, hörte sie hinter der Haustür Schritte näherkommen.

Als Marianne Bachmann die Tür öffnete, wusste Sandra sofort, dass sie hier richtig war und Frau Bachmann bereits Zeitung gelesen hatte. Die Augen der etwa Endfünfzigerin waren rot und verschwollen. In den Fingern ihrer linken Hand hielt sie ein Taschentuchknäuel. So wie Maria Loos am Vortag. Sie war groß, mindestens einen Meter fünfundsiebzig, und schlank. Ihre Haare waren kurz geschnitten und blond. Wahrscheinlich gefärbt, dachte Sandra. Sie trug ein beigefarbenes kurzärmeliges Polo-Shirt und eine hellblaue Freizeithose. Aber trotz der legeren Kleidung und der geröteten Augen, strahlte jede Faser ihres Körpers Stil aus. Diese Frau war es gewohnt, auf Knopfdruck zu repräsentieren.

Sandra zeigte ihren Ausweis. »Sandra Anders, Landeskriminalamt Linz. Frau Bachmann?«

Die Frau nickte.

»Ich nehme an, Sie wissen, warum ich hier bin?«

Stumm deutete ihr Marianne Bachmann einzutreten. Sandra folgte ihr durch einen Gang und durch eine Tür in ein sehr großes Zimmer. Ein Panoramafenster ließ einen atemberaubenden Blick auf den See zu. Davor stand eine elegante Wohnlandschaft aus dunklem Leder. Auf dem hell gebeizten Schiffsholzboden lagen edle Perserteppiche und auf einem Sideboard aus massivem Eichenholz standen Bilderrahmen mit Fotos. Die Wände zierten Kunstreproduktionen von Gustav Klimt: die Kirche in Unterach und der berühmte Birkenwald. Für das ländliche Ambiente sorgte ein gemauerter Kachelofen, verziert mit den für diese Region typisch grünen Gmundner Keramikkacheln. Um einen lang gezogenen Esstisch standen gepolsterte Stühle. Darauf lagen die Reste eines Frühstückgedecks und eine aufgeschlagene Tageszeitung.

»Nehmen Sie Platz«, unterbrach Marianne Bachmann plötzlich das Schweigen, während sie sich zu dem einsamen Gedeck setzte, den Teller beiseiteschob. Gollhammer Keramik, registrierte Sandra. Sie erkannte das Dekor der Serie Attersee sofort. Weiß mit blauem Streif, hatte erst kürzlich einige Teller der Manufaktur, die in Seewalchen beheimatet war, in Händen gehalten. Ihre Mutter hatte für die Pension neues Essgeschirr besorgt, und da kam nur Gollhammer Keramik in Frage. Patriotismus am Attersee.

Sandra nahm auf dem gegenüberstehenden Stuhl Platz. »Frau Bachmann, Sie wissen, warum ich hier bin?«, wiederholte sie.

»Ja.« Marianne Bachmann wollte lächeln, aber es gelang ihr nicht. Sie befühlte mit beiden Händen die Kanne. »Darf ich Ihnen Tee anbieten. Ist noch warm.«

»Danke, gerne«, antwortete Sandra. Marianne Bachmann erhob sich, verschwand durch eine Tür, um kurz darauf mit einer leeren Teetasse in der Hand zurückzukommen. Das war die angenehme Seite ihres Berufs, immer wurde ihr etwas angeboten. Meistens Kaffee, oder Tee. Manchmal auch Schnaps, vorwiegend selbst gebrannt, denn viele Bauern hatten noch das Hausbrennrecht auf ihrem Hof. Das war einfach so und gehörte dazu wie Bauernkrapfen und Most. Aber Marianne Bachmann war keine Einheimische. Sie war eine der vielen Zweithausbesitzer, die ihre Pension in einem Dorf am See genossen. Und auch wenn sie sich noch so bemühte, sie würde hier wahrscheinlich niemals richtig akzeptiert, würde ewig a Zuagroaste bleiben. Auch das war so, in dieser Region.

»Können Sie mir sagen, was genau passiert ist?«

»Das kann ich leider noch nicht, Frau Bachmann. Wir stehen ganz am Anfang unserer Ermittlungsarbeit, brauchen deshalb so viele Informationen wie möglich über Frau Wolf.«

»Was für Informationen brauchen Sie?«

»Hatte Frau Wolf einen Freund oder Liebhaber?«

Marianne Bachmann starrte Sandra einige Sekunden an, als hätte sie die Frage nicht verstanden. Blut schoss ihr in den Kopf, ließ ihr Gesicht erröten. »Nein«, antwortete sie schließlich. »Warum fragen Sie?«

Sandra nahm einen Schluck Tee. »Weil Spuren darauf hinweisen, dass Helga Wolf Herrenbesuch hatte, bevor sie starb.«

Marianne Bachmann drehte ihre Tasse in den Fingern hin und her. »Spuren? Was heißt hier Herrenbesuch? Wie kommen Sie darauf, Frau ...?«

»Anders. Sandra Anders.« Sandra lächelte verzeihend. »Wir haben zwei Sektgläser gefunden, außerdem deutet alles darauf hin, dass Ihre Freundin ... nun, vor ihrem Tod Geschlechtsverkehr hatte.«

Marianne Bachmann schürzte die Lippen. »Also, ich weiß nichts von einem Liebhaber. Helga hat mir gegenüber niemanden erwähnt. Ich glaub das auch nicht ...«

»Warum glauben Sie das nicht?«

»Weil Helga nicht der Typ für Liebhaber ist ... war. Verstehen Sie? Sie hat nach der Scheidung von Walter sehr zurückgezogen gelebt, zu vielen Freunden von damals den Kontakt abgebrochen ...«

»Zu Ihnen auch?«

Marianne Bachmann schüttelte den Kopf. »Nein, niemals.« Tränen traten ihr in die Augen. Sie nahm ein Taschentuch aus dem Päckchen, das unter der aufgeschlagenen Zeitung versteckt lag, und tupfte sich die Augen. »Tut mir leid, aber es ist so schrecklich. Ich kann nicht glauben, dass Helga tot ist.«

»Sie brauchen sich nicht zu entschuldigen, Frau Bachmann. Erzählen Sie mir von Helga Wolf. Was für ein Mensch war sie?«

»Was für ein Mensch war sie? Das ist eine schwierige Frage ...« Sie lächelte müde. »Sie war, wie soll ich sagen ... eine Zerrissene, ja sie war eine Zerrissene. Auf der einen Seite hart und unbarmherzig, auf der anderen Seite warmherzig, aber traurig.« Marianne Bachmann schaute mit verträumten Augen ins Nichts, als würde sie eine Verbindung zur Vergangenheit herstellen. »Das war schon während unserer Schulzeit so. Helga war immer Klassenbeste, ihr Vater verlangte das von ihr und sie gehorchte. Trotzdem war sie beliebt, galt nie als Streberin. Und wissen Sie warum?« Sandra schüttelte verneinend den Kopf.

»Weil sie niemals mit ihren Noten geprahlt hat, niemals. Sie hat ihr Wissen an schlechtere Schüler weitergegeben ... Nachhilfe, sozusagen. Aber ohne dafür Geld zu verlangen, davon hatte sie ja mehr als genug. Was Helga wollte, war Freundschaft.«

»Und die hat sie sich mit Nachhilfestunden erkauft?«

Marianne Bachmanns Antwort war nur ein tiefes Seufzen, ihre Erinnerungen trieben sie weiter. „Als junges Mädchen hat sie manchmal davon geträumt, in Krisengebieten zu arbeiten. Weit weg von Zuhause. Afrika oder so ..., sie wollte Schulen oder Krankenhäuser aufbauen.« Sie schnaubte verächtlich. »Aber diese Rechnung hatte Helga wohl ohne ihren Vater gemacht, der hatte andere Pläne für seine Tochter. Sie müssen wissen, in dieser feinen Gesellschaft zählt nur eines: Erfolg, Macht und Geld. Diese Dinge gehören zusammen und sind wichtiger, als Wärme und Menschlichkeit.«

»Wie sah die Beziehung zu ihren Eltern aus?«

»Ich würde behaupten, dass ihre Kindheit eine Aneinanderreihung von Ge- und Verboten war. Ihre Mutter war eine Marionette an der Seite ihres Vaters, hatte niemals eine eigene Meinung. Dieses Weltbild wollte sie ihrer Tochter weitergeben. Den Mund halten und lächeln. Ihr Vater war ein Patriarch. Seine Meinung zählte, und jeder im Haus hatte sie zu vertreten.«

»Hat Helga Wolf sich niemals dagegen aufgelehnt? Während der Pubertät oder später?«

»Nein, niemals. Dafür war sie damals wohl nicht stark genug. Außerdem hat ihr ja sowieso niemand zugehört. Für ihre Eltern war sie ein Vorzeigekind. Man hatte eines, führte es vor wie eine Puppe, aber die Bedürfnisse eines Kindes ... vergessen Sie's! Es war fast so wie früher in den Adelshäusern, nur dass Helga keine Rüschenkleider trug und keinen Hofknicks machen musste, wenn ihre Eltern den Raum betraten.« Ihr Ton war eisig. »Aber Widerreden wurden nicht geduldet. Sie hat ja dann später auch Jus studiert, nur ihrem Vater zuliebe. Zwar hatte sie die erworbene Kompetenz und die mit dem Beruf verbundene Verantwortung stark gemacht, ihr Vater hatte aber nie aufgehört, sie unterdrücken zu wollen. Sie mied ihn lieber, statt sich mit ihm auseinanderzusetzen. Und der Traum, sich sozial zu engagieren, war in der Zwischenzeit verschüttet, war immer ein Traum geblieben. Ich kann mich erinnern … sie hat oft über den sogenannten Leitsatz ihres Vaters Witze gerissen: Nur eiserne Disziplin bringt dich weiter. Sich lustig machen hinter seinem Rücken, mehr traute sie sich nicht.«

»Wurde sie geschlagen?«

»Dazu gab es keinen Grund. Helga gehorchte und tat, was man ihr befahl. Sie spielte eine Rolle, die Rolle der perfekten Tochter.«

»Hm. Aber sie hätte sich doch während des Studiums oder danach in sozialen Vereinen engagieren können«, schlug Sandra vor.

Marianne Bachmann lachte kurz und laut auf. »Helga und ein Verein? Frau Anders! Vereine und die damit verbundenen Auflagen und Statuten waren Helga ein Gräuel. Sie hasste jegliche Form der Vereinsmeierei. Es erinnerte sie viel zu sehr an die Vorschriften ihres Vaters. Schon in der Schule schloss sie sich niemals wirklich einer Clique an, war nie in einem Schwimm- oder Turnverein. Helga und ein Verein würden genauso gut zusammenpassen, wie … wie Champagner und Pizza.«

Sandra fragte sich, wie sie ausgerechnet darauf kam, nickte Marianne Bachmann aber zu fortzufahren.

»Nein. Wenn Sie so wollen, war Helga eine angepasste Suchende, die im Grunde ihres Herzens, das muss man auch sagen, das Luxusleben liebte, das ihr ihre Familie und später ihr Beruf bieten konnte. Bei allem erträumten Engagement für eine bessere Welt, trug sie doch lieber Schuhe von Rossetti als Gummistiefel.«

»Und ihr Mann?«

»Walter«, kam es schrill. »Walter war ihr nicht gewachsen. Sie war ihm immer um eine Nasenlänge voraus, war erfolgreicher, brachte mehr Geld mit in die Ehe. Sie war einfach klüger als er, und das hat sie ihn manchmal ganz schön spüren lassen. Es schien, als müsse Walter für alles büßen. Immerhin war er Helgas persönliches Spielzeug, das ihre Eltern für sie ausgesucht hatten und das sie ihnen zuliebe geheiratet hatte. Aber Walter hat sie genommen, weil er sie liebte.«

Sie stand auf, ging zum Sideboard und holte ein Album hervor, legte es vor Sandra auf den Tisch und schlug eine bestimmte Seite auf. »Sehen Sie hier!« Sie tippte auf ein Foto. Es zeigte Marianne Bachmann in jungen Jahren. Sie trug ein Brautkleid. Daneben standen unverkennbar Helga und Walter Wolf. Die beiden Frauen sprachen miteinander, und Walter Wolf blickte seine Frau von der Seite an. Bewundernd, verliebt. »Die beiden waren gerade mal ein Jahr verheiratet, als dieses Foto entstand. Damals sprach Walter noch von Kindern, aber Helga wollte keine. Warum, weiß keiner. Sie hat nicht darüber gesprochen. Hm. Sie hat Walter wahrscheinlich niemals geliebt.« Sie schlug das Album wieder zu, ließ es auf dem Tisch liegen, setzte sich. »Und wenn Liebe nicht erwidert wird ... sind Sie verheiratet, Frau Anders?« Sandra verneinte. »Na ja, irgendwann hat Walter damit begonnen, sie zu betrügen. Er hat nie ein Geheimnis aus seinen Affären gemacht, dachte, dass er Helga so vielleicht verletzen konnte. Armer Walter«, sagte sie verächtlich.

»Sie mochten ihn nicht.«

»Walter hat nie damit hinterm Berg gehalten, dass er mich für eine lebensunfähige Schmarotzerin hält. Ja, wenn Sie so wollen. Walter und ich, wir mochten uns nicht.«

»Hatte auch sie Affären?«

»Nicht, dass ich wüsste. Helga war in Liebesdingen immer schon ...« Sie sah Sandra nachdenklich an. »... eine Abstinenzlerin. Schon früher, als junges Mädchen, zeigte Helga selten Interesse für einen. Das hat sich auch später nicht geändert, soviel ich weiß, und ich kann's mir einfach nicht vorstellen ... Helga und ein Liebhaber? Das wären ja ganz neue Seiten.«

»Wann haben Sie Helga Wolf das letzte Mal gesehen?«

Marianne Bachmann überlegte nicht lange. »Vor vierzehn Tagen. Am Sonntag. Sie hat mich zum Frühstück eingeladen. Tags darauf wollte sie nach Wien fahren. Sie hat die Fassade streichen lassen, mochte nicht bleiben, wenn Handwerker im Haus waren.«

75

Eine Stunde später war Sandra wieder im Büro, schob eine CD von Hans Theessink in die Stereoanlage, die seit ihrem grausigen Fall in Steinbach im Vöcklabrucker Büro stand. Sie brauchte Musik zum Nachdenken, hatte sie damals festgestellt, genauso wie die Wäscheleine, die an der Wand hinter ihrem Sessel von einer Seite zur anderen gespannt war. An dieser Leine befestigte sie ihre Unterlagen mit Wäscheklammern. So konnte sie leichter den Überblick behalten, denn immer wenn sie sich umdrehte, hing der gesamte zu bearbeitende Fall in Reih und Glied vor ihren Augen. Und seit Rosa ihre Zettelwirtschaft sortierte, war auch noch System auf der Leine.

Als Hans Theessink *Little girl can I walk you home* sang, widmete sie sich ihrem Schreibtisch: Dokumente, Unterlagen, Briefe und jede Menge Schlüssel aus Wolfs Villa. Sandra wunderte sich darüber, wie viele von diesen Dingern man haben konnte. Zum Glück waren alle mit einem Band versehen. Darauf stand, welches Tor oder welche Tür man damit schließen oder öffnen konnte. Nicht so wie bei ihr zu Hause, wo Schlüssel so lange an verschiedensten Schlössern ausprobiert wurden, bis sie irgendwo passten. Und wenn sie nicht passten, verschwanden sie wieder in den Tiefen einer Schublade.

Eine Kollegin aus der Zentrale stellte einen Anruf durch. »Ihre Mutter möchte Sie sprechen.«

»Mama, was gibt's?«

»Du warst heute Nacht nicht zu Hause ...«

»Wirklich?«

»... sonst hätte ich es dir heute Morgen gesagt.«

»Ich war gestern Abend bei Bernd. Aber warum rufst du mich nicht auf meinem Handy an, wenn es so dringend ist?«

»Weil ich dich nicht stören wollte. Aber du hättest mir sagen können, dass du nicht nach Hause kommst.« In der Stimme ihrer Mutter schwang ein leiser Ton des Vorwurfs mit. Sandra wusste, dass sich ihre Mutter wegen ihres Berufes um sie sorgte. In regelmäßigen Abständen legte sie ihr Zeitungsausschnitte vor, in denen über verletzte oder getötete Polizisten berichtet wurde.

»Mama, wenn ich tot bin, erfährst du es als Erste, versprochen. Also, was ist so dringend, dass es nicht bis heute Abend warten kann?«

»Du musst mit Branko, oder wie sagst du jetzt zu ihm?«

»Miro«

»Gut, wie auch immer. Jedenfalls musst du mit dem Hund zum Tierarzt.«

»Wieso? Ist er verletzt?«

»Nein, aber wir haben einen Termin zum Impfen. Den habe ich schon vor vier Wochen ausgemacht.«

Sandra fand es entzückend, wenn ihre Mutter von »wir« sprach, wenn sie den Hund meinte. Sie lächelte, sagte aber: »Mama, ich stecke mitten in Ermittlungen. Kann nicht Papa ...«

»Nein, Papa kann nicht«, unterbrach Lieselotte Anders ihre Tochter wütend. »Papa ist im Stall, bei den Friesen.« Das letzte Wort betonte sie so, als hätte Sandra vergessen, dass im Stall die zwei Stuten standen.

Sandra dreht an ihren silbernen Ohrsteckern. »Aber Termine kann man verschieben. Ich kann wirklich nicht.«

»Sandra, wir haben das Haus voller Gäste, und ich will, dass Branko, also Miro, wie auch immer, der Hund geimpft wird. Heute.«

»Wieso ausgerechnet heute. Hast du Angst, dass ihn ein Gast mit einer unheilbaren Krankheit ansteckt?«, lachte Sandra.

»Ich denke, dass auch du hie und da etwas tun kannst ... im Haushalt", kam es scharf. »Immerhin bügle ich deine Wäsche und räume deinen Saustall auf.«

Was das Impfen des Hundes mit dem Haushalt zu tun hatte, konnte Sandra nicht logisch erfassen, gab aber dennoch nach. Sie wusste, sonst würde ein endloser Monolog über ihr lotterhaftes Leben als Polizistin folgen. Außerdem war ihre Mutter sicher noch böse, wegen der Bemerkung über die Goldhaubenfrauen.

»Okay Mama, ich mach's.« Sie versprach, am frühen Nachmittag den schwarzen Riesen zu holen.

77

Während des gesamten Telefonats hatte ein Schlüsselbund Sandras volle Aufmerksamkeit. Es hingen zwei Schlüssel daran. Die Schrift auf dem Anhänger war unleserlich. Aber Sandra bildete sich ein, das Wort Wien darauf zu erkennen. Sie legte den Bund beiseite. Vielleicht fand sie darüber etwas in den Ordnern. Sie nahm den ersten zur Hand und begann, aufmerksam Seite für Seite durchzulesen: Versicherungen, Bankbelege, Geburtsurkunde, sogar die Zeugnisse aus ihrer Schulzeit waren fein säuberlich abgeheftet worden. Bei der Scheidungsurkunde blieb sie hängen. Sie war fasziniert, was Walter Wolf seiner Frau alles überlassen hatte. So mir nichts dir nichts: die Villa, Biedermeier-Bilder, Antiquitäten und vieles mehr. Er selbst hatte nur die Linzer Wohnung bekommen. Unterhalt war keiner vereinbart worden, weil beide berufstätig waren und es keine schulpflichtigen Kinder zu versorgen galt. Dann hatte eine Liste mit Namen und Adressen ihre Aufmerksamkeit erregt. Ausschließlich Männernamen standen darauf, hinter jedem Namen ein Datum, das in der Zukunft lag.

Buchegger trat durch die Tür. »Die Telefonlisten«, sagte er und wedelte mit mehreren Zetteln. Er legte sie auf Sandras Schreibtisch.

»Das ging aber schnell. Normalerweise warten wir da Tage drauf.«

»Sie hat nicht viel telefoniert«, erwiderte Buchegger. »Außerdem war sie eine Richterin, auch das dürfte beschleunigend gewirkt haben.«

»Wahrscheinlich.«

Als er wieder gegangen war, warf Sandra einen Blick auf die Listen. Tatsächlich, Helga Wolf hatte kaum telefoniert. Weder auf dem Festnetz, noch mit dem Mobiltelefon. Sandra griff zu ihrem Apparat auf dem Schreibtisch, wählte Rosas Handynummer.

Ihre Kollegin hob nach dem vierten Läuten ab. »Was gibt's?«

»Buchegger hat mir gerade die Telefonliste der Wolf gebracht. Ich denke, das ist eine gewisse Arbeitserleichterung. Ich fax sie dir gleich mal rüber. Vergleich einmal stichprobenartig die Nummern mit den Akten. Sind nicht viele Nummern darauf«, sagte Sandra und ließ sich die Faxnummer des Büros geben, das man ihrer Freundin zur Aktendurchsicht in Linz überlassen hatte.

»Schon was Brauchbares gefunden?«, fragte Sandra schließlich.

»Ich hab mir mal alle sogenannten J-Fälle vorgenommen. Vor-
oder Nachname der Angeklagten, und das sind jede Menge. Hast
du gewusst, dass so ein Richter rund zweihundert Fälle pro Jahr
bearbeitet und die Wolf sogar noch mehr?«

»Wow! Und in welchem Jahr bist du?«

»Gerade mal im vergangenen und schön langsam frag ich mich
... Hatte diese Frau überhaupt Freizeit?«

»Apropos Freizeit! Hat dir irgendjemand von ihren Kollegen
etwas vom Privatmenschen Helga Wolf erzählt? Ihre beste Freundin hat sie als Abstinenzlerin bezeichnet, was ihr Sexleben betraf.«

»Nein. Nichts. Sie schien ein unbeschriebenes Blatt gewesen zu
sein. Aber über die Liebeleien unseres Staatsanwaltes wussten alle
etwas zu berichten. Hat wohl nicht hinterm Berg gehalten. Waren
ja auch Kolleginnen darunter.«

»Das passt zu dem, was mir die Bachmann erzählt hat. Sodom
und Gomorrha im Landesgericht«, lachte Sandra. Dann erzählte
sie Rosa ausführlich von dem Gespräch mit Marianne Bachmann.

Währenddessen hatte Rosa begonnen, in den Akten zu blättern.

»Den Kollegen gegenüber war Helga Wolf sehr zurückhaltend,
nur einmal hat es einen gröberen Streit mit einer Kollegin geben,
ist aber schon Jahre aus. Es ging damals um irgendeinen Fall nach
§87 StGB, absichtlich schwere Körperverletzung mit Todesfolge.
Die Kollegin, eine Staatsanwältin, hatte mehrmals eine bedingte
Entlassung für einen Häftling beantrag, aufgrund eines psychologischen Gutachtens. Und Helga Wolf hat immer wieder abgelehnt.«

»Warum?«

»Das weiß niemand so genau, denn der Mann hatte zwei Drittel
seiner Strafe bereits abgesessen und war während des Strafvoll-
zugs nie irgendwie unangenehm aufgefallen. Im Gegenteil. Er
hat sich angeblich sehr gut benommen. Offiziell hieß es, dass die
Wolf einfach ein Problem damit hatte, einen Mann rauszulassen,
der seine Frau zu Tode geprügelt hat.«

»Ich hab heute Morgen in der Zeitung gelesen, dass Helga Wolf
gerade bei diesen Fällen unerbittlich war.«

»Kann schon sein, aber die Staatsanwältin, die den Antrag gestellt hat, war zu dieser Zeit gerade Walter Wolfs aktuelle Geliebte, das wusste das ganze Haus.«

»Und du meinst ...«

»Ich meine gar nichts, es wird halt geredet. Übrigens hat diese Kontroverse damals auch in der Zeitung Wellen geschlagen.«

»Hm. Wann war das, sagst du?«

»Genau weiß ich es nicht, müsste ich erheben lassen. Nach der Sekretärin, die mir davon erzählt hat, so vor vier oder fünf Jahren. Die Verurteilung liegt natürlich noch länger zurück.«

»Weiß nicht, ob das für uns noch interessant sein kann, ist schon verdammt lang her.« Sandra machte sich eine Notiz, vielleicht konnte Bernd im Archiv der Zeitung etwas darüber finden. »Schau mal, ob du mit der Staatsanwältin reden kannst. Du weißt schon, so von Frau zu Frau, nicht als Ermittlungsbeamtin. Versuch auch rauszukriegen, ob Helga Wolf während oder nach den Prozessen gedroht wurde. Step by Step, und nicht hudeln, Rosa. Tot ist sie ja schon. Hast du eigentlich schon in ihre Personalakte reingesehen?«

»Ja! Hab aber nichts Auffälliges gefunden. Die Frau war fast zu perfekt, um wahr zu sein. Schulausbildung mit Auszeichnung, Studium im Rekordtempo, und auch sonst war alles nur vom Feinsten. Da gab es keine Ecken und Kanten.«

»Das würde zu den Beschreibungen passen, die ihr Ex-Mann und Marianne Bachmann abgegeben haben. Nur etwas stimmt trotzdem nicht an dem Bild dieser Frau. Ich weiß nur noch nicht genau was.«

Dann informierte Sandra Rosa über die Liste mit den Namen, aber auch sie hatte keine Erklärung dafür. Nach dem Austausch einiger Belanglosigkeiten überließ Sandra ihre Freundin schließlich wieder ihrem Aktenschicksal.

Sandra nahm einen neuen Ordner aus Wolfs Villa zur Hand. Nach einigen Minuten fand sie die Lösung der Schlüssel mit der unleserlichen Beschriftung. Sie griff zum Telefon und wählte Martins Nummer im Büro. Es läutete viermal, bis sich ihr Chef meldete.

»Martin, ich bin's, Sandra.«

»Hm?«

»Ich glaub, ich hab was gefunden, das uns weiterbringen wird. Brauche aber Rückendeckung.«

»Solange es sich im Rahmen deiner üblichen Illegalitäten bewegt, hast du meine Unterstützung. Sollte es darüber hinausgehen, werde ich dich versetzen lassen.«

Sandra grinste. Das war genau die Antwort, die sie hören wollte, und wenn sie ehrlich war, hatte sie schon vor dem Telefonat gewusst, dass Martin sie ihr geben würde.

»Also«, sagte er schließlich. »Was hast du gefunden?

»Einen Mietvertrag für eine Wohnung in Wien«, antwortete Sandra.

Dienstag, 3. Juli, 15.00 Uhr

Der Malereibetrieb lag auf der Verbindungsstraße von Seewalchen nach Gampern. Sandra hatte sich erkundigt. Das Unternehmen war nicht besonders groß. Ein Chef und etwa drei Angestellte. Auf dem Parkplatz vor dem Firmengebäude stand ein Kleinbus der Freiwilligen Feuerwehr. Sandra parkte ihren Golf daneben. Johann Thalmann, der Inhaber des Malereibetriebes, war ein mittelgroßer, etwas untersetzter Mann, Mitte vierzig. Sein Händedruck, mit dem er Sandra begrüßte, war fest, aber durchaus freundlich. Er trug eine Feuerwehruniform, wie der Mann neben ihm. Die beiden wollten zum Einsatz. Der Keller eines Kameraden sollte ausgepumpt werden. Grundwasser war eingedrungen.

Thalmann schickte den anderen voraus und führte Sandra in ein Büro, dessen Wände in verschiedenen Rottönen gestrichen waren. Sie fand die Farbkombination sehr anregend. Mit Garantie schlief in diesem Raum niemand ein. Nicht einmal, wenn man sich der Buchhaltung widmen musste.

»Des is ja a schlimme Sach«, sagte er. »Sie wurde gestern gfunden, habm mir meine Männer erzählt?«

»Das ist richtig, Herr Thalmann.«

»Und was brauchen Sie jetzt von mir? Ich hab die Frau Doktor doh net einmal kennt.«

»Sie hat Sie doch aber persönlich beauftragt, die Fassade zu streichen.«

Er machte eine rasche Handbewegung. »Ja, ja, des scho. Aber sie war net da. Sie hat mih angrufen und dann habm mir netter no a Wochen ausgmacht.«

»Machen Sie das immer so, ohne schriftlichen Auftrag und einer Anzahlung?«

Er schüttelte den Kopf. »Na. Normalerweise net. Aber bei oaner Frau Doktor?«, sagte er so, als würde der Titel als Sicherheit genügen. »Außerdem kennt ma die Frau Doktor Wolf doch im Ort. Zumindest vom Hörensagen«, fügte er noch hinzu. »Und der Sepp arbeitet doh scho seit Jahren für sie und hat immer sei Geld kriagt.«

»Sie meinen Josef Wächter, den Gärtner?«

»Genau den. Der hat mih ja sozusagen empfohlen.«

Plötzlich fiel es ihr auf. Zwei J. Johann und Josef. Zufall?

»Und wer hat jetzt bei Frau Doktor Wolf gearbeitet?«

»Ja, ih und der Herbert, mein Gsell.«

»Hat der Herbert auch einen Nachnamen?«

»Herbert Schierl, aber Frau Inspektor, Sie glauben doh net ... Wir habm doh scho am Donnerstag zampackt. Da woar die Frau Doktor noh goar net dahoam.«

»Herr Thalmann, wir glauben gar nichts. Wir stehen am Beginn unserer Ermittlungen, und da ist es einfach Routine, dass man mit allen spricht, die zuletzt mit dem Opfer Kontakt hatten.«

»Aber wir habm gar koan Kontakt ghabt. Sie hat mich angerufen, wir habm an Termin ausgmacht und alles andere ist dann über ihre Haushälterin glaufen. Wartens, ih hab ma ihren Namen irgendwo ...« Er war nervös, wechselte von der Mundart ins Schriftdeutsch und umgekehrt, begann, seine Unterlagen auf dem Schreibtisch zu durchwühlen.

»Lassens nur, Herr Thalmann. Ich weiß schon, das war die Frau Loos.«

»Genau. Loos, so hats ghoaßen.«

»Ist Ihr Geselle auch da?«

»Na, der is jo a bei der Feierwehr.«

Was sonst, dachte Sandra. Die meisten Männer hier waren bei der Feuerwehr. »Und Sie haben die Frau Doktor Wolf nie zu Gesicht bekommen?«

»Na, nia. Aber des hat mir der Sepp schon gsagt, dass sie dann meistens in Wean is, wenn oana kimmt. Die dürft a bisserl leutscheu gwesen sei.«

»Und woher weiß Herr Wächter das mit Wien?«

»Ich glaub, des hat eahm diese Frau Loos vazählt. Irgendwann amoi.«

Sandra stand auf, reichte ihm die Hand. »Danke, Herr Thalmann. Sollte ich noch weitere Fragen haben, dann schau ich wieder vorbei.«

Der Gärtnereibetrieb lag in der Nähe des Gerlhamer Moores. Sie fand den Gärtner in seinen Glashäusern. Glück. Müsste er nicht beim Feuerwehreinsatz sein? Aber auch von ihm erfuhr Sandra nur, was sie ohnehin schon wusste. Helga Wolf war eigentlich niemals anwesend, wenn Handwerker im Haus oder auf dem Anwesen waren. Sie gab den Auftrag, um alles andere kümmerte sich Maria Loos. Josef Wächter betreute seit sieben Jahren den Garten der Wolf. In der biblischen Zahlensymbolik stand die Sieben für Vollkommenheit und Vollständigkeit nach der Weisheit Gottes. In den Märchen war die Sieben, neben der Drei und der Dreizehn, immer Symbol für Glück – oder eben Pech.

Dienstag, 3. Juli, 17.00 Uhr

Briska Frank hatte jegliches Zeitgefühl verloren. Sie wusste weder, welcher Tag, noch welche Uhrzeit gerade war. Sie wusste nur, dass sie in einem dunklen Keller lag und brutal vergewaltigt worden war. Sie blieb still liegen, horchte in ihren Körper hinein, wie es ihr ging. Durch den Strick, mit dem ihre Hände und Beine gefesselt waren, fühlten sich ihre Gliedmaßen nahezu taub an. Ihr Unterleib brannte wie Feuer, der rechte Hüftknochen tat weh, sie hatte unglaubliche Schmerzen. Das Blut pochte in ihrem Kopf, verursachte ihr Kopfschmerzen und in ihren Ohren begann, ein hoher Ton zu pfeifen: Tinnitus, ihr einziger Freund in diesen qualvollen Stunden.

Aber das Monster hatte nicht nur ihren Körper geschunden, sondern auch ihre Seele verletzt. Das Martyrium hatte Stunden gedauert. Immer und immer wieder hatte er sie genommen, ohne ein Wort zu sagen, hatte ihr dabei ins Gesicht geschlagen. Sie hatte ihn stumm angefleht, damit aufzuhören. Aber er hatte kein Mitleid. Es war ihm gleichgültig, dass sie Schmerzen hatte. Mehr noch, er genoss es. Es trieb ihn vorwärts, steigerte seine Lust, denn er hatte sie mit einem Ruck herumgedreht, ihr Gesicht auf den Boden gedrückt, bis sie kaum mehr Luft bekam. Als er brutal von hinten in sie eingedrungen war, hatte er ihren Kopf an den Haaren nach hinten gerissen. Sie wollte schreien vor Schmerz, aber das Klebeband über ihrem Mund hatte sie daran gehindert. Dann war er endlich gekommen.

Ihr war schlecht geworden und sie hatte sich fast übergeben müssen. Nur mit viel Mühe war es ihr gelungen, das Würgen in ihrem Hals unter Kontrolle zu bekommen, denn sonst wäre sie unweigerlich an ihrem eigenen Erbrochenen erstickt. Sie war sich sicher, dass er das Klebeband nicht einmal in diesem Fall abgenommen hätte. Danach hatte er sie mit seinen Füßen zur Seite getreten, wie einen wertlosen Gegenstand, eine kratzige Decke über sie geschmissen und war gegangen.

Es geht vorbei, dachte sie. Er wird mich bald gehen lassen. Sie hatte schon einmal eine Vergewaltigung überlebt, und auch diese würde sie überleben. Auch wenn nichts mehr sein würde wie vorher. So wie damals, als eine Vergewaltigung ihren weiteren Lebensweg bestimmt hatte. Sie hatte angefangen, ehrenamtlich im Frauenhaus zu arbeiten. Gemeinsam mit anderen wollte sie gegen das Böse kämpfen, wollte erreichen, dass es endlich in die Köpfe der Frauen ging, dass niemals sie Schuld waren, wenn Männer, auch ihre eigenen Ehemänner, sie schlugen und vergewaltigten. Niemals.

Auch sie war damals zu feige gewesen, ihren Peiniger anzuzeigen. Sie war wie gelähmt vor Angst und Schamgefühl, so als hätte sie selbst etwas Unrechtes getan. Ja, sie wusste, wie sich Frauen nach Misshandlungen fühlten. Auch wenn sie bisher nur mit einem Menschen darüber gesprochen hatte.

Sie dachte nach. Wahrscheinlich würde sie sich nun endlich in eine andere Station versetzen lassen. Sie wollte diese Opfer von Missbrauch und Vergewaltigung nicht mehr in der Notaufnahme sehen müssen.

Sie verspürte Harndrang, seufzte, rollte sich in eine Ecke und ließ es einfach laufen, es war ihr egal. Der Urin brannte. Sie begann, lautlos zu weinen.

Dienstag, 3. Juli, 18.00 Uhr

Jemand pochte fest gegen die Tür von Sandras Büro. Sie stand auf und öffnete.

»Hallo«, sagte ein Berg Akten.

»Hallo«, antwortete Sandra. »Das freut mich aber, dass ihr inzwischen von allein in mein Büro kommt und ich euch nicht mehr tragen muss.«

»Sehr witzig!« Rosa schob sich an ihr vorbei und wuchtete die Unterlagen auf den Schreibtisch. Im Schlepptau hatte sie Buchegger, der mindestens so viele Akten trug wie sie selbst. Er legte den Berg neben Rosas Haufen.»Wenn Sie was brauchen, rufen Sie«, sagte er und verschwand wieder.

»Das sind Kopien aller Fälle der letzten fünf Jahre.« Sie schlug mit der flachen Hand auf einen Aktenberg.»Und das ...«, wieder dieser Handschlag, diesmal auf den daneben liegenden Berg,»... von jenen Fällen, in denen die Vor- oder Nachnamen mit J beginnen. Aber nur die, die draußen sind. Verkehrsdelikte und andere Kleinigkeiten hab ich jetzt mal ausgelassen«, erklärte Rosa.»Hat mich eine Menge Ärger und Mühe gekostet. Du kennst das ja. Die Akten müssen normalerweise sofort in die Staatsanwaltschaft, Kopien dürfen eigentlich nicht außer Haus gehen.« Sie fuhr sich mit dem Handrücken über die Stirn und ließ sich auf ihren Sessel fallen. »Aber ich hab's geschafft.«

Sandra grinste.»Bravo, hast du mit dem Staatsanwalt geschlafen, damit er sie dir überlässt?«

»Nein, ich hab ihn getötet. Aber verrat mich nicht.«

Sandra hob abwehrend die Hände.»Kein Wort, versprochen. Aber irgendwann, eines Tages, wird's auffallen.« Sie grinste.»Wir müssen uns sofort um dein Alibi kümmern.« Kurze Pause.»Hast du noch mal mit der Sekretärin gesprochen?«

»Ja. Und sie hat mir ganz interessante Details über die Ehe der Wolfs erzählt. Hat sie zum Teil von der Sekretärin der Staatsanwältin erfahren. Der Wolf hat sich angeblich ziemlich gegen die Scheidung gewehrt, hat Gerichtstermine nicht wahrgenommen, hat wieder liebevoll um seine Frau geworben. Hat sich augenblicklich von seiner Geliebten getrennt, die darunter sehr gelitten hat.«

»Dann hat er sie vielleicht doch aus Liebe geheiratet und nicht nur seiner Karriere zuliebe.«

»Das glaubt die Sekretärin der Wolf auch. Angeblich hat Walter Wolf keinen Geburts- oder Hochzeitstag vergessen. An diesen Tagen ließ er seiner Frau immer Blumen ins Büro schicken. Helga Wolf dagegen hat sehr wohl den Hochzeitstag vergessen, auch an Walter Wolfs Geburtstag musste sie erinnert werden. Meistens hat dann die Sekretärin noch schnell irgendein Geschenk besorgt, Zigarren, eine Kiste Wein oder so.«

»Da hat uns der Herr Staatsanwalt doch tatsächlich etwas vorgespielt. Von wegen nur Karriere. Dem Mann war seine Frau ganz und gar nicht egal. Die Frau Bachmann hat mir heute erzählt, dass Walter Wolf Kinder wollte. Seine Frau aber nicht.«

»Aber die beiden sind seit sechs Jahren geschieden. Ich kann mir nicht vorstellen, dass er ausgerechnet jetzt ...«

»Ich hab die Scheidungspapiere gesehen. Sie hat ihm alles genommen, die Villa, die Antiquitäten, und jetzt wollte sie auch noch das letzte Bild haben. Das Hochzeitsgeschenk ihrer Eltern. Inzwischen glaube ich nicht mehr, dass Walter Wolf das Bild im Safe als Wertanlage aufbewahrt. Er will's behalten, weil es ihn an die Zeit mit seiner Frau erinnert. – Ich möchte dir etwas zeigen.«

Sandra schob den Mietvertrag über den Tisch.

Rosa las stumm, dann hob sie den Kopf. »Was denkst du?«

»Im Moment denke ich noch gar nichts, außer an einen Zweitwohnsitz in Wien, was ja nicht verboten ist. Nur eines macht mich stutzig. Der Vertrag läuft seit fünfzehn Jahren und Walter Wolf weiß angeblich nichts von dieser Wohnung. Hab ihn schon danach gefragt. Ich werde morgen hinfahren und mich in der Wohnung umsehen.«

»Offiziell?«

»Natürlich nicht.« Sandra grinste. »Martin hab ich aber informiert. Er meinte, dass diese Aktion im Bereich meiner üblichen Illegalität liege und er mir vierundzwanzig Stunden den Rücken frei hält, danach müsse ich fliehen ... Nein, Scherz. Er wird die Wiener Kollegen erst informieren, wenn ich wieder raus bin, aus der Wohnung.«

»Warum lässt du nicht die Wiener Kollegen die Wohnung durchsuchen?«

Sandra klopfte mit der Hand auf ihren Brustkorb. »Weil das mein Fall ist. Sobald ich offiziell in Wien ermitteln möchte, wird's kompliziert und bürokratisch. Also seh ich mich inoffiziell einmal um.«

»Was hoffst du zu finden?«

Sandra zuckte die Achseln. »Keine Ahnung, vielleicht einen Hinweis ... ich weiß es einfach nicht. Ach ja, noch was, unser Malermeister beschäftigt meiner Meinung nach Schwarzarbeiter.«

»Wie das?«

»Maria Loos hat mir erzählt, dass drei Arbeiter auf der Baustelle waren. Der Thalmann hat mir aber nur von sich und einem Gesellen erzählt.«

»Soll ich das weitergeben?«

Sandra schüttelte den Kopf. »Lass. Wir haben Wichtigeres zu tun. Ist sowieso heutzutage schon schwer genug, als Kleinunternehmer zu überleben. Ist dir eigentlich schon aufgefallen, dass die Vornamen unserer Handwerkermeister mit J beginnen. Josef und Johann.« Sie hielt kurz inne, überlegte. »Was wäre ... nur so als Idee ... wenn doch was dran ist an dem Gerücht. Lass uns die Geschichte durchspielen.« Sie zählte an den Fingern ab. »Ich bin nicht glücklich, weder im Beruf noch in der Ehe. Miete mir für meine Abenteuer eine Wohnung in Wien. Warum? Zu Hause soll niemand etwas erfahren.«

»Sie hat sozusagen den Ort des Geschehens gewechselt«, sagte Rosa.

»Genau! Salzburg liegt zu nahe. Dort triffst du mehr Vöcklabrucker und Linzer als in Oberösterreich. Also bleibt nur noch die einzig wirklich große Stadt in Österreich, Wien«, überlegte Sandra.

»Aber Wien ist doch auch nur eine Kleinstadt. Dort trifft man auch immer wieder auf bekannte Gesichter. Lauf doch mal die Kärntner Straße entlang, dort begegnen dir Leute, die triffst du hier das ganze Jahr über nicht, obwohl sie im Nachbarort leben.«

»Aber nicht, wenn die Wohnung in einem Wohnkomplex liegt, wo dich nicht einmal die Nachbarn kennen, die Tür an Tür mit dir leben.«

»Und wo bitteschön, ist das?«

»Alterlaa. Aber wie gesagt, das ist reine Spekulation. Es kann auch ganz anders sein.« Dann klopfte auch sie mit der rechten Hand auf einen Aktenstoß. »Das hat Zeit bis morgen. Lass uns essen gehen. Ich lad dich ein.«

Nach einer kurzen Diskussion entschieden sie, zu Sandra zu fahren. Auf dem Weg zum Parkplatz fragte Sandra: »Haben dir die Telefonlisten was gebracht?«

»Hatte noch keine Zeit, die Nummern mit den Akten eingehend zu vergleichen. Oberflächlich betrachtet gab's keine Übereinstimmung. Die von Walter Wolf taucht einige Male auf, das letzte Mal etwa vierzehn Tage vor ihrem Tod. War aber kein langes Gespräch. Drei Minuten oder so.«

»Wahrscheinlich das Bild, das Helga Wolf unbedingt wollte.«

Dienstag, 3. Juli, 19.30 Uhr

Während der Fahrt, Rosa folgte ihr im eigenen Wagen, rief Sandra Bernd an, um ihm mitzuteilen, dass sie heute allein in ihrer Wohnung übernachten würde. Sie wollte bereits um halb sechs nach Wien fahren. Bernd saß noch in der Redaktion. »Ich geh gleich auf ein schnelles Bier, dann fahr ich nach Haus. Ruf mich an, wenn du zurück bist.«

In Reibersdorf mussten sie mitten im Ort stehen bleiben, um einen Traktor passieren zu lassen, der in einen Hof einbog. Der Bauer bedankte sich mit Handzeichen von seinem Führerhaus aus und ließ sich dann von einem laut bellenden Schäferhund begrüßen. In diesem Moment fiel Sandra Miro ein.

»Scheiße«, entfuhr es ihr. »Der Tierarzttermin. Ich hab's total vergessen.« Kurz entschlossen bog sie vom Weg zu ihren Eltern ab in Richtung „Litzlberger Keller" in Seewalchen. Sandra seufzte, als sie den übervollen Parkplatz des Restaurants mit Seeterrasse sah. Sie registrierte vor allem deutsche und holländische Autokennzeichen, was an und für sich um diese Jahreszeit nichts Ungewöhnliches war. Aber dieses Haus hier wurde nicht nur wegen der herrlichen Sicht auf den See und den frischen Fischgerichten überrannt, sondern auch, weil das Haus internationale Schlagzeilen gemacht hatte. Das Gemälde des Litzlberger Kellers, das der berühmte Maler Gustav Klimt während einer seiner Sommeraufenthalte am Attersee zwischen 1900 und 1916 gemalt hatte, war bei Sotheby's in New York um 12,79 Millionen Euro von einem Unbekannten ersteigert worden. Seither fand man mehr Auswärtige als Einheimische in der Gaststube.

»Meine Mutter hat mich heute gebeten, mit dem Hund zum Impfen zu gehen, weil die Pension voller Gäste ist. Ich hab's vergessen. Die lyncht mich. Wir gehen besser hier essen«, erklärte sie Rosa, nachdem sie aus ihren Autos gestiegen waren.

»Deine Vergesslichkeit und Schlamperei sind schon legendär«, war Rosas einziger Kommentar. »Aber deine privaten Termine kann ich nicht auch noch organisieren, mir reicht dein Durcheinander am Schreibtisch.«

Sie hatten Glück und fanden noch einen Tisch im hinteren Teil der Terrasse.

»Griaß Eich!« Die Wirtin zwinkerte Sandra zu. »Ganz frische Reinanken habm ma heit.« Dass sie sich noch an Sandras Liebe für frischen Fisch aus dem Attersee erinnern konnte! Bei den vielen Gästen!

Ein deutscher Tourist tat sich offensichtlich mit den einheimischen Ausdrücken schwer: »Fräulein! Was ist denn bitteschön eine Blunz'n?«

»A Blunz'n? Des is a Blutwurst«, antwortete Fräulein Inge geduldig.

»Und dieser Palatschinken?« Die Betonung legte der Fragende hier auf das letzte A, das T und das Wort Schinken, was sich sehr merkwürdig anhörte und sofort von der Bedienung korrigiert wurde.

»Palatschinken, moanans. Des is a Pfannkuchen, so sogt ma glaub ih bei eich.« Es tat Sandra im Herzen gut, dass Inge im oberösterreichischen Dialekt antwortete. Er war nicht leicht zu verstehen, hatte auch regionale Eigenarten, doch Sandra liebte ihn, auch wenn sie selbst gepflegtes Umgangsdeutsch sprach. Der Gast war jedenfalls zufrieden. Inge beriet ihn und er hatte nach fünf Minuten sein Menü zusammengestellt.

Sandra und Rosa hatten Rosenwindwein zu ihren Attersee-Reinanken bestellt und genossen schweigend jeden Bissen und jeden Schluck. Gerade als sie das Besteck zur Seite legten, betrat Bernd die Terrasse. Er war nicht allein. An seiner Seite war Maria Loos. Sandra sah Rosa überrascht an. »Was tut der denn hier, mit ihr«, flüsterte sie Rosa zu.

»Vielleicht schreibt er eine Geschichte über sie.«

»Das ist aber nicht okay. Er wollte alles, was mit meinen Fällen zu tun hat, mit mir absprechen.«

»Ich glaube, du vergisst manchmal, dass der Mann Journalist ist.«

»Oh, glaube mir«, schnaubte Sandra etwas lauter. »Das vergess' ich nie. Diese Tatsache steht oft genug zwischen uns. Ich ärger mich nicht, weil er eine Geschichte über den Fall schreiben will, oder vielleicht doch? Ach egal!« Sie griff sich an den Löwen im rechten Ohrläppchen. »Auf jeden Fall ärger ich mich, dass er mir am Telefon gesagt hat, dass er nur noch schnell auf ein Bier geht, und jetzt kommt er hierher! Das Lokal liegt etwa zwölf Kilometer von einem schnellen Bier in Vöcklabruck entfernt.«

Sie beobachteten, wie er Ausschau nach einem freien Tisch hielt. Während Sandra noch überlegte, was sie ihm sagen sollte, wenn er sie bemerkte, geleitete er Maria Loos schon, enttäuscht keinen freien Platz auf der Terrasse ausgemacht zu haben, ins Innere des Hauses. Sandra atmete auf. Plötzlich legte Rosa ihr die Hand auf den Arm. Susi, Bernds Ex, betrat die Terrasse, sah sich kurz um, verschwand dann ebenfalls im Restaurant. Sie zog die Blicke sämtlicher Männer auf sich. Ihre blonden Haare waren mindestens so lang wie ihre Beine, die sie bereitwillig zeigte. Das Sommerkleid reichte knapp über den Po. Sandra spürte, wie die Eifersucht langsam aus ihrem Bauch kroch und innerhalb weniger Sekunden ihren gesamten Körper in Besitz nahm. Obwohl ihr Kopf sie ermahnte, ruhig zu bleiben. Wahrscheinlich gab es eine ganz einfache Erklärung für ihr Erscheinen.

Gab es nicht!

Was zum Teufel machte Bernds Ex hier? Ein Treffen mit der Haushälterin eines Mordopfers ließ sich ja noch irgendwie beruflich erklären. Aber Susi?

So sah also sein schnelles Bier aus!

91

Sandra gab der Wirtin ein Zeichen. Sie war bedient! Und wollte sofort nach Hause.

Ihr Vater saß mit einigen Pensionsgästen im Hof vor dem Haus. Berliner. Er hatte Bierbänke aufgestellt. Ein kleines Fass Zipfer Bier, Gläser und eine Flasche Apfelsaft für die Kinder zierten den Tisch. Miro lag ihm zu Füßen. Der Hund schlug zweimal mit dem Schwanz auf den Boden, als er Sandra sah. Sonst war ihm keinerlei Reaktion abzuringen. Er hatte eindeutig als Wachhund bereits Dienstschluss. Wobei man dieses Ungetüm eigentlich nicht als Wachhund bezeichnen konnte, sondern eher in gewissen Zeitabständen als wachen Hund, wenn überhaupt.

Lieselotte Anders war wie üblich bei Essensvorbereitungen in der Küche. Sandra holte sich den vorwurfsvollen Blick und eine wortreiche Abmahnung wegen des versäumten Impftermins bei ihrer Mutter ab, dann informierte sie sie über die Fahrt nach Wien und gesellte sich zu der Runde im Hof.

»Das freut uns aber, dass sich die Tochter des Hauses zu uns setzt.«

»Ja, ja, und da heißt es immer, die Beamten haben zu wenig Arbeit.« Sandras Mutter erschien auf der Bühne wie eine Walküre, beladen mit einem großen Holzteller voller Speck, Würsten und Brot. Genau das Richtige um diese Uhrzeit, um in kürzester Zeit hundert Kilo mehr auf die Waage zu bringen. »Bei meiner Tochter is des Gegenteil der Fall. Deshalb is a no net verheirat'.«

Sandra ersparte sich jeglichen Kommentar, ließ Bier aus dem Fass in ein Glas laufen. Sie wusste, dass ihre Mutter es hasste, wenn sie ihren Beruf zur Sprache brachte, so als würden damit unweigerlich Leichen in der Pension auftauchen. »Meine Tochter ist Beamtin«, klang hingegen so wunderbar unverbindlich. Obwohl sie in letzter Zeit das Gefühl hatte, dass die Frage, wann sie endlich das geregelte Leben einer gut verheirateten Frau führen würde, das Thema »Kriminalinspektorin auf Mörderjagd« allmählich vom Siegerstockerl stieß.

Aber Lieselotte Anders hatte noch nicht genug erzählt. Und sie bemühte sich, Schriftdeutsch zu sprechen. »Mein Mann und ich fragen uns ja schon lang, wer des alles hier einmal übernehmen wird. Mei' Tochter ist ja sozusagen beim Staat angestellt.« Für Sandras Mutter gab es kein Thema, das Tabu war. Im Hause Anders war jeder ein willkommenes Familienmitglied, dem bereitwillig alles erzählt wurde.

Aber die Pensionsgäste waren sensibel genug, dieses Thema nicht zu vertiefen.»So, so ... schön haben Sie es hier.« Sandra war ihnen dankbar. Sie lächelte. Die Berliner lächelten. Sandras Mutter schenkte Schnaps ein.»Mögens eh, is a Selbstgebrannter.«

Mittwoch, 4. Juli, 08.00 Uhr

Die Autobahn nach Wien war relativ frei gewesen, und Sandra war rasch vorangekommen, obwohl sie sich die halbe Nacht und auch die Fahrt über gedanklich mit Bernd und Susi befasst hatte. Was hatten die beiden miteinander zu schaffen? Warum konnten sie nicht einfach wütend aufeinander sein? So wie andere ehemalige Paare auch.

Nach der Westeinfahrt in der Höhe von Schönbrunn war sie stehen geblieben und hatte einen Stadtplan zu Hilfe genommen. Sie war schon oft in Wien gewesen, hatte aber bis dato noch nie den Bezirk Liesing besucht und keine Ahnung, wie man dorthin fuhr. Aber nach einigen Irrwegen und drei Passanten, die sie nach dem Weg gefragt hatte, war sie endlich angekommen und stellte ihren Golf auf einem Parkplatz ab. Dann nahm sie die Umgebung in Augenschein. Alterlaa war ihr nur von Erzählungen her bekannt. Der in den siebziger Jahren erbaute Wohnpark war Furcht einflößend. Alleine beim Anblick der vielen Stockwerke, der blockweise angelegten Hochhäuser mit begrünten Loggien wurde ihr schwindelig. Ein Schild auf den Rasenflächen zwischen den Blöcken wies darauf hin, dass es in dieser Anlage verboten sei,

Tauben zu füttern. Auch das Lärmen war zu unterlassen und das Bellen von Hunden ab einer gewissen Uhrzeit abzustellen. Sie amüsierte sich über dieses absurde Verbot, oder hatten Hunde in Wien Zeitschaltuhren?

Hinter den blassrosa Fassaden lebten über viertausend Menschen, die ihre Balkone mit Oleander und Ficus benjamina geschmückt hatten. Dachschwimmbäder, Tennishallen, Spielplätze für Kinder und vieles mehr waren als Freizeiteinrichtung für die Bewohner des Viertels gebaut worden, und im Erdgeschoss der Wohntürme waren Lokale und Dienstleistungsbetriebe untergebracht. Ein autonomer Lebensraum mitten in der Stadt. Aber wie überall in derartigen Ballungszentren wuchs die Anonymität und damit auch die Zahl derjenigen beständig an, die das Eigentum anderer zerstörten, Wände beschmierten oder Müll neben die dafür vorgesehenen Tonnen leerten. Es regnete, was die Anlage noch eintöniger erscheinen ließ. Die Spielplätze waren leer, vereinzelt huschten mit Regenschirmen bewaffnete Menschen über den Platz, um gleich darauf wieder im Dickicht der Wohntürme zu verschwinden.

Sandra ging auf Block A zu, sperrte die Eingangstür auf und stand gleich darauf in einem dunklen Stiegenhaus. Es roch nach frischer Farbe. Sie betätigte den Lichtschalter. Gleich daneben hingen die Briefkästen der Bewohner an der Wand. Sie suchte den von Helga Wolf und nahm die Post an sich. Es war nichts Weltbewegendes darunter, ausschließlich Prospekte und sonstiges Werbematerial. Sie legte den Stapel wieder zurück.

Dann ging sie die wenigen Schritte zum Lift und fuhr in den sechsten Stock. Sie hatte sich die Nummer der Wohnung gemerkt, sie aber vorsichtshalber doch aufgeschrieben, schlenderte nun mit dem Zettel in der Hand und ohne Hast den endlos wirkenden Gang entlang, bis sie vor der gesuchten Tür stand.

Die Wohnung war rund siebzig Quadratmeter groß, schlicht, aber modern möbliert. Im Gegensatz zur Villa am Attersee hingen hier nur Drucke an den Wänden, ausschließlich Aktfotos. Aber Rolf Benz fehlte nicht, diesmal in Form von Esstisch und Stühlen in einer Wohnküche. Dagegen war in den Kästen billiges Geschirr. Auf einem Schreibtisch an der gegenüberliegenden Wand lagen drei Kunstbücher. Eine Glastür führte zur Loggia. Sandra wollte und konnte den kleinen Balkon nicht betreten. Sie litt unter Höhenangst. Und das sechste Stockwerk war für sie eindeutig zu hoch, um unbekümmert in die Gegend zu blicken. Stattdessen zog sie sich Latexhandschuhe über und ging durch den Flur in das Schlafzimmer. Der Raum wurde von einem zwei Mal zwei Meter großen Futon dominiert. Das Bett hatte weder ein Kopf- noch ein Fußende. Die Wand dahinter war in dem gleichen roten Farbton gestrichen worden, wie ihn der Teppichboden hatte. An der Decke hing ein großer Spiegel. Die Bettdecken und Kissen waren nicht überzogen, lagen aber ordentlich auf dem Bett. Auf dem Nachtkästchen stand eine dunkle Flasche. Sandra nahm es zur Hand: erotisches Massageöl mit Sandelholz. Sie schraubte den Verschluss auf. Roch verdammt gut, dieses Zeug. Sie schraubte es wieder zu, stellte es zurück. Dann zog sie die Laden der beiden Nachtkästchen auf. Sie waren voller Utensilien für Sexspielchen: drei verschiedene Vibratoren, Penisringe, Kondome, Gleitmittel, ein Buch, Lederfessel mit Ringen, Karabiner und ein Beate-Uhse-Katalog. Daher also wohl die Handschellen aus der Villa. Wahrscheinlich hatte sie sich die Dinger an die Wiener Adresse schicken lassen und nur ausnahmsweise mit nach Seewalchen genommen. Das würde auch erklären, warum Maria Loos die Fesseln nie zu Gesicht bekommen hatte. Es war offensichtlich, Helga Wolf stand auf Freiheitsentzug beim Sex.

Sie nahm das Buch zur Hand. Auf dem Umschlag sah man die Rückseite eines nackten Mannes, Frauenhände umfassten seinen Po. *Was Männer wirklich antörnt.* Neugierig studierte sie den Klappentext. *Ein Schwuler verrät seiner besten Freundin, was Männer wirklich anmacht. Ein Ratgeber, wie Sie einen Mann im Bett von null auf hundert bringen.*

Sandra war erstaunt. Den Bruchteil einer Sekunde überlegte sie: Sollte sie das Buch einstecken? Vielleicht waren die Tipps ja Gold wert, obwohl sie bei Bernd eigentlich nicht viel zu tun brauchte, um ihn auf hundert zu haben. Sie legte es wieder zurück. Mitnehmen, nein, Titel notieren, ja!

Im Schrankraum fand sie wenig Kleidungsstücke: zwei Jeans, drei Blusen von Armani und Spitzenunterwäsche von Prada. Auch hier hatte Madam nicht gespart.

Im Badezimmer auf dem Waschtisch stand ein Glas mit einer Zahnbürste. Ein Duschgel in der Dusche, auch hier ein Vibrator: orangefarben. Aber mehr war da nicht. Die Wohnung wirkte auf Sandra wie ein Urlaubs-Appartement, das erst für die Hauptsaison bewohnbar gemacht werden musste. Zugegeben, ein etwas ungewöhnliches Appartement. Dies war offensichtlich Helga Wolfs Liebeshöhle. Ein, zwei schnelle oder langsame Nummern, und dann wieder ab ins konservative Leben, hinter Aktenberge und Gesetzestreue.

Sie kehrte an den Schreibtisch in der Wohnküche zurück. In den Schubladen fand sie nur einen Kugelschreiber und einige Münzen. Hatte jemand den Schreibtisch geleert, oder war er niemals wirklich benutzt worden? Sie sah sich nochmals im Zimmer um, während sie überlegte. Wie hatte Helga Wolf Kontakt zu ihren Männern aufgenommen? Telefon? Mail? In ihrem Kalender hatten sie nur Adresseinträge ihrer Freunde und einiger Arbeitskollegen gefunden. Keine Hinweise auf jüngere Liebhaber. Aber mit wem hatte sie sich hier getroffen?

Sandra dachte nach.

Ihrem Instinkt folgend, stand sie auf, ging auf die Aktfotos zu und besah sich die Rückseite. Nach dem dritten Bild hatte sie Erfolg. Ein schmales, unscheinbares Heft war mit Klebestreifen an der Rückseite befestigt worden. Sandra nahm es ab. Es war ein A4 Heft, wie sie es auch ab und zu für ihre Aufzeichnungen benutzte. Das Cover war blau mit einer getigerten Katze darauf. Sandra schlug wahllos eine Seite auf. Im Bruchteil einer Sekunde wusste sie, dass dieses Heft das war, wonach sie gesucht hatte. Die Namen ihrer Liebhaber waren aufgelistet, mit Telefonnummer und Adresse. Die Wohnorte lagen weit voneinander entfernt. Helga Wolf lief somit nicht Gefahr, dass die Männer einander kannten. Aber auch ihre Eigenheiten hatte Helga Wolf notiert und den Grund, warum sie ausgerechnet mit diesem Mann geschlafen hatte. Genauso, wie das Datum des Tages, an dem sie sich getroffen hatten. Es war seltener, als Sandra angenommen hätte. Aber es standen mindestens so viele Namen in dem Buch, wie die Gerüchteküche behauptet hatte.

Was sie an Helga Wolfs Aufzeichnungen faszinierte, war ihre Genauigkeit. Es erinnerte sie mehr an eine Buchhaltung als an erotische Erinnerungen. Die Beurteilungen waren nicht sehr vielfältig:»Einfühlungsvermögen, Ausdauer, fantasievoll, sanft, brutal, Orgasmus.« Besonders amüsierte sie, dass Helga Wolf die sexuellen Leistungen ihrer Liebhaber benotet hatte. Auf einer Skala von Eins bis Fünf. Wobei die Note Fünf anscheinend die Beste war, denn mit diesen Männern hatte sie öfter geschlafen, als mit den Einsen. Aber mehr als dreimal hatte sie offensichtlich niemanden an sich herangelassen. Warum? Hatte sie Angst, dass sie sich sonst in einen dieser Kerle verlieben würde? Ihr fiel ein, was Walter Wolf gesagt hatte:»Für meine Ex-Frau war nichts gut genug. Niemand und nichts konnte es ihr recht machen.« Nicht einmal ihre Liebhaber?

Warum dann ausgerechnet drei Mal? Langweilte sie sich so sehr mit Männern, oder ließen einfach nur ihre Leistungen nach? Ein Blick genügte und sie wusste, dass einige die Note Fünf jedes Mal erreicht hatten. Also konnte es daran auch nicht liegen. Sandra seufzte. Sie wusste, dass sie jeden dieser Männer einzeln befragen musste. Einer von ihnen konnte womöglich ihr Mörder sein. Sie begann die Namen zu zählen, die mit einem J begannen. Es waren vierzehn, die im Laufe der Jahre in den Genuss gekommen waren, ins Bett der Richterin zu steigen. Jedoch lag das Treffen mit den meisten von ihnen bereits Jahre zurück. Wenn sie diese ausklammerte, blieben vier Männer übrig, verstreut in ganz Oberösterreich. Das bedeutete jede Menge Kilometer, wenn sie die alle persönlich befragen wollte.

Noch einmal streifte ihr Blick die Aktfotos. Die Frau war überaus vorsichtig gewesen. Sogar in ihrer eigenen Liebeshöhle hatte sie das Heft mit den Namen und Adressen versteckt gehalten. Aber warum? Und vor wem? Hatte noch jemand Zutritt zur Wohnung?

Irgendwo klingelte ein Telefon. Sandra brauchte einige Sekunden um zu begreifen, dass das Läuten aus ihrem Rucksack kam, der unter dem Schreibtisch stand. Ein rascher Blick auf ihre Armbanduhr. Es war halb eins. Mühsam kramte sie das Telefon ans Tageslicht. Es war Rosa.

»Die Auswertung unserer Samenspende ist soeben eingetroffen.«

»Lass hören!« Sandra war gespannt.

»Die Kollegen können die Spermien leider nicht zuordnen«, sagte Rosa.

»Was heißt, nicht zuordnen?«

»Die Spermien in allen drei Kondomen sind identisch, also von ein und demselben Mann. Nur, wir haben leider keine übereinstimmende DNA im Computer. Aber die DNA Spuren auf den Champagnergläsern und den Handschellen können eindeutig Helga Wolf und unserem Unbekannten zugeordnet werden. Mehr geht leider nicht. Die Spermien waren zu lange außerhalb des Körpers.«

Sandra warf einen Blick auf das Heft in ihrer Hand. »Ich hab hier etwas gefunden, ein sehr interessantes Heftchen. Vielleicht hilft uns ja das weiter. Helga Wolf hat genau Buch geführt über ihre Treffen mit Männern und darüber, warum sie sich mit wem eingelassen hat. Ich hab's aber nur grob überflogen, kann noch nicht viel dazu sagen.« Sie kicherte. »Sie hat ihre Lover leistungsmäßig benotet. So etwas sollte man gesetzlich anordnen und über ein Frauennetzwerk veröffentlichen. Was glaubst du, wie viele Nächte mit vorgetäuschten Orgasmen wir uns ersparen würden? Die ganze Schauspielerei im Bett hätte endlich ein Ende. Soviel zu: Helga ist eine Abstinenzlerin. Ich glaube, der lieben Frau Bachmann sollten wir das alles, wenn möglich, verschweigen.«

»Ich hoffe nur, er war gut«, erwiderte Rosa. »Jürgen Hofer hat nämlich durchgegeben, dass sie nach dem Geschlechtsverkehr erschlagen wurde. Er meint, in der Nacht von Samstag auf Sonntag so zwischen ein und fünf Uhr morgens. Plus, minus, du weißt schon. Abwehrspuren gab's keine, wie Hofer schon vermutet hatte. Das heißt, Helga Wolf muss entweder überrascht worden sein, oder sie hat einfach nicht damit gerechnet, was wiederum für den Liebhaber sprechen würde. Wie auch immer! Nach einer Vergewaltigung sieht es jedenfalls nicht aus, meint Hofer.«

»Na wenigstens etwas. Ich schau auf dem Rückweg bei ihm im Büro vorbei. Sonst noch was?«, fragte Sandra.

»Martin hat eine Mail geschickt, dass das gesamte Vermögen der Wolf an ihren Ex-Mann geht. Übrigens wäre das auch im umgekehrten Fall so gewesen.«

»Das nenne ich wahre Liebe. Die beiden lassen sich scheiden, brechen den Kontakt zueinander ab, aber vererben sich gegenseitig ihr Vermögen«, sagte Sandra.

»Es gibt sonst niemanden, weder Kinder, noch lebende Eltern. Ist es da nicht nahe liegend, den Ex-Mann oder die Ex-Frau zu beglücken?«

»Nahe liegend vielleicht schon. Aber wie viele Menschen haben Erben und verschenken quasi ihr gesamtes Vermögen trotzdem an Tierheime, Kirchen oder sonstige Institutionen?«

Rosa lachte laut auf. »Klar, die Kirche. Bei dem Lebenswandel!«

»Wenn's ums Geld geht, ist der Kirche der Lebenswandel ihrer Gönner egal. Ab einer gewissen Summe wirst du bei den Katholiken sogar noch selig gesprochen. Aber jetzt im Ernst. Würdest du deinem Ex-Mann, zu dem du kaum Kontakt hast, dein gesamtes Vermögen vererben?«

Rosa dachte kurz nach. »Nein.«

»Siehst du! Genau das denke ich auch.«

»Hast du dir schon die Telefonliste und die Akten genauer angesehen?«, fragte Sandra in die Stille ihrer Gedanken hinein.

»Ja, leider negativ. Keine Nummer aus den Akten taucht auf ihrer Telefonliste auf. Wär ja auch widersinnig, mit Verurteilten privaten Kontakt zu pflegen. Wirst' ja sofort suspendiert.«

»Vielleicht hilft uns ja das Heft weiter.«

»Ja, vielleicht«, wiederholte Rosa. »Ach ja, bevor ich's vergess. Die Handschellen sind eindeutig von Beate Uhse.«

»Dacht ich's mir. Hab hier im Nachtkästchen einen Katalog gefunden. Die Wohnung ist voller Sexspielzeug. Solltest du mal sehen.«

»Mach Fotos! Noch etwas anderes ist mir aufgefallen. Ich habe mal die Bankbelege mit dem Datum ihrer Kalendereintragungen verglichen. Sie hat immer an jenen Tagen, an denen sie Besuch von einem ominösen Buchstaben hatte, von ihrem Konto Geld abgehoben hat. Immer beim Bankomat.«

»Wie viel?«

»Zwischen drei und fünfhundert Euro.«

»Heißt das ... willst du damit sagen, dass sie sich ihre Lover gekauft hat?«

»Wahrscheinlich. Unseren letzten Besucher dürfte sie aber nicht bezahlt haben. Am Samstag wurde nämlich kein Geld abgehoben, und auch die Tage davor nicht.«

Mittwoch, 4. Juli, 12.00 Uhr

Ihr war eiskalt und sie hatte Hunger. Sie hatte schon seit längerer Zeit nichts mehr zu essen bekommen. Wie lange wusste sie nicht. Ihr war durchaus bewusst, dass er sie solange am Leben lassen würde, wie er seinen Spaß an ihr hatte. Aber Briska hatte keine Kraft mehr, um noch länger durchzuhalten. Die Dunkelheit in diesem Raum machte ihr Angst. Damals ... es war auch in einem dunklen Raum passiert. Vier Stunden lang, dann hatte er sie laufen lassen. Geschunden. Gedemütigt mit schmerzendem Unterleib. Bis heute hatte sie geschwiegen, nur einer Person davon erzählt. Ihrer Freundin. Der Gedanke an Elisabeth trieb ihr ein weiteres Mal die Tränen in die Augen. Sie hatte bestimmt schon eine Vermisstenanzeige aufgegeben. Ob sie bereits nach ihr suchten? Vielleicht würde sie rechtzeitig gefunden?

Die alte Decke kratzte auf ihrer Haut. Ihr Bauch fühlte sich aufgebläht an, ihr Tinnitus war einem anhaltenden schrillen Ton gewichen. Nur ab und zu spielte ihr die Einbildung einen Streich, dann glaubte sie, das Miauen einer Katze zu hören. Die Fesseln hatten tiefe Wunden in ihre Arm- und Fußgelenke geschnitten, ihr Körper war zu einem fremden, schmerzhaften Gegenstand geworden. So wie damals, vor fast zwanzig Jahren. Die längst verdrängt geglaubten Bilder in ihrem Kopf kamen wieder regelmäßig, intensiver. Es machte sie wahnsinnig. Sie hatte versucht, sie für immer aus ihrem Kopf zu verbannen, es war missglückt. Sie waren einfach stärker. Auch das Gefühl von damals nahm sie wieder gefangen: Angst, Hoffnungslosigkeit, Scham.

Briska Frank zuckte zusammen, kauerte sich in die dunkelste Ecke, zog die kratzige Decke noch enger um die Schultern und schloss fest die Augen, obwohl sie wusste, dass es nichts nützte. Sie konnte sich dieses Monster nicht einfach wegdenken, das sich mit schweren Schritten näherte.

»Zeit, der Vergangenheit ihr Recht zu geben«, sagte er mit grausam ruhiger Stimme. »Denkst du manchmal noch an Karin? Ich hab sie nicht vergessen, ich hab sie geliebt, und du hast sie auf dem Gewissen.«

Langsam öffnete Briska die Augen. Jetzt, da sie sich schon an die Dunkelheit gewöhnt hatte, sah sie sein Gesicht, als stünden sie beide im Licht. Er war nicht rasiert, so wie damals. Er hatte abgenommen, seine Lippen waren schmäler, sein Gesichtsausdruck bösartiger geworden, und seine Hände glichen Pranken. Hände, die töten konnten, das wusste sie nur zu genau. Sein Atem ging rasch, und Schweiß lief ihm vom Gesicht.

Er kam näher, ganz nahe. Sein Blick war kalt, ruhte sekundenlang auf ihr, bevor er ihr die Decke entriss.

»Denk dabei einfach an Karin. Immerhin hast du jetzt ihren Platz eingenommen«, lachte er. Er packte sie grob im Nacken, zwang sie auf die Knie, öffnete seine Hose. Sein erigierter Penis stand wie eine Bedrohung vor ihren Augen, stank nach Urin. Er keuchte.

»Komm, mach! Blas ihn.«

Mit einer raschen Handbewegung riss er ihr das Klebeband vom Mund.

Sie wehrte sich mit aller Kraft, die ihr geblieben war, warf ihren Kopf hin und her, doch er drückte fester zu, riss ihr den Kopf mit einem heftigen Ruck nach hinten, schlug ihr mit der Faust ins Gesicht, sie öffnete den Mund zu einem Schrei. Er stieß ihr seinen steifen Schwanz hinein, bis zum Gaumen. Sie würgte. Dann begann er sich langsam in ihrem Mund zu bewegen, ganz vorsichtig, so als wollte er das Ende möglichst lange hinauszögern.

Sie traute sich nicht zuzubeißen.

Wenige Minuten später wurde es dunkel in Briska Franks Leben.

Mittwoch, 4. Juli, 14.00 Uhr

Kaum war Sandra dem Chaos des Wiener Stadtverkehrs entronnen, hatte sie Martin angerufen. Die Nachbarn mussten befragt, die Wohnung auf Spuren untersucht und versiegelt werden. Das sollten die Wiener Kollegen übernehmen. Sie konnte sich gut vorstellen, wie sie sich das Maul über die Sexutensilien der Richterin zerreißen würden.

Dann war sie direkt nach Linz zu Hofer zur Gerichtsmedizin in die Dinghoferstraße gefahren. Es hatte inzwischen zu regnen aufgehört. Sie war gut vorangekommen und hatte für die Strecke nur knapp zwei Stunden gebraucht. Bernd hatte sich bisher noch nicht gemeldet, was sie sehr bedrückte. Aber sie war zu stolz, um ihn anzurufen, obwohl er gar nicht wusste, dass sie ihn gestern Abend gesehen hatte.

Sie fand Hofer in seinem Büro. »Ich hab heute schon mit deiner Assistentin telefoniert.« Er schob ihr einige Fotos über den Tisch. »Abgesehen von dem eingeschlagenen Schädel und den Hämatomverfärbungen an den Handgelenken, die aber durch die Handschellen verursacht wurden, ist sie völlig unversehrt. Keine Finger- oder Mittelhandknochenfraktur, die sie haben müsste, wenn sie die Hände schützend vors Gesicht gehalten hätte. Sie hat sich überhaupt nicht gewehrt, obwohl er sieben Mal auf sie eingeschlagen hat.« Er atmete hörbar ein und aus, bevor er weitersprach. »Die Totenflecken beweisen, dass ihre Position nach dem Todeseintritt nicht mehr verändert wurde. So wie sie starb, blieb sie liegen.« Er deutete mit dem rechten Zeigefinger

102

auf zwei Fotos. Darauf waren Helga Wolfs Gesäßbacken und Schulterblätter zu sehen.»Keine diffusen Totenflecken auf dem Rumpf.«

»Kann es sein, dass sie beim ersten Schlag tot war?«

»Ich denke ja. Die Wucht des Schlages muss groß gewesen sein, hat derart massive Gehirnschäden verursacht, dass meiner Meinung nach der Tod unmittelbar eingetreten ist.«

»Aber warum hat er dann noch weitere sechs Mal auf sie eingeschlagen?«

»Wenn du mich fragst, das war kein Mord, das war eine gezielte Hinrichtung. Wer das getan hat, war wütend, sehr wütend.«

»Du meinst ...«

»Ich meine gar nichts, Sandra. Ich bin Arzt und du Polizistin. Aber ich hoffe, du findest ihn.«

Sandra nickte.»Das tun wir, ganz bestimmt. – Tatwaffe?«

»Wie ich bereits vermutet habe: ein Hammer, ein Stein oder die stumpfe Seite einer Axt.« Er gab die Fotos wieder in eine Mappe, die auf seinem Tisch lag, als könne er den Anblick der Bilder nicht mehr ertragen. Dann legte er seine Hände auf die Tastatur des Computers.»Wenn du eine Minute wartest, kannst du gleich den gesamten Bericht haben. Hab ihn fertiggestellt, kurz bevor du hier unangemeldet hereingeschneit bist.«

»Ein Stein? Wie groß müsste der sein?«, fragte Sandra noch einmal nach.

Hofer wiegte seinen Kopf hin und her, hob beide Arme in die Luft und deutete eine Größe an.»Es genügt ein einfacher Feldstein in mittlerer Größe.«

»Hm. Den könnte man dann elegant im See verschwinden lassen und niemand würde ihn finden.«

»Hätte nicht viel Sinn, ihn zu suchen.«

»Hast du eigentlich irgendwelche Krankheiten feststellen können?«

»Wie meinst du das?«

»Ich meine organische Krankheitsbilder: Herz, Leber, Lunge.«

»Nein. Organisch war sie völlig gesund. Bemerkenswert gesund sogar, wenn man ihr Alter bedenkt und dass sie ihr Leben lang viel gearbeitet hat. Ich werd die Staatsanwaltschaft benachrichtigen ... sie soll bald beerdigt werden.«

Sandra stand auf, küsste Hofer auf die Stirn. »Ich danke dir, Jürgen«, verabschiedete sie sich bei dem überrascht lächelnden Gerichtsmediziner. Ohne weiteren Kommentar verließ sie sein Büro. Warum begannen plötzlich so viele Vornamen in ihrer Umgebung mit dem Buchstaben J?

Wenn sie schon in Linz war, konnte sie bei der Gelegenheit doch auch gleich beim Gericht vorbeisehen. Die Fadingerstraße war nicht allzu weit von der Dinghoferstraße entfernt. Mit etwas Glück würde Dr. Friedhelm Groß, Helga Wolfs Vorgesetzter, noch im Amt sein. Natürlich musste es der Ordnung halber Hofrat Dr. Friedhelm Groß heißen. In Österreich war die Titelherrschaft noch nicht abgeschafft worden. Jeder Beamte bekam unweigerlich im Laufe seiner Amtszeit irgendeinen Rat verpasst, mit dem er sich dann gerne offiziell ansprechen ließ, als wäre dies ein Teil seiner persönlichen Identität.

Der Gang im Gericht war leer, und die Stille hatte in diesen Gemäuern etwas Bedrohliches. Von 8:00 Uhr bis 12:00 Uhr war Parteienverkehr, dann wurde diesem alten Gebäude wenigstens ein bisschen Leben eingehaucht. Sandra zeigte bei der Eingangskontrolle ihre Dienstmarke, danach musste sie unter dem strengen Auge des diensthabenden Sicherheitsbeamten die Sicherheitsschleuse durchschreiten. Eine Maßnahme, die nach dem schweren Attentat im Bezirksgericht Urfahr bei allen Gerichten eingeführt worden war. An das Jahr, in dem das Attentat geschehen war, konnte Sandra sich nicht mehr erinnern.

Die Büroräume von Dr. Groß lagen im zweiten Stock am Ende des Flurs. Hinter einem modernen Schreibtisch saß eine Frau mittleren Alters. Sie sah unscheinbar aus. In einer halben Stunde würde sich Sandra nicht einmal mehr an ihre Haarfarbe erinnern.

»Ich müsste kurz mit Dr. Groß sprechen. Ist er da?«, fragte Sandra, nachdem sie sich vorgestellt hatte.

»Haben Sie einen Termin?«

»Nein. Ist aber wichtig.«

»Ich werde mal fragen.« Die Sekretärin griff in dem Moment zum Telefon, als sich die Tür zum Büro des Richters öffnete. Dr. Groß trat heraus. An seiner Seite: Walter Wolf. Er wirkte keine Sekunde erschrocken oder gar verlegen, als er Sandra im Vorzimmer stehen sah.

Er reichte ihr die Hand.»Ah, Frau Inspektor. Wusste ich doch, dass Sie auch im Gericht Nachforschungen anstellen werden. Aber, dass Sie gleich ganz oben damit beginnen, überrascht mich doch ein wenig.«

»Guten Tag, Herr Wolf. Ich halte nur den Dienstweg ein.«

»Ich habe aber nicht viel Zeit«, sagte Friedhelm Groß und reichte ihr die Hand.

»Warum? Haben Sie eine Verhandlung?«

Groß schien ob der Dreistheit einer kleinen Kriminalistin amüsiert.»Nein, aber ich habe viel Arbeit.«

»Es geht ganz schnell.«

Er ging einen Schritt zur Seite, machte eine einladende Handbewegung.»Bitte.« Dann verabschiedete er Wolf, schloss die Tür, deutete auf einen Besucherstuhl vor seinem Schreibtisch, ging um den Tisch herum und nahm in einem großen Lederstuhl Platz. Sandra registrierte die Wohnlandschaft im hinteren Teil des Büros. Sie sollte sich nicht wohlfühlen, deshalb bot er ihr nur einen harten Stuhl an. Sie ließ sich nichts anmerken.

»Was wollte Dr. Wolf von Ihnen.«

»Frau Anders, oder soll ich Frau Inspektor sagen?«

Sandra schüttelte verneinend den Kopf.»Anders ist völlig in Ordnung. Ich lege keinen Wert auf Titel.«

»Was Herr Doktor Wolf und ich ...«, sagte er mit Betonung auf dem Wort Doktor, was soviel hieß wie, ich allerdings lege sehr viel Wert auf Titel,»... miteinander besprochen haben, war privater Natur und geht Sie nichts an. Also, was kann ich sonst für Sie tun? Sie wissen, meine Zeit ist äußerst begrenzt.«

»Sie wissen, warum ich hier bin.«

»Ich bin zwar kein Hellseher. Aber ich denke, es geht um den gewaltsamen Tod meiner geschätzten Kollegin Frau Doktor Helga Wolf?«

Sie fand dieses überhebliche Getue zum Kotzen.»Geschätzte Kollegin? Ich dachte, Sie waren es, der sie in den vorzeitigen Ruhestand schickte?«

»Wer behauptet denn so etwas? Sie verkennen die Lage. Nicht ich habe Helga Wolf in den Ruhestand geschickt. Sie ging von selbst, ihrer Gesundheit zuliebe.«

Ein verschmitztes Lächeln huschte über Sandras Gesicht.»Von welchem Gesundheitszustand sprechen wir? Helga Wolf war organisch gesehen kerngesund, das hat mir Jürgen Hofer soeben bestätigt. Also, warum geht eine Frau wie Helga Wolf, die dafür bekannt war, viel, aber gerne zu arbeiten, sogar mehr Fälle im Jahr betreute als alle anderen Richter ... warum geht so eine Frau plötzlich in den Ruhestand?«

Groß zuckte mit den Achseln. Sein fahles Gesicht verriet keinen seiner Gedanken. Er nahm seine Brille in die Hand, steckte den vorderen Teil des Bügels leicht in den Mund, dachte nach, dann setzte er die Brille wieder auf.»Vielleicht war sie ausgebrannt. Sie haben es ja schon erwähnt. Helga Wolf hat härter gearbeitet als alle anderen im Haus. So etwas macht sich bemerkbar in unserem Alter. Man hält den Belastungen des Alltags nicht mehr so leicht stand. Denken Sie an mich, Frau Anders, wenn Sie die fünfundfünfzig überschritten haben.«

»Ist das ein Grund für den Ruhestand?«

»Da müssen Sie sich bitte an die Stelle wenden, die das befürwortet hat. Ich bin nur Helgas Wunsch entgegengekommen, obwohl ich mir persönlich natürlich etwas anderes gewünscht hätte. So eine großartige Richterin, wie Helga eine war, bekommt man nicht jeden Tag.« Er räusperte sich.

Sandra schwieg einige Sekunden.

»Wie sah Helga Wolfs Verhältnis zu den Kollegen aus?«

»Sie war überaus beliebt. Jeder kam mit ihr aus.«

Er lügt, dachte Sandra.

»Niemand, dem sie im Laufe der Jahre auf den Schlips getreten ist? Niemand, der ihr den Tod gewünscht hätte?«

Groß beugte sich leicht nach vorn.»Frau Anders, was denken Sie, wo Sie hier sind? In einer Spelunke?« Er lehnte sich wieder

106

zurück. »Wenn Sie sonst keine Fragen mehr haben ... Wie ich schon eingangs erwähnte, ich habe keine ...«

»Und dieses Gerücht, das seit Jahren durchs Haus wandert, hinter vorgehaltener Hand natürlich, hat nichts mit dem vorzeitigen Ruhestand zu tun?«

Groß stand auf. »Frau Anders! Sind Sie hergekommen, um mit unqualifizierten Fragen und Anschuldigungen meine Zeit zu stehlen? Ich bitte Sie nun, dieses Gespräch als beendet anzusehen, sonst wäre ich gezwungen, mich an Ihren Vorgesetzten zu wenden. Vielleicht sind Sie ja mit dem Fall überfordert.« Er trat an die Tür und öffnete sie.

Sandra stand auf. »Danke, Dr. Groß. Sie haben mir sehr geholfen. Auf Wiedersehen.«

Mittwoch, 4. Juli, 16.00 Uhr

In der Inspektion in Vöcklabruck wartete Rosa schon mit frisch gekochtem Kaffee. Ihre langen blonden Haare waren zu einem Pferdeschwanz zusammengebunden. Sie trug Jeans und ein weißes Shirt. Wie üblich war sie dezent geschminkt, rosafarbenes Lipgloss und Wimperntusche. Sie drückte Sandra zur Begrüßung eine Tasse in die Hand.

»Danke für den Kaffee. Wartest du schon lange?«

»Reiner Zufall. Hab dich einparken gesehen. Wo warst du die ganze Zeit? Ich hab ein paar Mal versucht, dich am Handy zu erreichen.«

»Hab ich ausgeschaltet, als ich bei Dr. Friedhelm Groß war und ihm unqualifizierte Fragen zu Helga Wolf gestellt habe. Er hat deswegen sicher schon Martin zur Sau gemacht.« Sie lachte. »Ach, mein Chef wird mich heute wieder lieben. Aber ich glaube, ich hab da ein kleines Steinchen ins Rollen gebracht. Und wenn es nur dazu dient, diesem Wichtschas auf die Nerven zu

107

gehen.« Auf dem Weg in ihr Büro erzählte sie Rosa von dem Gespräch.

»Und du meinst tatsächlich, dass das der Grund für die Pensionierung war?«

»Keine Ahnung, ist auch egal. Ich hab einfach ein bisschen herumgestochert. Bin mal gespannt, was für einen Bissen sie mir vorwerfen, um mich von meiner Vermutung wegzulocken. Gleich nach drei Minuten wusste ich, dass dieses Arschloch von Groß lügt. Die lügen doch alle.«

»Wer?«

»Diese Scheiß-Typen!«, fauchte Sandra.

»Wen meinst du genau?«

»Die anderen betrügen oder morden gar.« Sie war wütend. Wütend auf Bernd, auf diesen Groß, auf Walter Wolf – und irgendwie auch auf sich selbst.

Rosas Zeigefinger schnellte in die Höhe. »Ich glaub, jetzt bin ich wieder dabei. Wie wär's, wenn du mal nicht nur an dich denken würdest, nicht ständig vor deinen Problemchen – und glaube mir, das sind Problemchen – davonläufst? Wer weiß, was hinter diesem Abendessen mit seiner Ex steckt.«

»Was soll da schon dahinterstecken?«

»Red mal mit ihm, bevor du dich wieder in deine *Ich-muss-das-alleine-klären-Ecke* verkriechst.«

»Ich hab aber keine Lust dazu. Und Ende.«

»Wie du meinst ... du bist aber auch nicht gerade das, was man eine leichte Person nennt.«

»Können wir jetzt bitte weiter an unserem Fall arbeiten?« Sandra fühlte sich verunsichert. Jetzt fing Rosa auch noch an. Vielleicht war ja doch etwas dran, an der Bemerkung ihrer Mutter: »Ein Mann will aber keine Frau, die Mördern hinterherjagt.« Dieser Satz nagte an ihr, wie ein bösartiges Geschwür. »Hast du eigentlich keine Probleme mit Männern?«, kam sie dann doch auf das Thema zurück.

Rosa errötete. »Schon, aber die sehen anders aus als deine.«

»Und wie sehen die aus?«

»Ist dir schon mal passiert, dass du zufällig deinen Ex triffst, ihr ein paar Biere miteinander trinkt und dann im Bett landet?«

Sandra dachte nach, schüttelte aber dann verneinend den Kopf.
»Nicht mit einem Ex ...«

»Siehst du! Und mir ist es mit meinem Ex passiert.«

»Wann?«

»Sonntagnacht.«

»Und?«

»Und was?«

»Ich will wissen, was jetzt ist, lass dir doch nicht alles aus der Nase ziehen. Ich will Name, Adresse, Beruf, Alter und das Datum eures nächsten Dates.«

Rosa runzelte die Stirn. »Er meldet sich nicht mehr. Reagiert auf keine SMS, hebt nicht ab ... Was willst du noch wissen?«

»Scheiße.«

»Du sagst es. Scheiße.«

»Wie fühlst du dich?«

Sie zuckte mit den Achseln. »Benutzt und ausgespuckt würde hinkommen.«

»Der Antiquitätenhändler?«

Rosa nickte. »Der Antiquitätenhändler.«

Schweigend betraten sie ihr gemeinsames Büro. Mit einem Blick erkannte Sandra, dass die Unterlagen aus der Gerichtsmedizin bereits an der Wäscheleine hinter ihrem Stuhl hingen. Sie stellte die Tasse ab, ließ sich auf ihren Sessel fallen, drehte sich herum und überflog Jürgen Hofers Bericht. Erst dann fiel ihr auf, dass Rosa die Wäscheklammern, mit denen die Unterlagen an der Leine befestigt wurden, ausgetauscht hatte. Kein Farbenmix wie bisher. Sie waren jetzt alle einheitlich gelb. Sandra war's egal, welche Farbe die Kluppe hatte. Hauptsache der Zettel hielt an der Leine.

Rosa schien ihre Gedanken zu erraten. »Deine liegen in der untersten Schublade, hab sie in ein Sackerl gegeben.«

»Hat dir schon mal jemand gesagt, dass das krankhaft ist?« Sandra lächelte. Damit war das Thema erledigt.

Rosa hasste Unordnung und jegliches Durcheinander. Sie knüpfte an das Gespräch von vorhin an. »Vielleicht sollten wir die Typen ganz einfach vergessen, uns besaufen und Lesben werden.«

»Ich denke, dann hast du die gleichen Probleme. Nur eben mit Frauen.«

»Wahrscheinlich.«

Sandra kramte Helga Wolfs Heft mit den Namen und Adressen aus ihrer Umhängetasche, legte es wie ein Heiligtum auf den Tisch, betrachtete es kurz und nahm es wieder zur Hand. »Vielleicht hat sie die Lösung für unser Problem gefunden. Schnackseln, bewerten und ... Ciao.«

»Macht auf Dauer einsam, denk ich. Da hab ich schon lieber ordentlichen Liebeskummer.«

»Gut! Dann leiden wir eben gemeinsam. Was haben wir sonst noch?«

»Die Gärtner, die Maler und Maria Loos sind überprüft. Fehlanzeige. Niemand hatte jemals zuvor mit der Polizei etwas zu tun gehabt.«

»Dacht ich mir.« Sandra kramte in ihrer Umhängetasche, holte ihren Digitalapparat hervor. »Die gewünschten Fotos zum Runterladen.«

Mit wenigen Handgriffen hatte Rosa den Apparat an ihren Computer angeschlossen und lud die Fotos der Wiener Wohnung herunter, nicht ohne ab und zu ihre Lippen anerkennend zu schürzen. Danach widmeten sie sich dem Heftchen.

In der Hoffnung, der Killer würde sich wie durch Magie zu erkennen geben, las Sandra die Namen der Männer und ihre Leistungsbewertung vor. Dadurch wurden sie allmählich realer. Rosa tippte die Daten in den Computer. Nach dem sechsten Namen runzelte sie die Stirn.

Sandra senkte das Heft. »Was ist?«

Rosa wedelte ungeduldig mit der Hand hin und her. »Weiß noch nicht, mach weiter.«

»Was machst du da eigentlich?«

»Ich gebe die Namen in die Polizeidatenbank ein. Ist nur ein Versuch. Und jetzt mach endlich weiter.«

Von Namen zu Namen wurden Rosas Gesichtszüge nachdenklicher, bis sie schließlich aufhörte zu tippen. Mit offenem Mund lehnte sie sich in ihrem Stuhl zurück, starrte Sandra einige Sekunden lang an und sagte endlich:»Die Frau hat's mit Ex-Knackis getrieben.«

»Wie?«

»Sie saßen in verschiedenen Justizanstalten ein: Wels, Steyr, Ried im Innkreis und Suben. Nur Linz, Asten und Urfahr hat sie ausgelassen. War ihr wohl zu nahe am Landesgericht.«

»Schauen wir uns doch mal die Delikte an«, schlug Sandra vor. Wieder klickte Rosa mit der Maus durch die Datenbank.»Anbieten kann ich dir ...«, sie tippte auf den Bildschirm,»Erpressung, Raub oder Einbruch. Wie es aussieht, hat sie von Sexualverbrechen, Mord und oder schwerer Körperverletzung die Finger gelassen.«

»Vielleicht war ihr das dann doch zu gefährlich. Die Dame ließ sich ja gerne fesseln.«

»Und«, Rosa hatte den Computerbildschirm herumgedreht, so dass sie beide von ihren Schreibtischen aus darauf blicken konnten.»Sie waren alle wesentlich jünger als Helga Wolf. Mindestens zehn bis fünfzehn Jahre. Einer sogar zwanzig Jahre.«

Sandra trommelte mit ihren Fingern nervös auf den Schreibtisch.»Du, Rosa. Mir kommt da gerade eine Idee. Die Wolf hat doch vor jedem Treffen Geld abgehoben ... «

»Du meinst, das war ihr Beitrag zur Wiedereingliederung von Ex-Knackis ins normale Leben?«

»Und damit wären wir wieder bei der sozialen Ader unserer toten Richterin. Früher gab sie unentgeltlich Nachhilfe, später half sie den Burschen im wahrsten Sinne des Wortes mit vollem Körpereinsatz wieder auf die Sprünge. Neustart ... nur anders«, witzelte Sandra.

»Apropos *Neustart*! Helga Wolf hat regelmäßig einen bestimmten Betrag an diesen Verein überwiesen.«

»An *Neustart*?«, fragte Sandra ungläubig.

»Genau. Dem Verein werden die Delinquenten von Richtern zugewiesen. Du weißt schon ..." Rosa zählte an ihren Fingern ab.»Bewährungshilfe, außergerichtlicher Tatausgleich, Prävention, Hilfe für Opfer und vieles mehr.«

»Eigenartig, dass ausgerechnet Helga Wolf zahlendes Mitglied war. Ihre Freundin hat behauptet, dass sie Vereinsmeierei hasste.«

111

»Vielleicht hat sie ihre Meinung ja geändert. Und Neustart kannst du eigentlich nicht als Verein in dem Sinn bezeichnen. Die spielen dort nicht Fußball oder sammeln Briefmarken, sondern unterstützen mit ihrer Arbeit die Justiz«, erwiderte Rosa.

»Trotzdem. Eigenartig.« Sandra nahm die Liste mit den Männernamen, die sie bei den Unterlagen aus der Villa gefunden hatte, von der Wäscheleine, reichte sie Rosa. »Gib diese Namen mal ein.«

»Das sind die Namen von Häftlingen, die noch sitzen«, gab Rosa nach einer Weile bekannt. »Keiner von denen ist als Schwerkrimineller einzustufen. Die Strafen für ihre Vergehen liegen alle bei etwa sechs Monaten. Einige davon haben Bewährungsstrafen.«

»Dann sind das wohl die Namen ihrer zukünftigen Liebhaber. Ihr Nachschub! Mensch, Rosa, ich glaube, wir sind einen ganzen Schritt weitergekommen, was das Liebeslieben von Helga Wolf betrifft. Schade nur, dass die DNA unseres Samen-J mit keiner übereinstimmt, die wir im Computer gespeichert haben.«

»Das bedeutet nur, dass unser Mann entweder Erstlingstäter war, oder sein Vergehen keine DNA-Speicherung rechtfertigte. Aber wie kam sie an die Männer ran? Neustart ist zwar verpflichtet, den Richtern über den Fortschritt der Bewährung Auskunft zu geben, wird aber kaum die aktuelle Adresse und Telefonnummer dazu liefern.«

»Für eine Richterin stellt eine Meldeauskunft kein Problem dar. Das ist quasi ein Anruf«, sagte Rosa.

»Und was, wenn Walter Wolf und der Groß wussten, dass Helga Wolf ihre beruflichen Quellen nutzte, um an ihre Liebhaber heranzukommen?«

»Dafür hätte sie doch sofort suspendiert werden müssen.«

»Ja schon, Rosa. Aber in diesem Fall handelt es sich um eine besondere Richterin. Erstens war sie die Tochter eines angesehenen Richters, zweitens die Frau eines erfolgreichen Staatsanwaltes, und außerdem hatte ich den Eindruck, dass Wolf und Groß eng befreundet sind ...«

»Dann hätten wir hier ein Motiv, Sandra.«

112

Mittwoch, 4. Juli, 19.00 Uhr

Eigentlich wollte Bernd Rotaro noch in der Redaktion bleiben, um die Berichte für die nächste Ausgabe vorzubereiten. Aber sein junger Kollege Manfred Kuhn hatte sich auf Anordnung von Kemeter inzwischen in seinem Büro breitgemacht, hatte fast alle Termine übernommen. »Rotaro soll sich auf den Fall Wolf konzentrieren«, hatte ihm der Chefredakteur erklärt. Die vier Artikel, die für Bernd geblieben waren, hatte er schnell erledigt. Routine. Die derzeitige Berichterstattung konzentrierte sich auf Fußball, innenpolitische Themen und Mord und Totschlag, wie in Helga Wolfs Fall. Und er hatte richtiges Glück gehabt, dass er am Vorabend ausgerechnet auf Susi getroffen war und auf Maria Loos, die nicht nur dreimal die Woche bei der Richterin sauber machte, sondern auch in der Parfümerie putzte, in der Susi arbeitete. Jetzt hatte er einen kleinen Einblick in die Lebensumstände der Richterin bekommen, er würde die Informationen für einen Hintergrundartikel verwenden können. Aber es ärgerte ihn, wenn stattdessen kulturelle Veranstaltungen in die zweite Reihe geschoben wurden, wie so oft in diesem Land. Brauchtumskultur wie Blasmusik und Trachtenvereinstreffen mal ausgenommen. Kultur war jedoch das Thema, das Bernd wirklich interessierte. Nach dem Telefonat mit Kemeter hatte er heute seine Bewerbung für den Posten in der Zentrale in Linz abgeschickt. Er hoffte, auch ohne Hilfe seines Chefredakteurs in die Abteilung zu kommen. Und nun wollte er Feierabend machen.

Er rief Sandra an. Er wollte sie zum Mayr Sepp ins B1+C1 entführen. Einfach einen netten Abend mit seiner Freundin verbringen. Das war genau das, was er jetzt brauchte. Aber Sandras Handy war nicht eingeschaltet. Deshalb beschloss er, allein ins Café Mayr zu flüchten. Dort traf man immer auf bekannte Gesichter.

Das Café war voll. Die meisten Tische waren besetzt und das zu gleichen Teilen weibliche und männliche Publikum bunt gemischt, wie immer. Lehrer und Schüler der nahe liegenden höheren Schulen, immerhin waren Ferien. Unternehmer, Vertreter, Politiker und Künstler. An den Wänden hingen Bilder einer jungen Malerin, deren Namen Bernd noch nie gehört hatte.

Er ließ seinen Blick durch das Lokal schweifen, schnappte sich vier Zeitungen und setzte sich an einen freien Tisch auf der Terrasse, von wo aus man die Dörflbrücke, die über die Vöckla und weiter in die Vorstadt führte, im Auge behalten konnte. Er überlegte, welchen Wein er trinken wollte, bestellte schließlich bei Manu ein Glas Rosenwind und schlug den Wirtschaftsteil auf. Unter der Schlagzeile *Gericht hinterfragt Geldfluss nach Millionenverlust* konnte er den Verlauf des Bawag-Prozesses nachlesen. Dann blätterte er weiter vor zur Politik. Hier wurde das Sommerloch mit der Debatte über eine Schulreform gestopft. Und eine Seite weiter ging's dann gleich wieder um das Idealgewicht und den Diätwahnsinn.

Der Leitartikel eines Wochenmagazins zerriss die Arbeit der Polizei der letzten Jahre. In einem Kasten konnte man die ungeklärten Fälle nachlesen, aufgereiht nach Jahreszahlen. Aktueller Anlass war in dieser wie in anderen Zeitschriften natürlich der Mord an Helga Wolf. Die wildesten Gerüchte geisterten durch die Journaille. Es war von Raub, Sexualverbrechen und bestialischen Verstümmelungen die Rede. Bernd führte das darauf zurück, dass die Pressestelle der Polizei nicht mit Einzelheiten über die Verletzungen herausrückte. Also mussten vereinzelt Redakteure welche erfinden.

Auch in der Stadt schlugen die Wellen der Entrüstung hoch, seit die Medien über den Tod der Richterin berichteten. Ihre Präsenz in den Medien hatte aus ihr eine Art Lokalheldin gemacht, obwohl sich kaum jemand daran erinnern konnte, sie jemals persönlich getroffen zu haben. Aber ihr Grundstück lag in der Nähe der Paulick Villa, die durch die wiederholten Besuche Gustav Klimts berühmt geworden war. Und es fanden sich die ersten Zyniker, die behaupteten, dass Seewalchen jetzt ein zweites Anwesen aufweisen konnte, das man möglicherweise einmal in einem Reiseführer finden würde.

Bernd fiel ein, wie oft er an der Villa vorbeigefahren war, ohne ihr Beachtung zu schenken. Von der Straße aus war ohnehin wenig von dem Gebäude zu sehen. Seit die Absperrung der Polizei angebracht war, hatten trotzdem einige Sensationslüsterne Fotos geschossen und eine Fernsehstation hatte Bilder von der Seeseite aus gedreht. So groß das Interesse jetzt auch sein mochte, Bernd vermutete, dass in gut einer Woche mit der dichten Berichterstattung Schluss sein und Helga Wolf im Dickicht der kleinen Randartikel verschwinden würde.

Er winkte Manu und bestellte einen Schinken-Käse-Toast und ein großes Bier. Während er aß, betrachtete er die Umgebung. Die Vöckla unterhalb des Lokals, den Grünstreifen neben dem Fluss, den einige Hundebesitzer als Auslauf für ihre Vierbeiner nutzten, und die Brücke. In diesem Moment sah er Susi, die gemütlich über die Überführung schlenderte, obwohl es regnete. Ihr Gesicht war sonnengebräunt, ihre blonden langen Haare trug sie offen. Diesmal war es ein blaues eng anliegendes, kurzes Kleid, das ihre langen Beine perfekt zur Geltung brachte und ihn kurz den Atem anhalten ließ. Diese Frau wusste ihre Reize einzusetzen. Ob es Zufall war, dass er sie innerhalb weniger Stunden bereits zum zweiten Mal traf?

Sie betrat das Lokal. Bernd schob eine Zeitung vor sein Gesicht, mimte den Lesenden, aber sie hatte ihn schon bemerkt. An der Bar bestellte sie im Vorbeigehen eine Flasche Weißwein, trat dann an seinen Tisch und ließ sich auf den freien Stuhl fallen, zündete sich eine Zigarette an. Seit wann rauchte sie? Das war ihm noch gar nicht aufgefallen.

»Hallo, Bernd. Das ist aber ein Zufall, dass ich dich gleich zweimal hintereinander treffe, ohne deine ...«

»Hallo, Susi«, unterbrach Bernd. Er wusste, wie sie über Sandra dachte. Sie passte nicht in ihr perfekt gestyltes Lebensbild.

Manu brachte die Flasche Wein und zwei Gläser. Das B1+C1 war bekannt für seinen gut sortierten Weinkeller.

»Was tut sich?«, fragte Bernd, während Manu sein leeres Bierglas abräumte. Er wusste nicht, was er sonst fragen sollte. Susi schenkte großzügig ein. »Was soll sich tun? Immer das Gleiche. Ich verkaufe Kosmetik und Parfums an meine Kunden, dann treffe ich mich mit Freunden.« Sie grinste. »Und wenn ich großes Glück habe, dann treffe ich dich.«

Was passierte hier? Flirtete sie etwa mit ihm? Sie hatten sich doch vor ... Bernd dachte scharf nach. Wann hatten sie sich getrennt, in aller Freundschaft, weil ihre Beziehung langweilig geworden war? Zwei Jahre, oder waren's schon drei? Egal. Er fühlte sich jedenfalls im Moment von ihr bedrängt.

»Na, so einsam wirst du schon nicht sein, dass du dich freust, ständig einem Ex ...«, er betonte dieses Wort besonders, »... über den Weg zu laufen.«

Sie beugte sich leicht nach vorne, lächelte, ihre Augen blitzten. Sie sah ihn herausfordernd an. Eine leichte Brise ihres teuren Parfums wehte um Bernds Nase. Sie roch verdammt gut. Er versuchte, nicht in ihr Dekolleté zu starren, sondern wich ein wenig zurück.

»Kommt ganz darauf an, wer der Ex ist.« Auch sie betonte dieses Wort, dann lehnte sie sich wieder in ihren Stuhl zurück. »Und, hat dir das Gespräch mit Maria was gebracht?«

Bernd war froh, dass sie das Thema gewechselt hatte. »Ja, schon. Ich hoffe halt, dass ich damit meinen Chef ein wenig besänftigen kann.«

»Wieso besänftigen. Hast du Ärger. Erzähl!«

»Er will, dass ich aus dem Mord an Helga Wolf eine große Story mach. Was aber nicht geht, weil Sandra mir nicht mehr Information geben darf, als allen anderen Journalisten auch. Und das ist im Moment nicht viel. Zusätzlich hat das Landesgericht Linz allen Mitarbeitern einen Maulkorberlass auferlegt. Keine Info über die Richterin! Und diese Anweisung kommt von ganz oben«, sagte Bernd mit Blick auf die Vöckla. Er hoffte mit dem Einbringen von Sandras Namen Susi auf Abstand halten zu können. »Ist schon komisch. Normalerweise kümmert sich immer die Chronikabteilung in Linz um solche Geschichten, hält die Lokalredakteure vollkommen raus aus den großen Sachen. Nur diesmal will Kemeter eine Story von mir, auf direktem Weg über Sandra. Aber damit würde ich unsere Vereinbarung brechen.«

»Was für eine Vereinbarung?«

»Über Fälle, die Sandra bearbeitet, schreib ich erst ausführlich, wenn sie mir ihr Okay gibt.« Er wusste nicht, warum er ihr das alles erzählte.»So eine Zeitungsgeschichte kann nämlich die Ermittlungen erheblich stören, wenn nicht sogar gefährden. Das wusste ich früher auch nicht«, fügte er hinzu, nur um nicht vor Susi als Weichei dazustehen.

»Vielleicht war es doch keine so gute Idee, was mit einer Polizistin anzufangen, noch dazu eine, die ständig auf Mörderjagd geht.«

Bernd nahm einen großen Schluck vom Wein.»Wie kommst du jetzt da drauf?«

»Na ja, wenn du jetzt sogar schon Ärger mit deinem Chef bekommst. Wärst du bei mir geblieben, dann könntest du schreiben, was du willst.«

»Aber diese Art von Journalismus hat mir noch nie Spaß gemacht.«

»Welcher Job macht schon ständig Spaß?«

Die Lichter auf der Terrasse gingen an, zauberten romantische Schatten auf die Tische.

»Wirt in einer griechischen Taverne zu sein«, sagte er.

Susi dachte einen Augenblick nach.»Ach, mein Schatz. Ich finde schön, wenn du träumst.« Ihr Stimme klang sanft.

Mittwoch, 4. Juli, 21.00 Uhr

Schweigend schichteten sie die Aktenstöße: Häftlinge, mit denen Helga Wolf ein- oder zwei- oder dreimal sexuellen Kontakt hatte. Eines war aber klar: Sie suchten keinen Jack the Ripper, sondern vermutlich einen Täter, der sein Opfer abgrundtief gehasst hatte. Das mehrfache Einschlagen auf den leblosen Körper wies darauf hin. War das nicht schon ein Overkill, wie man es von zwei Tätergruppen kannte? Drogensüchtige, warum, wusste man nicht genau, und von Menschen, die eine persönliche Beziehung zu ihrem Opfer hatten. Gab es unter ihren Liebhabern einen ehemaligen Häftling, der sich seinen Hass für seine Verurteilung durch Helga Wolf bis nach seiner Entlassung erhalten hatte? Sie sprachen jedoch nicht darüber, ob auch Walter Wolf ein Motiv gehabt hätte. Vielleicht weil es zu gefährlich war, einem Staatsanwalt nur aufgrund von Vermutungen ans Bein zu pinkeln. Es schien, als würden die beiden Inspektorinnen geradezu krampfhaft nach einem anderen Verdächtigen suchen, nach Samen-J.

»Vergleich doch mal die Telefonliste der Wolf mit den Telefonnummern in dem Heft. Mir geht nämlich nicht ein, warum die Telefonnummern ihrer Lover, die in den Gerichtsakten stehen, nicht auf ihrer Telefonliste aufscheinen. Jedenfalls in den letzten sechs Monaten nicht. Sie muss doch irgendwie Kontakt zu den Männern aufgenommen haben. Ich glaube kaum, dass sie sich für ihre Verabredungen im Gericht anrufen ließ«, überlegte Sandra. »Es sind so viele Fragen offen. Wann hat sie mit wem telefoniert? Hat sie ihre Lover nur vor einem Date angerufen, oder auch zwischendurch? Und wie viel hat sie wem bezahlt?«

»Glaubst du, dass er sie getötet hat, weil sie nicht bezahlen wollte?«

»Wut? Affekt? Alles ist möglich.«

»Weißt du, was ich nicht verstehe, Sandra? Eine Frau wie Helga Wolf, erfolgreich, wohlhabend und attraktiv, warum bezahlt so eine Frau für Liebesdienste? Noch dazu solche Typen?«

Sandra starrte geradeaus ins Nichts. Irgendetwas schnürte ihr die Brust zusammen. Waren sie auf dem richtigen Weg? Oder ließen sie sich von Helga Wolfs Sexualleben in die Irre leiten? Diese Gedanken behielt sie für sich, sagte lediglich: »Niemand kann wohl in einen Menschen hineinschauen, nicht einmal die beste Freundin.«

Der Festnetzanschluss auf Sandras Schreibtisch läutete. Als sie abhob, meldete ihr die Stimme der diensthabenden Kollegin aus der Kommandozentrale, dass ein Doktor Walter Wolf sie sprechen wolle. Sandra schoss das Blut in den Kopf. Ihr wurde heiß. Nach einigen Sekunden des Schweigens ließ sie sich verbinden.

»Anders.«

»Frau Anders, wie ich erfahren habe, hat sich Ihr Chef schon nach dem Testament meiner Ex-Frau erkundigt.«

Sandra war immer wieder überrascht, wie schnell sich Anwälte gegenseitig über Anfragen, Telefonate und sogar über den Stand von Ermittlungsfällen auf dem Laufenden hielten.»Ja.«

»Dann wissen Sie also jetzt, dass die Villa mir gehört.«

»Und?«

»Ich wollte Sie nur bitten, mir so schnell wie möglich mitzuteilen, ab wann das Haus und das Grundstück wieder betreten werden können. Der Gärtner ... Sie verstehen?«

»Nein, ich verstehe nicht.«

»Der Gärtner müsste seine Arbeit erledigen. Das Grundstück ist groß, so etwas muss gepflegt werden.«

»Bei allem Respekt, Herr Doktor Wolf. Aber Ihre Frau ... ähm, Entschuldigung, Ex-Frau ist vor gerade einmal zwei Tagen ermordet aufgefunden worden, und da wollen Sie ...«

Er legte auf.

Sandra saß da und starrte den Hörer in ihrer Hand noch einige Sekunden lang fassungslos an. Was trieb diesen Mann derart an? Dann schickte sie, ohne weiter darüber nachzudenken, eine Mail an die Spurensicherung, mit der Bitte, ihr sofort Bescheid zu geben, wann der Tatort in Seewalchen für die Hinterbliebenen freigegeben werde. Mit dem zynischen Hinweis, dass diese den Gärtner gerne seine Arbeit fortsetzen lassen wollten und dass so ein Mord doch wohl kein Hinderungsgrund sei.

Sandra rieb sich den verspannten Nacken. In solchen Momenten fragte sie sich, wie ihr Leben aussehen würde, wenn sie dem Wunsch ihrer Eltern nachgekommen wäre und Michael, den reichsten Bauern in Schörfling, geheiratet hätte, statt Polizistin zu werden. Schwer zu sagen. Jedenfalls wäre sie wohl schon Mutter, denn Michaels Frau, die Beamtin am Finanzamt in Vöcklabruck gewesen war, trug bereits das zweite Kind in ihrem Bauch. Sandra hatte sie kürzlich über den Marktplatz gehen sehen. Aber dazu fühlte sie sich im Moment genauso wenig berufen, wie Kühe zu melken und Getreide einzufahren.

»Ich glaub, ich hab hier was gefunden«, riss Rosa sie aus ihren Gedanken. Sie war noch immer damit beschäftigt, die Eintragungen im Heft mit den Dateien im Computer und der Telefonliste zu vergleichen.«Julian Pohn, zweiunddreißig Jahre, erlernter Beruf: Schlosser. Er saß wegen Einbruchs. Ist seit einem Jahr heraußen. Er schlief vor etwa acht Monaten mit der Wolf, danach nicht mehr.«Rosa hob den Zeigefinger.»Jetzt kommt's. Der gute Mann hat in Wels gewohnt und ist vor zwei Monaten nach Vöcklabruck gezogen.«

Nach einem schnellen Blick in Pohns Akte verließen Rosa und Sandra das Polizeigebäude. Obwohl die Volkssiedlung nur etwa zehn Minuten zu Fuß entfernt lag, stiegen sie in Sandras Golf, fuhren die Salzburger Straße entlang, bogen bei der Bezirkshauptmannschaft links ab und parkten wenig später neben der Jahn-Turnhalle. Der Parkplatz war um diese Uhrzeit leer. Tagsüber spielte sich hier allerdings die Hölle ab.

Der vor Jahren sanierte Altbau, vor dem sie wenige Minuten später standen, war wie die gesamte Siedlung in einem rotbraunen Farbton gestrichen. Im Zuge der Renovierungsarbeiten waren die Häuser aufgestockt und an den Außenwänden Feuertreppen montiert worden. Sie betraten das Haus, in dem Julian Pohn wohnte, durch die offenstehende Eingangstür, ohne sich zuvor durch Benutzung der Klingel anzukündigen. Im Stiegenhaus roch es intensiv nach Putzmittel. Die Wohnung Pohns lag im zweiten Stock. Sie läuteten. Warteten.

Kurz darauf öffnete ein Mann in blauen Boxershorts. Sein Körper war trainiert. Der Mann war etwa einsachtzig groß, hatte blonde längere Haare. Sein Blick verriet, dass er jemand anderen erwartet hatte.»Bitte?«

Sandra zeigte ihm ihren Ausweis.»Herr Pohn? Dürfen wir reinkommen?«

Erschrocken blickte Julian Pohn nach links und rechts, dann trat er beiseite. Kaum hatte er die Haustür geschlossen, fragte er.»Was wollen Sie? Ich habe nichts getan.«

Im nächsten Augenblick wurde die Tür geöffnet, und eine Frau betrat die Wohnung. Sandra schätzte sie auf Mitte Dreißig. Sie erschrak, dann sah sie fragend in die Runde.

»Wir sind von der Polizei«, bemühte sich Sandra schnell zu sagen.

»Polizei?«, fragte sie schrill. »Was tut die denn bei uns? Julian?«
Wieder war es Sandra, die das Wort ergriff. »Wir müssen Herrn
Pohn nur einige Fragen stellen. Allein«, betonte sie.

Die Frau ging einen Schritt auf ihn zu, legte ihren Arm um seine
Taille. »Was ist denn so Schreckliches passiert, dass Sie Julian allein
sprechen wollen?«

Sandra legte all ihre Autorität in ihre Stimme. »Das würden wir
gerne Herrn Pohn mitteilen, Frau?«

»Klinger. Doris Klinger.«

Sandra nickte, wandte sich an Pohn. »Wir können Sie aber auch
bitten, uns zur Polizeiinspektion zu begleiten.«

»Wir können ins Wohnzimmer gehen«, sagte er. „Machst du
uns inzwischen was zu essen?« Er zeigte Sandra und Rosa den
Weg.

Das Wohnzimmer war karg eingerichtet. Auf einem beigefar-
benen Stoffsofa lag eine Decke ausgebreitet. Davor ein Couchtisch
von Ikea. Darauf lag eine Packung Zigaretten und ein Aschenbe-
cher. Dann war da noch ein Fernseher und ein Regal mit Büchern.
Sonst nichts. Vor den Fenstern hingen gelbe Schlaufenvorhänge.

»Sagen Sie mir nun endlich, worum es geht?« Pohn zündete
sich eine Zigarette an.

»Um Helga Wolf, die Richterin. Sie haben sicher schon Zeitung
gelesen. Sie wurde ermordet.«

Pohn wurde blass, begriff augenblicklich die unausgesprochene
Anschuldigung, schwieg eine Weile, dann schaute er auf die Ziga-
rette zwischen seinen Fingern. Doris Klinger erschien im Zimmer.
Sie brachte eine Flasche Mineralwasser und drei Gläser. Wahr-
scheinlich hatte sie gehofft, ein paar Gesprächsfetzen zu erhaschen.
Aber es blieb still im Raum. Als sie die Tür wieder hinter sich ge-
schlossen hatte, schaute Julian Pohn auf. »Und warum kommen
Sie da ausgerechnet zu mir?«

»Herr Pohn, wir wissen, dass Sie …«

»Was wissen Sie?«, kam es schroff. „Frau Doktor Wolf hat mich
zu sechs Monaten verurteilt. Drei davon auf Bewährung. Sie hat
mich an Neustart verwiesen, ich bekam einen Bewährungshelfer
zugeteilt. Hab mich an alle Auflagen gehalten und seit drei Mona-

ten bin ich wieder ein freier Mann. Basta.« Er stand abrupt auf, begann im Raum hin- und herzugehen, zog hektisch an der Zigarette, blies wütend den Rauch aus.

»Herr Pohn. Setzen Sie sich bitte wieder.«

Er gehorchte.

»Das wissen wir alles, Herr Pohn. Was ich sagen wollte, war ...« Sandra überlegte kurz, ob Doris Klinger womöglich an der Tür lauschte. Egal. »Also, was ich sagen wollte, Sie haben vor etwa sechs Monaten mit Frau Wolf geschlafen.«

Jetzt schaute Pohn erschrocken zur Tür. Nichts geschah. Er erhob sich, ging auf ein Fenster zu, öffnete es, warf die Zigarette ins Freie und schloss es wieder, lehnte sich gegen das Fenster und verschränkte die Arme vor der Brust. »Wie kommen Sie ... wie kommen Sie auf eine so absurde Idee?«

Rosa reichte Sandra das Heft, die damit in der Luft hin- und herwedelte. »Weil Frau Doktor Wolf ganz genau Buch geführt hat.«

Er schloss die Augen, sog laut Luft durch die Nase ein, atmete wieder aus. »Und deshalb soll ich sie jetzt gleich auch ermordet haben?«

»Das haben meine Kollegin und ich nicht behauptet. Übrigens waren Sie nicht der Einzige. Uns hat nur verwundert, dass Sie ausgerechnet jetzt nach Vöcklabruck gezogen sind.«

»Doris, meine Freundin.« Er deutete Richtung Tür. »Ich hab sie vor fünf Monaten kennengelernt, bin ihr zuliebe umgezogen. Ich wäre lieber in Wels geblieben, aber Doris hat hier ihre Arbeit.«

»Haben Sie Arbeit, Herr Pohn?«

Er schnaubte verächtlich. »Wer will schon einen Vorbestraften? Ich bin arbeitslos. Doris arbeitet als Sekretärin bei einer Baufirma. Sie hat bei ihrem Chef ein gutes Wort für mich eingelegt. Ich hab Schlosser gelernt. Die suchen immer wieder Montagearbeiter. Vielleicht wird's ja was, dann gehen Doris und ich gemeinsam ins Ausland, fangen ganz neu an. Und bevor Sie mich fragen müssen: Ja, sie weiß von meiner Vorstrafe.«

»Dann enttäuschen Sie sie mal nicht.«

Er nickte stumm.

»Aber von Helga Wolf weiß sie nichts?«

Er schüttelte den Kopf. »Nein. War vor ihrer Zeit.«

Sandra goss Wasser in die Gläser, nahm einen Schluck, stellte es zurück. »Erzählen Sie uns, wie es zu dem Treffen mit Helga Wolf kam! Und warum.« Rosa schrieb auf einem Notizblock mit.

»Ich weiß nicht, ob ich ...« Er verstummte.

»Was wissen Sie nicht, Herr Pohn? Ob Sie's uns erzählen können? Helga Wolf wurde ermordet ... Sie können nicht nur, Sie müssen!«

Wieder warf er einen Blick zur Tür. »Aber Doris ...« Wieder verstummte er. Sandra und Rosa warteten.

Pohn sah die beiden verunsichert an. »Es war wie ein Geschäft. Sie hat mich kurz nach meiner Entlassung angerufen, hat mich ermahnt, meine Bewährungsauflagen ernst zu nehmen.«

»Und das kam Ihnen nicht ungewöhnlich vor?«

»Nein, wieso? Ich hatte schon während der Verhandlung das Gefühl, dass Helga darum bemüht war, Erstlingstäter wieder auf den rechten Weg zu führen.«

Sandra sah ihn an. Schwang da so etwas wie Bewunderung mit? »Wie kommen Sie darauf?«

»Weiß nicht. War so ein Gefühl. Jedenfalls hat sie mich an Neustart verwiesen, wo ich mich dann auch sofort nach meiner Entlassung gemeldet hab. Zwei Wochen später hat sie mich dann noch einmal angerufen und mich gefragt, ob ich an einem Geschäft interessiert sei. Natürlich war ich interessiert.«

»Von wo aus hat sie Sie angerufen? Vom Festnetz oder Handy?«

»Das kann ich nicht sagen.« Er überlegte. »Warten Sie! Wir haben uns in einem Kaffeehaus in Wien getroffen ... ich bilde mir ein ... sie hatte ein Handy ... ja, jetzt weiß ich's wieder. Es lag ein Handy auf dem Tisch.«

Sandra und Rosa nickten ihm schweigend zu.

»In dem Kaffeehaus verriet sie mir dann, um welchen Job es sich handelte. Und, dass ich so auf die Schnelle dreihundert Euro verdienen könne.«

Sandra war verblüfft. »Einfach so, geradewegs?«

»Nein. Vorher hat sie mir ein paar Fragen gestellt.«

»Was für Fragen?«

»Über mich halt … private Fragen. Ob ich zu Stammtischen gehe? Ob ich eine Freundin hätte? Dass ich nicht verheiratet war, wusste sie ja aus den Akten. Was ich mit meinen Freunden so mach? Ob ich Dinge lieber für mich behalte oder rumerzähle? So was halt. Ich bin kein Tratschweib, das hab ich ihr gleich gesagt. Und nach etwa einer Stunde hat sie mir dann vorgeschlagen, mit ihr zu schlafen. Für Geld, damit ich danach die Klappe halte. Sie habe in der Nähe eine Wohnung … Und dort ist es dann passiert.« Er grinste. »Und wenn Sie mich jetzt fragen, ob ich es bereue. Nein. Es hat mir Spaß gemacht, all die Sachen auszuprobieren … Handschellen und so halt. War echt toll.«

Augenblicklich fielen Sandra die Penisringe ein. »Und Sie haben bei all dem einfach so mitgemacht?«

»Ja«, kam es knapp. »Sie hat mir dreihundert Euro bezahlt und die Fahrtspesen. Dafür musste ich nur meinen Mund halten. Außerdem ist Helga eine attraktive Frau … und so halt … wir haben Champagner getrunken. Das hab ich vorher noch nie.«

»Und Sie haben nie daran gedacht, die Sache jemandem zu erzählen? Sie hätten Helga Wolf schaden können.«

Seine Augen blitzten Sandra an. »Wem hätte man wohl mehr geglaubt, Frau Inspektor? Einem ehemaligen Häftling oder einer angesehenen Richterin? Außerdem, warum hätte ich ihr schaden sollen? Es war ein Geschäft.« Er hob die Augenbrauen. »Wissen Sie eigentlich, wie es ist, wenn man von Verwandten und Freunden gemieden wird, wie ein Aussätziger, nur weil man einmal Scheiße gebaut hat im Leben? Und wissen Sie, warum ich diesen Einbruch begangen habe? Ich war arbeitslos. Die Firma, für die ich gearbeitet habe, ging in Konkurs. Plötzlich konnte ich mir die einfachsten Dinge nicht mehr leisten: Auto, Wohnung, Fernseher. Nach und nach bin ich die Leiter hinuntergeklettert. Zuerst eine kleinere Wohnung, dann das neue Auto gegen ein altes tauschen und so weiter. Das Bier am Stammtisch mit Freunden war gestrichen. Du bist nix mehr wert, obwohl du bis dahin immer gearbeitet und deine Steuern bezahlt hast. Peng …«, er machte eine rasche Handbewegung, »… und auf einmal ist das alles weg und du hast nicht einmal Schuld daran und trotzdem musst du die Rechnung begleichen. Wir leben nun mal in einer Zeit, in der ein Plasmabildschirm an der Wand mehr zählt als der Mensch.«

Sandra wusste, dass er Recht hatte, wollte aber kein Verständnis für sein Handeln aufbringen. »Haben Sie sie danach noch einmal gesehen?«

»Nein«, antwortete er sofort, runzelte die Stirn. »Weiß aber nicht, wieso.«

Ich kann dir schon sagen warum, dachte Sandra. Mit einer Zwei darf man eben nur einmal antreten. Sie behielt ihre Gedanken für sich.

»War mir aber recht, denn einige Tage später hat mich ihr Mann angerufen und mir gedroht.«

»Ihr Mann?«, fragte Sandra so laut, als ob sie nicht richtig gehört hätte.

»Er sagte jedenfalls, dass er Helgas Mann sei.«

»Und was wollte er?«

»Dass ich meine privaten Kontakte zu ihr abbrechen und meinen Mund halten soll, sonst würde meine Bewährung verfallen und ich wieder in den Bau kommen. Aber ich hätte sowieso den Mund gehalten.«

Sandra nahm einen Schluck Wasser. Sie brauchte Zeit, um das soeben Gehörte zu verdauen.

»Was haben Sie vergangenes Wochenende gemacht, Herr Pohn?«

Er stieß sich vom Fenster ab, setzte sich wieder. »Ich war hier, mit meiner Freundin. Wir haben ferngesehen, sind spazieren gegangen, am Samstagabend waren wir bei Freunden. Sie können sie gerne fragen.«

Sandra und Rosa standen auf.

»Ich möchte, dass Sie sich zu unserer Verfügung halten. Sie verlassen Vöcklabruck nicht, ohne vorher Bescheid gegeben zu haben!«, befahl Sandra. »Außerdem bitte ich Sie um ein Haar für einen DNA-Vergleich.«

»Ja«, antwortete Pohn. Was hätte er auch anderes sagen sollen.

Als sie wieder auf der Straße standen, platzte es aus Sandra heraus.

»Dieser Arsch von Wolf hat uns angelogen. Er wusste sehr wohl über die Eskapaden seiner Frau Bescheid.«

»Aber das ist doch nicht logisch«, erwiderte Rosa. »Die beiden sind seit sechs Jahren geschieden, haben angeblich kaum Kontakt zueinander ... warum ruft der den Pohn an? Sollen wir ...«

»Nein«, unterbrach Sandra. »Er braucht nicht zu wissen, dass wir es wissen. Außerdem würde er leugnen und uns sofort vom Fall abziehen lassen. Auch wenn er in Pension ist, die Macht hat er nach wie vor. Erkundige dich morgen bei Neustart, lass dir die Namen der Bewährungshelfer geben, die Helga Wolfs Delinquenten betreut haben. Frag, ob die von ihr eingeforderte Information über das übliche Ausmaß hinausging. Und schau dir auch gleich einmal den Familienstand ihrer Liebhaber an. Ich würde wetten, dass alle Männer einiges gemeinsam haben. Sie sind Einzelgänger, pleite und Single. Ich glaube, die ging ganz systematisch vor. Die im Labor sollen Pohns Haar mit der DNA des Samens vergleichen und überprüfen, ob auf Helga Wolf ein zweites Handy registriert wurde.«

»Sehr eigenartig. Ihre Eltern sind vor Jahren gestorben. Wenn sie wirklich die Schnauze voll hatte, warum ändert sie dann nicht endlich ihr Leben?«, bemerkte Rosa.

»Mit über Fünfzig?«

»Bei dem Geld.«

»Weißt du, was ich denke? Diese Frau hat trotzdem ihr Leben gelebt. Ein Doppelleben mit hohem Risiko. Wenn ihr Treiben öffentlich geworden wäre, hätte sie mit einem Schlag alles verloren. Ansehen, Einfluss – und die Quelle für ihre Liebhaber! Helga Wolf war nicht die Frau, die auf Aufriss ging. Sie brauchte die Informationen. Marianne Bachmann erzählte mir, dass sie im Grunde genommen nicht an Männern interessiert gewesen sei. Das Verbotene und Heimliche, das war ihr Kick, Rosa. So wie manche Menschen es auf öffentlichen Plätzen treiben. Die Gefahr, entdeckt zu werden, erregt sie. Hat die Spurensicherung eigentlich ein zweites Handy gefunden?«

»Meines Wissens nicht.«

»Aber irgendwo muss es sein.«

»Vielleicht hat's ja noch einer ihrer Freudenspender. Und wenn du mich fragst, Sandra, hat derjenige, der das Telefon hat, es ausgeschaltet und schon längst verschwinden lassen.«

»Wahrscheinlich hast du Recht. Und wenn es sich dabei um ein Wertkartentelefon handelt, haben wir sowieso ein Problem. Du musst so ein Telefon bei uns ja nicht registrieren lassen, und wenn du kein Guthaben mehr drauflädst, verfällt die Nummer automatisch nach einiger Zeit. Irgendwie wird mir schwindelig bei all den offenen Fragen. Verdammt, Rosa, wir drehen uns im Kreis, stellen total verrückte Vermutungen an und kommen doch keinen Schritt weiter.«

Fast schon reflexartig schaltete Sandra ihr Handy ein. Ein Anruf in Abwesenheit. Bernd. Vielleicht sollte sie ihn doch zurückrufen. Sie wählte seine Nummer. Er hob nicht ab.

Mittwoch, 4. Juli, 23.00 Uhr

»Ich sollte jetzt langsam ...«, sagte Bernd mit Blick auf seine Armbanduhr. Er war betrunken. Sie hatten inzwischen die zweite Flasche Wein geleert und Susis Berührungen wurden intimer. Noch hatte er sich unter Kontrolle, wusste aber nicht, wie lange er ihren Verführungskünsten noch widerstehen konnte. In diesem Moment gesellten sich einige Bekannte an ihren Tisch. Der Journalist war froh, endlich aus der Nummer mit Susi rauszukommen, wollte sich rasch verabschieden. Aber diese Rechnung hatte er ohne seine Ex-Freundin gemacht.

»Setzt euch zu uns«, forderte sie ihre Bekannten erfreut auf. Immerhin bekam sie so jene Hilfe, die es ihr ermöglichte, Bernd noch länger zu bearbeiten. Sie stand auf, bot einer Freundin ihren Stuhl an und setzte sich direkt neben ihn, drückte ihr linkes Bein fest an das seine. Susi legte beiläufig ihre Hand auf Bernds Oberschenkel.

Er musste dem Ganzen jetzt endlich ein Ende machen. »Hey, Leute«, sagte er. »Ich wollte eigentlich gehen, muss morgen früh raus ...«

»Ich glaub eher, dass du nach Schörfling musst. Sandra wartet.« Die Runde lachte, und einige warfen Susi aufmunternde Blicke zu.

»Und wenn's so wäre?«

»Dann wünschen wir dir eine erfolgreiche Nacht, aber erst nach der nächsten Runde.« Er gab sich geschlagen, und Susis Hand wechselte in eine gefährliche Position. Bernd schob sie sanft zur Seite.

Eine Stunde später hatten sie die zweite Runde hinter sich, und Bernds Freunde kamen zum Entschluss, ihren Freund auf gar keinen Fall alkoholisiert noch Auto fahren zu lassen. Seine Wohnung lag ja nur wenige Gehminuten vom B1+C1 entfernt. Die Menge machte sich zu Fuß auf den Weg nach Hause. Bernd spürte, wie der Boden unter seinen Füßen schwankte. Er hatte mehr getrunken, als ihm guttat. Er lachte, alberte und verlor immer mehr die Kontrolle über sein Handeln. Susi hatte sich bei ihm untergehakt und führte ihn am Pfarrhof vorbei in die dahinter liegende Wohnsiedlung. Sie wirkte auf ihn nüchtern. Hatte sie gar nicht so viel getrunken wie er? Absichtlich nicht? Wollte sie ihn ins Bett bekommen? Er musste höllisch aufpassen.

»Du, Susi«, begann er. Seine Zunge war schwer. »Du, Susi, ich glaub ich kann jetzt schon alleine ...«

Sie zog ihn zur nächsten Parkbank. Es war dunkel. Kein Mensch war auf der Straße zu sehen. Sie drückte ihn sanft auf die Sitzfläche, nahm rittlings auf ihm Platz, hauchte ihm einen Kuss auf sein Ohr. »Dein Chef macht dir doch die Hölle heiß?«

Bernd versuchte einen klaren Gedanken zu fassen. Es blieb beim Versuch. Er nickte.

»Vielleicht hab ich ja eine Story für dich.«

»Was für eine Geschichte?«, fragte Bernd. »Steigen die Preise für Wein, und deshalb haben wir heute so viel wie möglich vernichtet, um das böse Weinkartell zu zerschlagen?« Er lachte über seinen eigenen Witz.

»Ich rede hier über die tote Richterin«, hauchte sie ihm ins Ohr. Wie gerne wäre er jetzt wieder nüchtern gewesen. Aber es gelang ihm nicht so richtig. »Ich habe keinen Ärger mit der Richterin, ich habe nur Ärger mit meinem Chef – wegen der Richterin!«

»Aber ich weiß etwas.«

»Ich auch, sie ist tot. Und was weißt du? Spukt sie in ihrer Villa umher?« Wieder lachte er. Das lenkte ihn von ihren Reizen ab.

Susi berührte seine Lippen mit ihren, nahm seinen Kopf in ihre Hände, sah ihm in die Augen. »Ich weiß, wer sie gevögelt hat«, flüsterte sie.

»Wann?«

»In der Nacht, in der sie umgebracht wurde!«

Donnerstag, 5. Juli, 07.00 Uhr

Sandra erwachte, warf einen Blick auf ihr Mobiltelefon, das neben dem Bett am Boden lag. Kein Anruf. Bernd hatte sich nicht mehr gemeldet. Ob er wütend war? Aber wieso? Eigentlich sollte er ein schlechtes Gewissen haben. Er hatte ihr nicht erzählt, dass er Maria Loos getroffen hatte. Im Beisein seiner Ex!

Sie schwang sich aus dem Bett, schaltete die Kaffeemaschine ein und ging unter die Dusche. Danach trank sie eine Tasse Kaffee und verließ das Haus. Das Motorengeräusch von Traktoren verriet, dass bereits einige Bauern auf den umliegenden Feldern unterwegs waren. Die Zeit war gut, denn später würde die Hitze die Arbeit unerträglich machen, und Zweitwohnungsbesitzer, die sich über den morgendlichen Lärm beschwerten, gab es in dieser Gegend von Schörfling nicht. Es kam in letzter Zeit öfter vor, dass Städter, die in der Nähe des Sees ihr Refugium aufgeschlagen hatten, auf der Gemeinde Anzeige erstatteten, wegen eines krähenden Hahns oder wegen stinkender Gülle, die ausgefahren werden musste. Das sorgte nicht gerade für eine gute Stimmung zwischen Einheimischen und sogenannten *Zuagroasten*. Es war ja auch irgendwie krank, denn gleichzeitig schwärmten diese Leute über gute Luft und ländliche Ruhe.

Auch Sandras Vater war schon lange im Stall bei den Pferden. Sie trat durch das Tor, schaute ihm schweigend eine Weile bei der Arbeit zu. Ob sie und Bernd auch miteinander alt werden würden, oder behielt ihre Mutter Recht, und er würde sich nach einer anderen Frau umsehen? Eine, die ihm Kinder schenken und zu Hause nach dem Rechten sehen würde? Sie schüttelte den Kopf, verwarf diese dunklen Gedanken und rief ihrem Vater einen Guten-Morgen-Gruß zu.

»Musst du wieder ins Büro?«, fragte er.

»Ja.«

»Dann sch au vorher bei der Mama vorbei. Sie hat was für dich.«

Sandra machte kehrt und ging die wenigen Schritte zum Wohnhaus zurück. Im Frühstücksraum saßen die ersten Touristen bei Kaffee, Marmelade, weichen Eiern und frischen Semmeln. Während der Saison lieferte der Bäcker vom Ort schon um halb sieben. Sandra fand ihre Mutter in der Küche.

»Guten Morgen«, flötete sie beim Betreten. Sie hoffte, dass ihre Mutter nicht nach Bernd fragen würde.

»Morgen.« Lieselotte Anders Gesicht strahlte. Wie immer, wenn sie das Haus voller Gäste hatte und deshalb den halben Tag in der Küche mit Kochen verbringen konnte. Ihre Lieblingsbeschäftigung neben dem Putzen.

»Papa meinte, du hättest was für mich.«

Lieselotte Anders wischte ihre Finger in der Kleiderschürze ab, wandte sich um und nahm ein großes Papiersackerl von der Kredenz. »Frühstück. Für dich und Rosa. Ihr arbeitet viel zu hart und esst wahrscheinlich zu wenig.«

»Danke.« Sandra war überrascht. Ihre Mutter konnte ihren Beruf zwar nicht ausstehen, brachte es aber dennoch nicht übers Herz, sie ohne Nahrungszuschuss außer Haus gehen zu lassen. Sie drückte ihrer Mutter einen Kuss auf die Wange und verschwand, ohne vorher in die Sackerln zu sehen. Es war klar, dass ihre Mutter nur das Beste eingepackt hatte.

Sandra parkte gerade ihren Golf ein, als Rosa mit ihrem Renault auf den Parkplatz hinter dem Polizeigebäude fuhr. »Frühstück von meiner Mutter«, sagte sie und schwang das Sackerl vor Rosas Nase hin und her, als sie ausgestiegen war. Rosa grinste. Sie meldeten ihre Ankunft in der Kommandozentrale und stiegen die Stufen zum Büro hoch.

Auf ihrem Schreibtisch lag ein vorläufiger Bericht der Spurensicherung. Es gab keinerlei Hinweise auf einen Einbruch. Die Schlösser der Villa waren alle untersucht worden. In den Räumlichkeiten waren hauptsächlich Helga Wolfs und Maria Loos' Fingerabdrücke gefunden worden. Die restlichen konnten nicht zugeordnet werden, gehörten mit großer Wahrscheinlichkeit zu Freunden und jenem Mann, mit dem Helga Wolf sexuell verkehrt hatte. Denn einige auf dem Stiegengeländer zum Obergeschoss, im Schlaf- und Badezimmer waren identisch mit denen auf der Pizzaschachtel und den Sektgläsern. Und wie vermutet, gab es kein zweites Handy auf den Namen Helga Wolf. Wahrscheinlich doch ein nicht registriertes Wertkartentelefon. Sandra griff zum Telefon, rief Hannes Peter an. »Ich möchte versuchen, den Mord an Helga Wolf durchzuspielen. Ist die Spurensuche soweit abgeschlossen, dass wir uns frei bewegen können?«

»Kein Problem.«

Dann informierte sie Martin Holzer und Jürgen Hofer über ihr Vorhaben, bat beide zu kommen. Ihrem Chef erzählte sie nun auch vom Gespräch mit Julian Pohn.

Als Bernd Rotaro erwachte, dröhnte sein Kopf. Sein Mund war trocken, und sein Magen befand sich im Krieg mit seinen restlichen Eingeweiden. Ohne die Augen zu öffnen, griff er zögerlich auf die linke Betthälfte. In Gedanken betete er: Bitte, Bitte, lass es nicht passiert sein.

Seine Hand fuhr ins Leere. Erst jetzt traute er sich, die schweren Lider zu öffnen, schaute. Nichts.

Er horchte. Auch aus dem Badezimmer oder der Küche kam kein verdächtiges Geräusch. Er war definitiv allein.

Dunkel erinnerte er sich an den Vorabend. Daran, dass Susi ihn verführen wollte und er so besoffen war, dass er ihrem Streben fast nachgegeben hätte. Aber diese zwei Sätze, »Er hat sie gevögelt. In der Nacht vor ihrem Tod«, hatten ihn augenblicklich wieder in die Realität katapultiert. Zum Glück, denn sonst hätte er Sandra nie wieder unter die Augen treten können.

Wie war noch mal der Name von diesem Jungen? Er setzte sich im Bett auf, warf einen Blick auf den Wecker.

Er stöhnte, streckte sich und sehnte sich nach einem starken Kaffee, den er jetzt wohl oder übel in der Redaktion trinken musste. Na ja, vielleicht fiel ihm ja dann der Name wieder ein. Etwas anderes bereitete ihm viel mehr Kopfzerbrechen, als der Name. Die Frage, wie er die Sache Sandra beibringen sollte? Sie würde garantiert nach dem Informanten fragen, und den konnte er unmöglich preisgeben. Woher wusste eigentlich Susi darüber Bescheid? Wenn sie ihm das am Vorabend erzählt hatte, dann hatte sein Gehirn diese Information erfolgreich gelöscht. Sollte er Sandra gegenüber die Sache einfach verschweigen? Aber verschweigen, oder noch schlimmer, zu lügen, war einfach nicht seine Art. Verflixt, da hatte er sich in eine ordentliche Zwickmühle gebracht.

Auf der Straße setzte sich Bernd Rotaro seine Sonnenbrille auf, dann überlegte er kurz, wo sein Auto stand, bis ihm einfiel, dass er ja gar nicht damit ins Lokal gefahren war, sondern es auf seinem Parkplatz vor dem Haus abgestellt hatte. Er ließ es auch jetzt stehen.

Die wenigen Minuten Fußmarsch ins Büro würden ihm helfen, munter zu werden. Auf dem Weg dorthin blieb er kurz vor dem B1+C1 stehen, kaufte Frühstück. Zum Glück sprach ihn niemand auf den Vorabend an. Er versuchte, seine Gedanken zu ordnen. Was, wenn Susi sich das Ganze nur ausgedacht hatte? Aber warum hätte sie das tun sollen? Um sich wichtig zu machen? Das hatte sie doch gar nicht nötig. Die Frau musste nur mit dem kleinen Finger schnippen und schon hechelten ihr fünf Kerle hinterher. Aber vielleicht wollte sie das gar nicht. Sie wollte ihn zurückhaben, das hatte sie ihm am Vorabend deutlich zu verstehen gegeben.

Und dann fiel ihm der Name wieder ein.

Donnerstag, 5. Juli, 13.00 Uhr

Sie spielten bei der Rekonstruktion sämtliche Möglichkeiten durch, die ihnen bisher eingefallen waren. Von der Spurensicherung war Hannes Peter mit zwei Kollegen vor Ort. Die These, wonach der Täter von der Straßenseite das Grundstück betreten hätte, verwarfen sie sofort, denn laut Aufzeichnungen waren beide Gartentore verschlossen gewesen. Er hätte also den hohen Zaun übersteigen müssen, was viel zu auffällig gewesen wäre.

»Bleiben drei Möglichkeiten«, behauptete Sandra und zählte an ihren Fingern ab. »Erstens: Unser Freudenspender ist der Täter. Zweitens: Es war noch jemand im Haus. Und drittens: Der Täter kam von der Seeseite.«

»Hast du auch schon einmal an zwei Täter gedacht?«

»Nach dem derzeitigen Stand unserer Ermittlungen, eher unwahrscheinlich.«

»Was ist mit diesem Pohn?«, fragte Martin Holzer.

»War angeblich das ganze Wochenende mit seiner Freundin zusammen. Wir checken das noch.«

»Was wissen wir über Helga Wolf?«, fragte Martin Holzer.

»Sie war ein sehr ehrgeiziger Mensch, lebte nach außen hin ein sehr bürgerliches, zurückgezogenes Leben, hatte nur eine Handvoll Freunde, die sie in unregelmäßigen Abständen traf, keine Kinder. Ihr Ex-Mann war Staatsanwalt in Linz«, erklärte Rosa mit einem Seitenblick auf Sandra. Martin registrierte ihn, unterbrach Rosa aber nicht. »Die Scheidung war vor sechs Jahren, seitdem hatten die beiden nur sporadisch Kontakt, das letzte Jahr gar keinen, außer kurzen Telefonaten, in denen es um ein Bild aus der Biedermeierzeit ging. In Wien hatte sie eine Wohnung, wo sie sich immer wieder mit ehemaligen Verurteilten traf. Wozu, brauch ich nicht erklären, das wissen wir, glaube ich, alle.« Sie sah in die Runde. »Unsere bisherigen Recherchen haben ergeben, dass keiner dieser Herren jemals die Villa betreten hat. Wir sind aber noch dabei, die einzelnen Alibis zu überprüfen, bzw. den einen oder anderen Namen aus dem Kalender zu entschlüsseln, denn nicht alle haben wir in dem Heft entdecken können, das Sandra in der Wohnung gefunden hat. Außerdem versuchen wir die Frage zu klären, ob Helga Wolf ihre Lover noch an andere Frauen vermittelt hat.«

»Zuhälterei?«, fragte Hannes Peter erstaunt.

»Ihr beide spinnt's schon ein bisschen, hab ich Recht?«, bemerkte Martin Holzer. »Und was sollte dieser Blick von Rosa in deine Richtung, als sie von Wolf gesprochen hat?«

Sandra zuckte fragend die Achseln. »Was für ein Blick? Wir vermuten, dass die finanzielle Unterstützung, die regelmäßig an Neustart ging, so etwas wie ein Vorwand war.«

»Vorwand?«, fragte Martin.

»Soweit wir wissen, hatten die meisten Männer, mit denen sie sexuell verkehrte, eine Bewährungsauflage und wurden an Neustart vermittelt. Von Neustart wurde sie dann über den Fortschritt der Bewährung informiert. Sie hat sich auch nur die ausgesucht, die sich an die Bewährungsauflagen hielten.«

»Deswegen hätte sie aber keinen Mitgliedsbeitrag bezahlen müssen. Diese Information hätte sie auch so bekommen.«

»Rosa und ich, wir gehen davon aus, dass dieser Beitrag so eine Art Absicherung war, um ein etwaiges Gerücht gleich im Keim zu ersticken. Frei nach dem Motto: Alles erfunden, ich habe nur

Interesse am Fortbestand dieses Vereins. Ist aber nur Theorie, denn danach fragen können wir sie nicht mehr.«

Martin nickte. »Dann lasst uns mal anfangen.«

Jürgen Hofer ging ans Seeufer, holte eine Handvoll Steine, kam zurück und verteilte sie. »Hier waren in etwa die Gläser und hier die Handschellen.«

»Rosa, du bist jetzt Helga Wolf. Leg dich genau auf die Stelle im Rasen. Martin, du spielst ihren Liebhaber. Leg dich dicht neben Rosa ins Gras.«

»Was haben sie gemacht? Geredet?«, fragte ihr Chef.

»War ich dabei?«

Hannes Peter drückte auf den Auflöser der Kamera.

»Wahrscheinlich haben sie geredet«, sagte der Gerichtsmediziner. »Die beiden hatten Sex, er hat ihr die Handschellen abgenommen und dann ...«

»Und dann ist es irgendwie zum Streit gekommen«, unterbrach ihn Sandra.

»Warum?«

»Vielleicht, weil sie ihn nicht bezahlen wollte, vielleicht, weil sie ihm von ihrem Benotungssystem erzählt hat und er ganz schlecht ausgestiegen war. Martin, du bist wütend, so wütend, dass du diese Frau am liebsten töten möchtest. Du springst auf und holst dir einen Stein, von der Wegbegrenzung, denn ...«, sie wandte sich an Hofer, »einen Hammer oder eine Axt wird er ja nicht bei sich getragen haben.«

»Unwahrscheinlich«, gab er ihr Recht.

Martin Holzer sprang auf, rannte zur Wegbegrenzung, nahm einen Stein, rannte zurück und stellte sich über Rosa. Diese hielt sofort schützend ihre Arme über den Kopf.

»Das waren sieben Schritte hin und wieder sieben zurück«, sagte Sandra.

»Für Helga Wolf genug Zeit, um zu erkennen, was er vorhatte«, sagte Martin Holzer.

»Oder zumindest ihre Hände vors Gesicht zu halten. Was sie aber nicht getan hat, sonst hätten wir Abwehrverletzungen gefunden«, warf Jürgen Hofer ein.

»So kann's also nicht gelaufen sein. Hm. Vielleicht hielt sie die Augen geschlossen? Vielleicht gab es auch keinen Streit.«

»Das sind einfach noch zu viele offene Fragen«, sagte Holzer.

»Wie wütend muss ich sein, um meinem Opfer derartige Verletzungen zuzufügen?«, fragte Sandra.

»Sehr wütend«, erklärte Hofer. »Aber, dass er mit ihr geschlafen hat, bedeutet ja nicht zwangsläufig, dass er sie geliebt hat. Es gibt Männer, für die ist Sex Aggression. Auch müssen Männer nicht unbedingt für die Frau, mit der sie schlafen, intensive Gefühle hegen. Es ist so. Wir sind zielorientiert, und da ist Frau ganz einfach auch mal Mittel zum Zweck.«

Sandra betrachtete den Gerichtsmediziner. »Es ist also durchaus denkbar, dass er mit ihr schläft, dann seelenruhig ein Mordinstrument holt, wie etwa diesen Stein, und dann ohne Vorwarnung zuschlägt?«

Die Männerrunde nickte.

»Wie krank ist unsere Welt eigentlich?«

»Sehr krank.«

»Gut. Dann spielen wir jetzt die zweite Möglichkeit durch.« Sandra instruierte ihren Chef, zur Terrasse zu gehen. »Du siehst den beiden zu.«

Martin Holzer stellte sich ans Ende der Terrasse. »Von hier aus sehe ich nichts, der Flieder.« Auch das wurde mit der Kamera dokumentiert. Sandra kam sich wie bei einem Modeshooting vor. Überall Kameras.

Sie überlegte. »Der Balkon, erster Stock«, rief sie ihm zu.

Sie spielten Szene für Szene durch, wie in einem Theaterstück. Nur dass es sich hier um die Wirklichkeit handelte und sie nicht am Ende des Stücks den Täter in Handschellen abführen konnten. Es war grotesk. Da meinte man, dass eine Frau wie Helga Wolf, die alles hatte, worum andere sie vielleicht beneideten – Erfolg, Geld, ein Leben ohne Sorgen – glücklich sein sollte. Und dann stellt dieser Mensch sich als einsame, unglückliche Kreatur heraus.

Gegen fünf Uhr hatten sie alle Möglichkeiten rekonstruiert. Sie waren müde und ausgelaugt. Hofer und Holzer fuhren gleich nach Linz. Die Spurensicherung machte sich auf den Heimweg nach Salzburg. Sandra und Rosa blieben am See.

Die Bar lag direkt an der Promenade, etwa dreihundert Meter von Helga Wolfs Villa entfernt. Es waren nicht viele Tische besetzt. In wenigen Stunden würde hier die Hölle los sein. Aber jetzt waren die Touristen noch baden und die Einheimischen arbeiten. Sandra und Rosa nahmen Platz, bestellten Mineralwasser und eine Kleinigkeit zu essen.

»Was denkst du, welche Möglichkeit ist die wahrscheinlichste?«, fragte Sandra.

»Ich denke, auf keinen Fall die zweite. Es erscheint mir nicht plausibel, dass noch jemand im Haus war. Sie stand auf Fesselspielchen, aber nicht auf die Voyeurnummer.«

»Aber warum hat sie diesmal eine Ausnahme gemacht und ihren Lover in der Villa empfangen und nicht wie üblich in Wien?«

»Sie hatte Geburtstag. Vielleicht hatte sie sich selbst beschenkt, auf ihren guten Ruf musste sie ja nicht mehr achten.«

»Hm. Also war's entweder ihr Sexpartner, oder der war schon weg und sie ist liegen geblieben ... soweit ich mich erinnere, war's Samstagnacht sehr mild. Na ja, und wenn jemand vom See kommt und sich durch den dunklen Garten schleicht – du siehst einfach nichts.« Sandra nahm einen großen Schluck von ihrem Wasser. »Wir arbeiten erst drei Tage an diesem Fall, und ich hab jetzt schon das Gefühl, die Sache zieht sich wie ein Strudelteig. Und allmählich wüsste ich gerne, welche Rolle Walter Wolf spielt.«

»Warum hast du Martin nicht gesagt, dass er ...«

»Weil er mich dann sofort wieder zurückgepfiffen hätte. Solange er nichts weiß, kann ich Wolf im Auge behalten, ohne von Martin beobachtet zu werden.«

Die ersten Badegäste verließen das Strandbad und kamen direkt in die Bar.

Sandra besah ihr Handy. Scheiße, ihr Akku war leer. Jetzt wusste sie noch nicht einmal, ob Bernd versucht hatte, sie zu erreichen. Das Leben war einfach nicht gerecht.

Um halb acht Uhr bog Sandra in die Hofeinfahrt ein. Sie sah Bernds Audi sofort. Ihr Herz machte einen Luftsprung. War also doch nichts mit »Ein Mann will keine Mörderjägerin zur Frau haben.«

Sie fand ihren Freund in der Küche bei ihrer Mutter. Lieselotte Anders stellte ihrem Schwiegersohn in spe gerade eine ihrer selbst gemachten Mehlspeisen vor. Er griff sich an den Bauch, wollte schon ablehnen. Aber als er Sandra eintreten sah, lächelte er ihrer Mutter verschmitzt entgegen. »Packst du uns das ein? Ich habe vor, deine Tochter zu entführen.« Sandras Mutter hatte ihm das Du angeboten. Auf dem Land duzten sich alle, nur zu den Städtern sagte man Sie, weil die einfach anders waren und nicht dazu gehörten. Aber Bernd gehörte ja jetzt dazu. Wahrscheinlich wollte ihre Mutter aus ihm noch einen brauchbaren Bauern machen.

»Ein Picknick bei Mondschein. Ist das romantisch.« Lieselotte Anders fuhr ihrer Tochter über die Haare, so als hätte sie gerade eine Eins auf die Schularbeit bekommen, nahm einen Korb zur Hand und schichtete Kuchenstücke hinein. »Viel Spaß. Und dass du mir das Mädel endlich auf andere Gedanken bringst.«

Als sie Schörfling hinter sich gelassen hatten, ahnte Sandra, wohin die Fahrt ging. In Weyregg bog Bernd Richtung Gahberg ab, fuhr langsam die einsame Straße durch den Wald bis zum Gipfel. Er stoppte den Wagen kurz nach der Gahbergkapelle, forderte sie auf auszusteigen und holte aus dem Kofferraum eine Picknickdecke und den Korb mit den Mehlspeisen.

Sandra atmete tief ein und schloss die Augen. Sie genoss die Stille, die hier heroben herrschte. Nur Grillen zirpten, gelegentlich waren die Glocken der Kühe auf den Weiden ringsum zu hören.

Als Bernd sie sanft am Arm berührte, öffnete sie ihre Augen wieder. Er führte sie einige Schritte über die Wiese an der Kapelle vorbei zu jenem Platz, an dem zwei überdimensional große Betten aus Holz standen. Ein Überbleibsel vom Festival der Regionen vor vielen Jahren. Er breitete die Decke darüber aus. Sie setzten sich. Der Ausblick war überwältigend.

Bernd rückte dicht an Sandra, umschloss sie mit seinen Armen. Aber die Idylle trog, denn in Sandra brodelte es. Es war banale Eifersucht, die sie plötzlich fragen ließ:»Was ist eigentlich los?« Hatten Maria Loos und Susi keine Zeit?«Upps. Jetzt war's heraußen, das wollte sie so eigentlich nicht sagen, aber wenn sie es nicht getan hätte, hätte es sie womöglich noch zerrissen.

»Was meinst du damit?« Er wich ihrem Blick aus. Kurz, aber sie nahm es wahr. »Rosa und ich waren im Litzlberger Keller.«

Bernd grinste, was ihn leider unwiderstehlich machte. Aber Sandra wollte ihn im Moment nicht unwiderstehlich finden, sie wollte wütend sein und ihrem Gefühl der Eifersucht freien Lauf lassen. Sie fand, dass ihr das nach einem anstrengenden Arbeitstag zustand. Er ließ sie los.

»Ist da jemand eifersüchtig?« Er berührte Sandras Hand. Ruckartig zog sie sie zurück. So einfach kam er ihr nicht davon.

»Und wenn schon«, erwiderte sie. »Es ist doch sehr eigenartig, wenn du mir etwas von Ich-geh-nur-noch-schnell-auf-ein-Bier erzählst und dann mit deiner Ex in einem Restaurant auftauchst, oder?«

»Erstens bin ich nicht mit meiner Ex im Restaurant aufgetaucht, sondern mit meiner Ex und Maria Loos, die du ja kennst, wie ich weiß. Und zweitens, meine Liebe, wenn sich mir per Zufall eine Möglichkeit bietet, eine Story für meine Zeitung zu schreiben, dann nütze ich diese. Ich hab damit auch nicht unsere Regeln verletzt, denn das, was mir Maria Loos über Helga Wolf erzählt hat, waren harmlose, nette Geschichten. Gute Richterin, tolle Arbeitgeberin, unauffälliges Leben. Und so wird es auch morgen in der Zeitung stehen. Ich konnte ja nicht ahnen, dass du inzwischen auch meine harmlosen Geschichten zensurierst ... dein Verhalten mir gegenüber hat mir auch nicht gerade bewiesen, dass du mir vertraust.«

»Ich hab mich entschuldigt.«

»Gut, dann entschuldige ich mich jetzt hiermit, dass ich dich nicht sofort angerufen habe, als ich Susi und diese Loos zufällig getroffen hab und mit ihnen essen war, statt einfach nur allein auf ein schnelles Bier zu gehen. Ja, und weil wir gerade so nett beieinander sitzen und plaudern ...«, sagte er spöttisch, »werd ich dir gleich noch etwas beichten.« Er war zornig. »Ich hab Susi wiedergesehen. Gestern.«

»Wo?«, fragte Sandra mit ruhiger Stimme. In Gedanken betete sie: Bitte nicht, lass ihn jetzt bitte nicht Schluss machen. Nicht jetzt, während eines so schwierigen Falls.

»Im B1+C1. Es war Zufall.«

»Zufall«, wiederholte Sandra. »Das waren aber ziemlich viele Zufälle in den letzten zwei Tagen.«

»Ja, es war reiner Zufall.«

»Und? Hast du mit ihr geschlafen?« Sandra hätte sich ohrfeigen können für diese Frage.

»Ich war ziemlich betrunken, sie hat mich bis vor die Haustür gebracht ...«

Sandras Muskeln spannten sich an »Und? Hast du oder hast du nicht?«

»Sie hat mich geküsst.«

»Und?«

»Ich bin heute Morgen alleine in meinem Bett aufgewacht, wenn es das ist, was du meinst.«

»Nein, das ist nicht das, was ich meine«, giftete Sandra ihn an. »Ich hab dich nicht danach gefragt, ob du allein wach geworden bist heute Morgen, sondern ob du mit ihr geschlafen hast.«

»Verdammt, Sandra! Nein.«

»Warum erzählst du mir diese ganze Scheiße überhaupt, Bernd. Du schleppst mich hier herauf, mitten in der Nacht, um mir zu erzählen, dass du gestern die halbe Nacht mit deiner Ex saufen warst.« Sie äffte seinen Tonfall nach. »Ja, liebe Sandra. Wir hatten sehr viel Spaß, aber gevögelt haben wir nicht. Wir wollten erst dich fragen, ob das in Ordnung ist, wenn wir's tun. Verdammt, Bernd. Seit wir zusammen sind, taucht immer und überall diese Susi auf. Was willst du eigentlich von mir? Meine Absolution?«

»Nein, will ich nicht. Ich wollte dir nur etwas erzählen, was sie mir erzählt hat. Weiter nichts. Und ich war ehrlich zu dir, das wolltest du doch? Aber wenn du so auszuckst, lassen wir's. Okay?«

»Okay.«

Bernd begann die Decke aufzurollen, nahm den Korb und ging in Richtung Auto. Männer, dachte Sandra verächtlich. Sind doch alle gleich. Erst bauen sie Scheiße und dann tun sie so, als wärest du schuld an dem Ganzen. Sie sprang auf, lief ihm hinterher. Schweigend fuhren sie den Weg wieder zurück.

»Hier«, sagte er und reichte Sandra einen Zettel, als sie aus dem Auto gestiegen war. »Das ist der Name jenes Mannes, mit dem Helga Wolf geschlafen hat, in der Nacht, als sie umgebracht wurde. Das war's, was ich dir eigentlich noch erzähler. wollte. Ich weiß es von ihr, und wie du siehst, hatte ich nicht vor, eine Story daraus zu machen.« Dann zog er von innen die Beifahrertür zu und fuhr davon. Jetzt fühlte sich Sandra wirklich schlecht.

Donnerstag, 5. Juli, 23.30 Uhr

Die Nacht war sternenklar und schwül. Auf der Fahrt nach Vöcklabruck hatte Sandra wieder ihre Lieblings-CD von Hans Theessink eingelegt, *Bridges*, laut aufgedreht und lauthals und falsch mitgesungen, das hatte ihren Frust zwar nicht weggeblasen, aber zumindest erträglich gemacht. Sie hatte sich mit Rosa vor der Inspektion verabredet. Den Streit mit Bernd hatte sie nicht erwähnt, Rosa hatte im Moment ja selbst mit Liebeskummer zu kämpfen.

Rosa stieg ein. Wortlos hielt sie ihr die Adresse von Susanne Kopp in Vöcklabruck vor die Nase. Ein wenig mulmig war ihr schon. Aber war da nicht auch ein Gefühl der Überlegenheit? Genugtuung?

Sie brauchten keine zehn Minuten, bis sie vor Susis Wohnhaus parkten. Sandra klingelte zweimal lang. Es dauerte einige Minuten, bis sie eine verschlafene Stimme durch die Sprechanlage hörten. Sandra stieß Rosa auffordernd in die Seite.

141

»Frau Kopp, mein Name ist Rosa Mairinger, Landeskriminalamt Linz. Wir hätten da eine Frage an Sie.«

»Jetzt? Wissen Sie, wie spät es ist?«

Natürlich jetzt. Was dachte diese Tussi, wer hier vor ihrem Wohnhaus stand.

»Ja, jetzt«, sagte Rosa ruhig.

Ein Summen war die Antwort. Sie stiegen die Stufen in den zweiten Stock hoch. Susanne Kopp erwartete sie bereits bei geöffneter Tür. Sie trug einen roten knielangen Bademantel. Was auch sonst, dachte Sandra verächtlich. Susi versuchte erst gar nicht, ihren Unmut zu verbergen. Als sie Sandra an Rosas Seite bemerkte, zischte sie. »Was verschafft mir die Ehre, dass du bei mir auftauchst?«

Sandra konnte ihre Wut nur schwer unterdrücken. Am liebsten hätte sie dieses Miststück mit in die Inspektion genommen. So wie sie war. Ungeschminkt. Aber warum? Wegen verbotener Küsse mit einem Journalisten, der mit einer Kriminalistin liiert war? Dass Susi ohne ihr ganzes Make-up und Drumherum nicht anders aussah, als andere Frauen auch, stimmte Sandra etwas milder.

»Dürfen wir reinkommen? Oder sollen wir die Sache hier im Treppenhaus bereden?«

Wortlos trat Susi zur Seite, ließ die beiden Inspektorinnen eintreten, schloss hinter ihnen die Tür. Sie verschränkte die Arme ineinander, blieb im Gang stehen, lehnte sich gegen eine Wand. Sie dachte nicht daran, die beiden Störenfriede in ihr Wohnzimmer zu bitten.

»Also, was ist los, dass mich die Polizei bei nachtschlafender Zeit aus dem Bett holt?«

»Peter Brand«, sagte Sandra.

Susi grinste spöttisch, stieß sich von der Mauer ab, ging voraus ins Wohnzimmer. Sandra und Rosa folgten ihr.

Das Zimmer war geschmackvoll und modern eingerichtet. Aber nicht teuer. Ikea. Unauffällig tastete Sandra alles mit den Augen ab. Fand sie irgendwo Spuren von Bernd? Sein Bild? Ein Kleidungsstück?

»Also bitte«, riss Susi sie aus ihren Gedanken,»was wollt ihr von mir wissen?« Sie setzte sich auf einen Sessel, deutete Rosa und Sandra, auf der Couch Platz zu nehmen.

»Wir haben gehört, dass Sie behaupten, Peter Brand habe mit einem Mordopfer Geschlechtsverkehr gehabt. In der Nacht vor dem Mord«, sagte Rosa.

Susi nickte.»Lassen wir das.« Wieder ein süffisantes Lächeln Richtung Sandra. „Wir wissen alle drei, wem ich das erzählt habe und wie ihr auf mich gekommen seid.«

»Ja«, sagte Sandra,»und dafür darfst du jetzt uns verraten, was du weißt und von wem.«

»Er hat's mir selbst gesagt.«

»Wer? Peter Brand?«

»Logisch Peter Brand.«

»Weißt du, wo er wohnt?«

»Irgendwo am Attersee.«

»Irgendwo am Attersee«, wiederholte Sandra.»Geht's vielleicht etwas genauer?«

Susi begann mit dem Daumen über ihre Fingernägel zu streichen.»Na ja, also ganz genau kann ich es nicht sagen. Direkt in Attersee, oder so.«

»Oder so«, wiederholte Sandra Susis Worte erneut.

»Wie gut kennen Sie Peter Brand«, fragte Rosa.

»Nun, Sie wissen schon.«

»Nein, wissen wir nicht«, sagte Sandra schroff.

»Ich kenn seine Freundin.«

»Aha!« Allmählich hatte Sandra das Gefühl, dass Susi sich mit dieser Geschichte bei Bernd nur wichtig machen wollte.»Und weil du seine Freundin kennst, erzählt er dir, mit wem er geschlafen hat?«

»Na ja, so direkt hat er's mir nicht gesagt«, gab Susi zu.

»Also indirekt?«

»Marion hat's mir erzählt«

»Wer bitte ist Marion?«, fragte Rosa.

Susi ließ die Schultern sinken.»Marion Stehrer. Seine Freundin.«

»Und wie bitte kommt diese Marion Stehrer darauf, dass Peter Brand mit Helga Wolf geschlafen hat?«

»Marion hat zufällig gesehen, wie Peter die Wolf-Villa betreten hat. Sie hat ihn in der Bar darauf angesprochen. Er hat ihr aber keine Antwort gegeben. Später sind sie dann raus in den Garten, und Marion ist verheult wieder in die Bar gekommen. Sie hat nicht viel gesagt, nur dass dieser Oarsch sie betrogen hat. Und als dann die Meldung von Helga Wolfs Tod im Radio kam, hat Marion mich angerufen, und wir haben eins und eins zusammengezählt.«

»Und dass man in so einem Fall zur Polizei geht, hat euch noch niemand gesagt.«

Susi schwieg.

Freitag, 6. Juli, 06.30 Uhr

Sandra und Rosa waren sofort zu Marion Stehrers Wohnung gefahren, hatten sie aber nicht angetroffen. Ihr Handy war ebenfalls ausgeschaltet gewesen. Gegen sechs Uhr morgens war sie dann nach Hause gekommen, um zu duschen und sich für die Arbeit umzuziehen. Sie hatte etwas von einem guten Freund erzählt, bei dem sie die Nacht verbracht hatte. Wie du mir, so ich dir, hatte Sandra gedacht, aber keinen Kommentar abgegeben, sondern nur nach der Adresse von Peter Brand gefragt. Danach mussten sie nur noch Buchegger informieren. Er hatte diese Nacht freigehabt. Sandra wollte den dicken Polizisten unbedingt dabei haben. Warum, konnte sie nicht einmal beantworten. Sie hatte sich einfach daran gewöhnt, dass er bei Einsätzen in ihrer Nähe war.

In dieser frühen Morgenstunde war es auf der Straße entlang des Sees sehr ruhig. Nur wenige Autos mit einheimischen Kennzeichen und ein kleiner Lieferwagen kamen ihnen entgegen. Vereinzelt trafen sie auf Radfahrer. Die wenigsten Touristen standen so früh auf. Die große Badeliegewiese in Litzlberg war menschenleer, obwohl, die Sonne wärmte schon. Aber auf das Seeufer fiel teilweise noch der Schatten.

Der Einhof lag weit außerhalb auf einer leichten Anhöhe. Rosa und Sandra dachten schon daran umzukehren, als sie die Ortstafel von Attersee bereits hinter sich gelassen hatten. Aber kurz nach dem Ortsteil Aufham tauchte der alte Bauernhof plötzlich vor ihren Augen auf. Inmitten einer großen Wiese, etwas versteckt hinter alten Obstbäumen, aber mit freiem Blick auf den See. Das Dach war mit roten Ziegeln gedeckt, das Mauerwerk mit weißer Farbe verputzt und vor den Kastenfenstern aus dunklem Holz waren grüne Fensterläden angebracht worden. Rote und weiße Geranien in Blumenkästen unterstrichen die ländliche Idylle, die dieses Anwesen ausstrahlte. Fuchs und Henne sagten sich hier garantiert Gute Nacht, und das Brauchtum und Bauerntum regierte noch den Alltag. Schnaps wurde aus eigenem Obst gebrannt und nicht mit Geschmacksverstärkern gestreckt. Speck noch selbst gemacht, und bei Kirtagen und Feuerwehrfesten backten die Obstbäuerinnen heiße Bauernkrapfen, eine Spezialität.

Sandra wusste nicht genau, wie viele aktive Bauern es in dieser Region noch gab. Es wurden leider, wie überall, von Jahr zu Jahr weniger. Manche Höfe waren verkauft worden, manchmal an Leute, die sich daraus ein Refugium der Ruhe geschaffen hatten und sich dann über das Krähen der Hähne morgens aufregten. Andere wiederum wurden zwar noch von den Bauern selbst bewohnt, aber eben nicht mehr bewirtschaftet. Im besten Fall wurden kleine Frühstückspensionen für Touristen daraus gemacht, so wie es auch Sandras Eltern getan hatten. Viele der Jungbauern arbeiteten nun in den umliegenden Gemeinden als Fabrikarbeiter, Gemeindebedienstete, oder zogen gleich in die größeren Städte nach Wien, Linz oder Salzburg. Und Peter Brand? War er ein übriggebliebener Jungbauer, oder handelte es sich um einen zugereisten Städter? Sandra war gespannt, wen sie antreffen würden.

Sie bog von der Hauptstraße in einen kleinen Feldweg ein und stoppte ihren Wagen genau vor der Haustür, gefolgt von Buchegger und einem jungen Kollegen in einem Polizeiwagen. Ein Border Collie kam kläffend angerannt, umrundete die fremden Wagen. Sie ließen sich nicht beeindrucken, stiegen aus und sahen sich um. Der Hund beschnüffelte sie tatsächlich nur, befand sie als ungefährlich, wedelte freundlich mit seiner Rute und trollte sich wieder. Buchegger und der Kollege blieben neben dem Auto stehen. Rosa und Sandra gingen auf den Hof zu.

Über dem Türrahmen der Eingangstür glaubte Sandra die Jahreszahl 1627 erkennen zu können. Dann wäre dieser Hof ein Jahr nach dem großen Bauernkrieg in Oberösterreich erbaut worden, der mit dem Tod des Anführers Stefan Fadinger im Juli 1626 und mit der vernichtenden Niederlage der Bauern im folgenden November in Wolfsegg geendet hatte. Sandra hatte sich vor Jahren einmal die Frankenburger Würfelspiele angesehen. Jenes Schauspiel auf der riesigen Naturfreilichtbühne bei Leitrachstätten, das den Beginn des Bauernaufstandes im Jahr 1625 dokumentierte und alle zwei Jahre von Laienschauspielern aufgeführt und von tausenden Touristen und Einheimischen gespannt verfolgt wurde. Auch Sandra war begeistert gewesen.

Noch bevor sie auf die Klingel neben der Haustür drücken konnte, wurde ihnen geöffnet. Von einer Frau, nicht besonders groß, höchstens einen Meter sechzig, mit halblangem grauem Haar und einem sehr freundlichen, offenen Gesicht. Sie trug ein grünes vergilbtes Hauskleid, das ihr bis zu den nackten Waden reichte und sie wesentlich älter machte, als sie zu sein schien. Sie blickte von einem zum anderen. »Bitte?«, fragte sie schließlich.

»Frau Brand?«

Sie nickte. »Ja?«

»Mein Name ist Sandra Anders, ich komme von der Kriminalabteilung. Das ist meine Kollegin Rosa Mairinger.«

»Briska«, entfuhr es der Frau. Sie schlug die Hände vors Gesicht.

»Wie bitte?«, fragte Sandra.

»Briska Frank, meine Arbeitskollegin. Sie kommen doch wegen ihr?«

»Warum? Was ist mit ihr?«, fragte Sandra neugierig.

146

Die Frau im Türrahmen warf ihr nun einen skeptischen Blick zu und legte ihre Stirn in Falten. »Aber ... aber ich war doch bei der Polizei, wegen der ... Vermisstenanzeige.«

»Hm«, machte Sandra. »Wir kommen aus einem anderen Grund. Von einer vermissten Person wissen wir nichts. Dürfen wir eintreten?«

Die Frau zögerte einen Moment, dann sagte sie: »Natürlich. Kommen Sie! Ich koche gerade«, wandte sich um und ging voraus. Die beiden Inspektorinnen folgten ihr.

Sandra war überrascht. Der Hof war vorbildlich renoviert und der alte Lärchenholzschiffsboden zur Gänze erhalten geblieben. Die Küche war modern, aber trotzdem passte sie irgendwie zu dem alten Gebäude.

»Haben Sie den Hof gekauft, oder ist es ein Erbhof?«, fragte Sandra auf dem Weg in die Küche.

»Ein Erbhof«, antwortete die Frau.

Sandra wusste, dass ein Bauernhof die Auszeichnung Erbhof nur dann erhielt, wenn er mindestens zweihundert Jahre in Familienbesitz war und genauso lange bewirtschaftet worden war. Und obwohl sie die Antwort voraussehen konnte, fragte sie: »Bewirtschaften Sie den Hof allein?«

Elisabeth Brand hob den Deckel eines Topfes in die Höhe, der auf dem Herd stand. Es duftete verführerisch nach Gulasch.

»Nein, wo denken Sie hin. Mein Mann hat, bevor er starb, den Hof meinem Sohn überschrieben.«

Eine dreifarbige Katze lag schlafend auf der Eckbank, die gegenüber dem Herd stand. Eine sogenannte Glückskatze mit rotem, weißem und schwarzem Fell. Auf dem Esstisch lag eine Tageszeitung.

»Woran ist Ihr Mann gestorben?«

»Krebs. Die Arbeit ist allein ja kaum zu schaffen, ich helfe meinem Sohn, wenn ich kann.«

Deshalb kocht sie auch schon morgens das Mittagessen, dachte Sandra. Ihre Mutter hatte das jahrzehntelang so getan und tat es auch heute noch.

»Und wo finden wir Ihren Sohn?«, fragte Rosa.

147

»Im Stall, bei den Kühen, die müssen gemolken werden.« Sie wandte sich vom Herd ab. »Was wollen Sie von ihm?«

»Nur etwas fragen, reine Routine«, beeilte sich Sandra zu sagen.

»Was wollen Sie ihn denn fragen?« Elisabeth Brand beäugte die beiden Frauen misstrauisch.

Sandra gab Rosa ein Zeichen, trat so beiläufig wie möglich hinaus in den Flur. Elisabeth Brand wollte ihr folgen, aber Rosa reagierte sofort. »Sie haben vorhin den Namen Briska Frank erwähnt. Was ist mit ihr?«

Die Frau blieb stehen, sah die blonde Polizistin kurz an und wandte sich wieder dem Gulasch zu. »Sie ist nicht zur Arbeit gekommen.«

»Vielleicht ist sie krank.«

»Nein!« Sie hörte auf, im Topf zu rühren, wischte ihre Finger an der Kleiderschürze ab und kam auf Rosa zu. »Dann hätte sie angerufen. Sie kennen Briska nicht. Sie ist extrem zuverlässig, hat eigentlich noch nie einen Tag gefehlt.«

»Seit wann vermissen Sie sie?«

»Eigentlich seit Sonntag, bin aber erst am Montag zur Polizei gegangen.«

»Wo wohnt Ihre Kollegin?«

»In Weyregg.«

»Das heißt, Sie haben in Schörfling die Vermisstenanzeige aufgegeben?« Weyregg hatte keine eigene Polizeistation.

Elisabeth Brand nickte.

Rosa machte sich Notizen. »Wann haben Sie sie zum letzten Mal gesehen?«

»Am Samstag. Wir hatten beide Nachtdienst.«

»Nachtdienst?«

»Ich bin ... das heißt Briska und ich sind Krankenschwestern im LKH in Vöcklabruck. Der Hof gehörte ja meinem Mann und jetzt meinem Sohn. Ich hab mir nie viel daraus gemacht, wollte meinen Beruf nicht aufgeben.«

»Also, Sie sind beide Krankenschwestern«, unterbrach Rosa. Sie hatte keine Lust, sich die ganze Familiengeschichte anzuhören.

148

»Ja, und am Samstag hatten wir eben Nachtdienst. Genauso Sonntag. Aber Briska ist nicht gekommen. Ich hab bei ihr zu Hause angerufen. Sie hat nicht abgehoben. Ich dachte zuerst, dass sie sich verspäten würde, obwohl auch das ungewöhnlich für sie ist. Aber eine Stunde später war sie noch immer nicht im Dienst, da hab ich mir ernsthaft Sorgen gemacht. Am Montag bin ich zur Polizei gegangen. Und als Sie heute vor meiner Tür standen, dachte ich ...« Sie beendete den Satz nicht.

»Hat Ihre Freundin Familie?«

Sie schüttelte den Kopf.

Rosa legte den Stift zur Seite. Sie sah die Besorgnis in Elisabeth Brands Gesicht. Auf Grund ihrer Ausbildung wusste sie aber, dass sich viele Vermisstenfälle von selbst lösten. »Vielleicht wollte sie einmal etwas Verrücktes tun?«, versuchte sie, die Frau zu beruhigen.

Elisabeth Brand sah Rosa irritiert an. »So ein Blödsinn. Nicht Briska. Wir beide arbeiten seit ewig schon im Krankenhaus und ehrenamtlich im Frauenhaus. Auch dort ist sie nicht aufgetaucht.« Sie schüttelte den Kopf. »Etwas Verrücktes tun. Kein Wunder, dass die Polizei sie nicht findet.« Ihre Stimme klang aufgeregt. Sie wandte sich wieder dem Gulasch zu. »Irgendetwas Schlimmes ist passiert. Ich weiß es.«

Eine Geruchsmischung aus Heu und Kuhmist schlug Sandra entgegen, als sie durch die offene Stalltür trat. Am hinteren Ende des Gebäudes drängten sich um die vierzig Kühe aneinander. Musik spielte, Genesis. Auch wenn Sandra Peter Brand nicht sehen konnte, so vermutete sie, dass er sich mitten in dem Knäuel aus Fleckvieh befand. Und sie behielt Recht. In einer Grube unterhalb einer vollautomatischen Melkanlage stand der Mann, nach dem sie suchte. Er hatte ihr den Rücken zugewandt und wischte gerade einer Kuh mit einem Tuch über ihr dickes Euter. Seine Finger waren lang und schlank.

»Herr Brand.«

Der Mann drehte sich um, und Sandra war überrascht. Sie hatte nicht erwartet, einem so attraktiven, rund dreißigjährigen Mann zu begegnen. Er hatte kurze dunkle Haare, sonnengebräunte Haut, große freundliche Augen und ein hübsches Gesicht. In Gedanken schimpfte sich Sandra selbst. Warum sollte ein Jungbauer nicht attraktiv sein? Warum hatte man, wenn man an Bauern dachte, immer die Vorstellung von abgearbeiteten Händen und groben Gesichtszügen?

»Ja?«

»Ähm, Hm! Ja, also! Mein Name ist Sandra Anders. Ich bin von der Polizei, Kriminal ... ähm also Mord..«, stammelte Sandra verlegen.

Er sagte kein Wort, lächelte ihr unsicher entgegen. Es entstand eine längere Pause, die der Mann dazu nutzte, die letzten Kühe aus der Melkanlage zu entlassen. Zufrieden zogen sie in gemächlichem Tempo an Sandra vorbei in den geräumigen Laufstall, um sich den anderen Kühen anzuschließen.

»Ja, also! Ich komme wegen des Mordes an Helga Wolf. Sie haben ja ...«

Augenblicklich hob er abwehrend die Hand, legte seinen rechten Zeigefinger an seine Lippen und machte: „Schsch ... nicht hier!« Er schaute sich um.

Was hieß da, nicht hier? Wusste dieser Typ etwa nicht, mit wem er es zu tun hatte? Sie war immer noch diejenige, die den Ton und auch das Thema vorgab. Sandra räusperte sich. »Aber ich muss Sie ...«

Weiter kam sie nicht, denn Peter Brand war mit zwei Schritten aus seiner Grube heraußen und legte ihr seinen Finger auf den Mund. Der Geruch von Desinfektionsmittel stieg ihr in die Nase.

»Schsch ...!«, machte er noch einmal und sah sich um. »Meine Mutter weiß nicht ... Gehen wir ein Stück.«

Sandra verstand. Sie nickte. Gemeinsam verließen sie den Stall und wanderten über die große Wiese vor dem Hof. Der Collie folgte ihnen, ab und zu umrundete er sie.

»Ich dachte mir schon, dass Sie auftauchen werden. Irgendwann«, begann er.

»Warum sind Sie dann nicht gleich zu uns gekommen?«, fragte Sandra.

Er zuckte mit den Achseln. »Keine Ahnung! Angst?«

Und Sandra hatte den Eindruck, dass sich Peter Brand tatsächlich nicht wohl in seiner Haut fühlte, aber darauf konnte sie keine Rücksicht nehmen. »Wir haben am Tatort Kondome gefunden. Ich denke, die sind von Ihnen.«

Er gab keine Antwort, nickte stattdessen.

Drei Mal und das quasi auf Befehl, dachte Sandra, während sie sich unauffällig den jungen Bauern genauer ansah. Sie war auch nur eine Frau.

»Trotzdem. Wir brauchen einen DNA-Vergleich.«, sagte sie schließlich. Er schaute sie verzweifelt an. Sandra blieb ernst, grinste nur innerlich, konnte seine Gedanken lesen. Der arme Kerl konnte ja nicht wissen, dass in diesem Fall ein Mundhöhlenabstrich gemacht wurde und sie nicht eine Samenspende benötigten. Sie ließ ihn zappeln. Es machte ihr Spaß. Man konnte seinem Gesicht deutlich ansehen, wie sehr ihn diese Frage beschäftigte.

»Außerdem werden wir die Kleidung mitnehmen, die Sie am Samstagabend getragen haben.«

»Verdächtigen Sie mich?«, fragte er unsicher.

»Ja, im Moment verdächtigen wir jeden, der mit Helga Wolf Kontakt hatte, und Sie waren schließlich der Letzte, der sie lebend gesehen hat.«

»Ich hab sie aber nicht getötet.«

Es klang ehrlich, aber Sandra hatte diesen Satz schon zu oft in ihrem Berufsleben gehört, deshalb schwieg sie eine Weile. Deutlich konnte sie kristallklaren Vogelgesang vom nahe liegenden Wald hören.

Während sie nebeneinander hergingen, schaute Peter Brand auf den Boden zu seinen Füßen, überlegte, sah auf, wieder zu Boden, blieb dann plötzlich stehen. Offensichtlich haderte er mit irgendetwas. Ein Geständnis?

»Ich habe nur meinen Job erledigt und bin dann gleich in die Bar auf der Promenade. Ich weiß nicht, wann sie umgebracht wurde, aber ab etwa ein Uhr war ich dort. Ich hab sogar noch den Krankenwagen wegfahren gesehen.«

»Krankenwagen?«

»Ach, irgend so ein Idiot ist beim Tequila-Wettsaufen zusammengebrochen. Der Notarzt hat ihn geholt.«

»Ein Einheimischer?«

»Keine Ahnung? Hab nicht gefragt.«

»Gibt es Zeugen dafür, dass Sie dort waren?«

»Genug. Ich hab mich dort mit Freunden getroffen.« Er machte eine Pause. »Ich habe sozusagen einen Nebenjob.«

»Was für einen Nebenjob?«, fragte Sandra, obwohl sie sich die Antwort bereits denken konnte.

»Ich bin Callboy«, kam es stockend. »Aber bitte, meine Mutter weiß nichts davon.«

»Warum machen Sie es dann?«, fragte Sandra.

»Spaß! Geld! Vielleicht auch beides.«

»Hat sie Sie bezahlt?«

»Nein, das Geld wurde auf mein Konto überwiesen, vorher.«

»Von wem?«

»Meiner Agentur. Die sitzt in Salzburg.«

»Sie haben eine Agentur?«

»Na, klar habe ich eine Agentur. Oder glauben Sie, ich würde meinen Kundinnen meine Telefonnummer geben? Was glauben Sie, wie viele wild gewordene Mittfünfzigerinnen da draußen rumlaufen, die so einen wie mich besitzen wollen?« Er macht eine ausladende Handbewegung. »Mit allem drum und dran, versteht sich. Da ist es schon besser, wenn man nach getaner Arbeit wieder von der Bildfläche verschwindet. Bis zum nächsten Auftrag.«

»Und Helga Wolf war so ein Auftrag?«

Brand nickte.

»Hat sie Sie schon öfters gebucht?«

»Nein! Bei ihr war ich zum ersten Mal.«

»Und?«

»Sie wollte dabei Handschellen tragen.« Er grinste breit. »Gibt Frauen, die auf so was stehen. Kommt immer wieder vor.« In seiner Stimme schwang Stolz mit.

»Hatten Sie die Handschellen mitgenommen?«

»Nein. Sie hatte welche.«

»Aber Sie haben sie berührt?«

»Ja. Ich hab sie damit gefesselt. Wir haben vorher was gegessen und währenddessen erklärte sie mir, wie sie es haben wollte. Es war ein Geschäft. Kein privates Wort, kein Gefühl, kein Gesülze, nur Sex. Drei Mal, öfter nicht.«

»Ist Ihnen irgendetwas komisch vorgekommen. War sie nervös? Hatten Sie das Gefühl, dass noch jemand im Haus war?«

Peter Brand dachte nach, dann schüttelte er den Kopf. »Das kann ich nicht beantworten. Ich hab die Richterin ja nicht gekannt. Und im Haus habe ich mich nur in bestimmten Räumen bewegt, im Schlaf- und Wohnzimmer und in der Küche, auf der Terrasse und im Garten. Kann gut sein, dass noch irgendwer im Haus war. Ist nichts Ungewöhnliches, wenn Ehemänner zusehen, wie du ihre Frau ...« Er brach ab. »Gesehen habe ich niemanden. Im Garten war kurz das Geräusch von einem Motorboot zu hören. Sonst war alles ruhig.«

»Ein Motorboot ... sind Sie sicher?«

»Natürlich bin ich sicher.«

»Im Juli und August sind Motorboote auf dem Attersee verboten.« In diesem Moment fiel Sandra der Eintrag im Kalender ein. »Sagen Sie, gibt es in Ihrem Beruf so etwas wie ein Pseudonym. Sie wissen schon ...«

»Klar gibt's so was. Keiner arbeitet unter seinem richtigen Namen.«

»Und wie ist Ihrer?«

»Joe.«

Freitag, 6. Juli, 10.00 Uhr

Bernd Rotaro saß in der Redaktion am Vöcklabrucker Stadtplatz, klickte sich durch seine Mails. Es war wie ein Spiel. Die langweiligen Einladungen kamen sofort in den Papierkorb, der Rest wurde nach Themen und Datum sortiert. Jubiläen, Sport, Kultur, Chronik. Sein junger Kollege saß neben ihm und sah ihm neugierig über die Schulter.

»Was machen Sie da?«

»Wonach sieht's aus?« Bernds Stimme klang gereizt. Er ärgerte sich nicht über Manfred Kuhn. Der freie Journalist gab sein Bestes, auch wenn er ihm damit auf die Nerven ging. Nein, vielmehr ärgerte sich Bernd über den Anruf seines Chefs. Wolf Kemeter hatte ihn aufgrund seines Artikels über Maria Loos zur Sau gemacht. »Sag mal, willst du mich verarschen oder bist du so bescheuert?«, hatte er anstatt einer Begrüßung ins Telefon gebrüllt. »Was glaubst du eigentlich, was ich von dir will, wenn ich von einer wirklich guten Story rede? Ein nettes Portrait über die Putze des Opfers? Hast du Zeitung gelesen? Vielleicht zufällig unsere Konkurrenz? Die haben zwar auch nicht viel, aber wenigstens Interviews mit Richtern und Staatsanwälten. Verdammt, Bernd. Ich hätte gute Lust, dich mit einem Tritt vor die Tür zu setzen, aber leider ist eine schlechte Geschichte kein Kündigungsgrund. Weißt du was? Bleib da, wo du bist. Lokalredakteur in Vöcklabruck. Meine Unterstützung kannst du jedenfalls vergessen. Ich leg sicher kein gutes Wort für dich ein, damit du in die Kulturredaktion nach Linz kommst.« Dann hatte Kemeter aufgelegt, noch bevor er antworten konnte.

Bernd dachte an Peter Brand, der jetzt vermutlich von Sandra verhört wurde. Natürlich hätte er sich mit ihm treffen können, aus dem Interview eine Sex&Crime-Story basteln können, mit Dreck, Blut und Schlamm. So wie es sein Vorgesetzter wollte. Aber wollte er, Bernd Rotaro, das auch?

»Ich komme auch so in die Kulturredaktion«, flüsterte er.

»Haben Sie etwas gesagt?«, hatte Kuhn gefragt.

»Nein. Nur laut gedacht«, war seine Antwort gewesen.

Rotaro stöhnte und fuhr fort, die Lokalmeldungen zu sortieren, klickte weiter.

»Welche Geschichte wollen Sie machen?«

Sein junger Kollege überflog die Seiten, tippte auf ein Jubiläum der Goldhaubengruppe Weyregg, die Premiere einer Theateraufführung und schlug ein Portrait über einen prominenten Musiker vor, der am Attersee lebte. Bernd gab sein Einverständnis. Er war froh, dass sein junger Kollege euphorisch an Dinge heranging, die er bereits mit etwas Abstand betrachtete. Zu oft war er bei diversen Veranstaltungen gewesen, die sich jährlich wiederholten, wenn auch in einem anderen Ort der Region. Aber im Grunde genommen war jedes Feuerwehrfest, jede Orgeleinweihung und jedes Blasmusikkonzert doch immer das Gleiche. Auch die Portraits der Prominenten wiederholten sich, denn über Franz Welser Möst, Otto Schenk und Heinrich Schiff war schon viel geschrieben worden. Friedrich Gulda war gestorben, an den arabischen Scheich, der in Mondsee seinen Sommer verbrachte, kam er nicht heran und wann sich Hermann Maier in seine Villa zurückzog, wusste niemand so genau.

Seine Gedanken führten ihn zurück auf den Gahberg. Die Reaktion von Sandra hatte ihn überrascht. Er war sich sicher gewesen, dass sie darüber lachen würde. Wahrscheinlich hatte er sich nur etwas vorgemacht. Er hätte im umgekehrten Fall auch wütend reagiert. Trotzdem, er war nicht der Typ, der mit derartigen Dingen hinterm Berg hielt. Außerdem wäre es Sandra irgendwann zu Ohren gekommen, dafür hätte Susi schon gesorgt.

So war es besser. Er mochte keine Heimlichkeiten. Und Sandra würde sich schon beruhigen.

Nachdem die Aufgabeneinteilung erledigt war, klickte sich Bernd durch die Agenturmeldungen. Geduldig las er Nachrichten, überflog Artikel, klickte weiter. Auf der Suche nach einer Geschichte für seinen Lokalteil. Er fand nichts, was von Bedeutung gewesen wäre. Das Sommerloch gab es tatsächlich, und die Hitzewelle im Süden und Überschwemmungen im Nord-Westen Europas waren für die landesweite Ausgabe bestimmt. Vielleicht sollte er doch die Geschichte mit Helga Wolf und diesem Peter Brand bringen? Sein Chef wäre zufrieden und er ... verdammt, er wäre Sandra endgültig los. Das wollte er auf gar keinen Fall. Herrgott noch mal. Er war keiner dieser Sensationsjournalisten, wollte wegen diesem Arschloch Kemeter auch keiner werden. Bernd bekam bereits Magenkrämpfe, wenn er Journaldienst hatte, in der Region ein schwerer Unfall passierte und er die Hinterbliebenen anrufen musste, um eine Geschichte für die Zeitung zu bekommen. Jeden, der ihn dann als Aasgeier beschimpfte, konnte er verstehen. Er würde nicht anders reagieren.

Also machte er das, was er jeden Sommer machte. Er klickte sich durchs Archiv, auf der Suche nach alten Storys, die vielleicht wieder aufgewärmt werden konnten. Er tippte Ereignisse und Namen in die Suchmaschine. Auch hier las und überflog er, klickte weiter. Und dann hatte plötzlich doch ein Artikel seine ungeteilte Aufmerksamkeit.

Freitag, 6. Juli, 12.00 Uhr

»Herr Brand«, sagte Sandra in einem überaus ruhigen Ton. »Ich wiederhole ...« Sie hatten den jungen Bauern mitgenommen. Er saß ihr und Rosa in dem kleinen Raum gegenüber, in dem sie ihm den Mundhöhlenabstrich abgenommen hatten. Gleich daneben lag der fünfzehn Quadratmeter große Verwahrungsraum, mit Gitterstäben davor, ähnlich wie in einem dieser alten Western. Rosa hatte seine Aussage auf ihrem Laptop gleich in Schriftform gebracht. Sandra begann zu lesen. Ein Aufnahmeband lief mit.

»Ihr Name ist Peter Brand, wohnhaft in Attersee. Sie sind 28 Jahre alt und von Beruf Landwirt. In Ihrem Zweitberuf sind Sie Callboy. Sie haben die Villa von Helga Wolf gegen zwanzig Uhr betreten, haben mit dem Opfer etwas gegessen und getrunken und sind gegen dreiviertel eins wieder gegangen. Sie geben zu, während dieser Zeit mit dem Opfer dreimal sexuell verkehrt zu haben. Dabei haben Sie jedes Mal ein Kondom verwendet. Zwei haben sie im Mülleimer in der Küche entsorgt, das dritte liegen gelassen. Geschlechtsverkehr hatten sie im Schlaf- und Wohnzimmer und im Garten. Vermutlich dort, wo Helga Wolf tot aufgefunden worden ist. Mit absoluter Sicherheit können Sie das aber nicht sagen, weil Sie laut eigenen Angaben Helga Wolf nicht getötet haben und daher nicht wissen, wo genau die Ermordete aufgefunden wurde. Sie haben Helga Wolf kurz nach dem dritten Geschlechtsakt verlassen, weil sie das wollte. Sie verließen das Anwesen, und die Richterin blieb allein im Garten zurück.« Sandra machte eine kurze Pause, versuchte einen Gedanken zu fassen.»Wie?«

»Was, wie? Ich versteh die Frage nicht«, sagte Peter Brand. »Wie blieb sie zurück? Sitzend, stehend, liegend? Hatte sie die Augen geschlossen oder geöffnet.«

Peter Brand stöhnte kurz auf und fuhr sich mit der Hand übers Gesicht. Verzweiflung lag in seinem Blick.»Verdammt. Ich habe nicht darauf geachtet. Ich weiß nur, dass sie liegen blieb, als ich aufstand, sie schien schläfrig, aber ob sie die Augen geschlossen hatte? Ist das wichtig? Ich habe ihr noch eine Decke gebracht, sie zugedeckt.«

»Haben Sie ihr die Handschellen abgenommen.«

Er nickte.»Gleich danach ... also jedes Mal ... gleich danach.«

»Sie geben zu, für Ihre sexuellen Dienste über eine Salzburger Agentur bezahlt worden zu sein, wissen aber nicht, wer das Honorar im Voraus tatsächlich bezahlt hat. Gegen ein Uhr morgens haben Sie sich dann mit Freunden getroffen. Ist das bis hierher korrekt?«

Peter Brand bewegte langsam den Kopf auf und ab.

»Sie kannten die Richterin nicht, haben sie vor diesem Abend noch nie gesehen.«

»Nein, ja ... also, ich hab sie vorher noch nie gesehen.«

Sandra klärte ihn darüber auf, dass seine Aussagen nun überprüft werden müssten und sie das Recht habe, ihn achtundvierzig Stunden festzuhalten.

»Könnten Sie bitte meinen Nachbarn bitten, meiner Mutter am Hof zu helfen? Die Kühe müssen gemolken werden, und sie arbeitet doch als Krankenschwester, verstehen Sie? Er soll ihnen Musik vorspielen, das mögen sie. Sind es auch so gewöhnt. Die Anlage steht neben dem Milchtank, die CDs liegen obenauf.«

Dann reagierte Peter Brand nicht mehr.

Martin Holzer betrachtete die Unterlagen an Sandras Wäscheleine. Ein freundliches »Guten Morgen, Chef«, ließ ihn herumfahren. Vor ihm stand Sandra. Sie sah müde aus. Der Fall hinterließ sichtlich Spuren.

»Morgen«, erwiderte Martin Holzer, setzte sich auf den Besucherstuhl und lehnte sich zurück.

»Bist du schon länger hier?«

»Seit etwa zehn Minuten. Wollt' die Vernehmung nicht stören, deshalb bin ich gleich in dein Büro, um mir die Unterlagen anzusehen.« Er deutete auf die Wäscheleine. »Seit Rosa sie sortiert, hat das Ganze ja sogar System.« Er wandte sich ihr zu. »Na, und?«

Sandra setzte sich auf ihren Schreibtisch. Mit wenigen Worten informierte sie ihren Chef über die Aussage von Peter Brand. »Er hat ein Motorboot gehört.«

Mehr brauchte sie nicht zu sagen, Martin war Segler, er kannte das Verbot.

»Ich lass gerade eine Anfrage an alle rausgehen, die eine Ausnahmegenehmigung haben. Du weißt schon, Wasserrettung, Fischer, Bundesheer ... Mal sehen, vielleicht war jemand draußen. Außerdem müssen wir gleich auch seine Agentur in Salzburg überprüfen. Vielleicht hat Helga Wolf schon öfter Callboys angefordert. Ihn hatte sie angeblich das erste Mal.«

»Ja, macht das. Und was meinst du? War er's?« Holzer fingerte in seinem Jackett nach einer Zigarettenpackung, um sich eine Zigarette anzuzünden. Er sog den Rauch tief ein. Sandra schüttelte den Kopf, sagte aber kein Wort. Ihr Chef würde seinen Vorsatz, mit dem Rauchen aufzuhören, wohl nie umsetzen.

»Ich glaub nicht, dass er's war.«

»Glaubst du, oder bist du dir sicher?«

Sandra zuckte mit den Achseln.

»Sandra, wir sind keine Priester. Wir glauben nicht, wir halten uns an Fakten und Spuren. Und das gefüllte Kondom gehört eindeutig zu den Spuren und wenn jetzt auch noch die DNA übereinstimmt, ist der Fall so gut wie gelöst.«

»Martin! Er gibt zu, mit ihr geschlafen zu haben, auch dass alle drei Kondome von ihm sind. Aber ich denke nicht, dass er etwas mit dem Mord zu tun hat. Er war angeblich ab ein Uhr morgens in dieser Bar an der Promenade. Wir überprüfen das noch.«

»Aber die DNA ist im Moment unsere einzige brauchbare Spur. Und diese führt wohl direkt zu Peter Brand.«

»Spuren kann man unterschiedlich auslegen. Was ist mit deiner Theorie von der betrogenen Ehefrau, was mit der Idee von den fingierten Spuren? Was, wenn mich ihr Ex-Mann belogen hat? Und auch ihr Chef? Vielleicht wusste Helga Wolf etwas, das den beiden schaden konnte.«

Martin Holzer unterbrach sie mit einer schnellen Handbewegung. »Eine Verschwörung, vielleicht gar die Mafia, die Helga Wolf aus dem Weg haben wollte! Sandra, du spinnst doch. Wir sind hier nicht bei CSI Miami, sondern in der Provinz. Hier geht es nicht um Drogenkartelle oder Geldwäsche. Hier sind die Gründe zumeist viel bodenständiger.« Er zündete sich erneut eine Zigarette an. »Wegen dir werd ich noch zum Kettenraucher.«

»Bodenständiger!«, bellte Sandra.

»Eifersucht, Habgier ...«

»Klar. Eifersucht, Habgier«, wiederholte Sandra bedächtig langsam. »Was anderes kann's hier auf dem Land natürlich nicht sein. Versteh endlich, Brand hatte kein Motiv, er hat seinen Lohn doch erhalten. Da hätte ihr Ex noch eher einen Grund. Der durfte nämlich zahlen, denn nach der Scheidung hat Helga Wolf ganz schön abgeräumt: Die Villa am See und Antiquitäten, wohin man schaut.« Sie drehte sich um, schwang die Beine auf die andere Seite des Tisches, sprang herunter und suchte mit den Augen die Wäscheleine ab. »Ah. Hier.« Sie nahm eine Hülle mit mehreren Blättern von der Leine, schob sie Holzer über den Tisch. »Die Scheidungspapiere.«

Holzer nahm die Unterlagen an sich, begann zu lesen, aber Sandra unterbrach ihn.

»Brand hat mich gebeten, einen Nachbarn anzurufen, der seiner Mutter auf dem Hof helfen soll.«

»Und?«

»Ist das nicht eigenartig? Ein kaltblütiger Mörder, der sein Opfer erschlägt, nachdem er mit ihr geschlafen hat, denkt bei seiner

159

Vernehmung, die ihn zweifelsfrei unter enormen Druck setzt, an Hilfe für seine Mutter und die richtige Musik für die Kühe.«

»Musik?«

»Ja, er spielt ihnen Popmusik vor. Hab's selbst gehört. Genesis.«

»Und das hilft?«

Sandra bedachte ihren Chef mit einem irritierten Blick. »Entschuldige bitte, dass ich das nicht gefragt hab. Ist ja nicht unbedingt ein wesentlicher Bestandteil meiner Ermittlungen, oder?«

»Na, jedenfalls ist das kein Hinweis für seine Unschuld, sondern eher Taktik. Der Junge will dich weichkochen. Denk daran, der Mann ist Callboy. Gutes Aussehen, Charme und Einfühlungsvermögen sind wahrscheinlich Grundvoraussetzungen, um diesen Beruf erfolgreich ausüben zu können. Er hat im Laufe der Jahre eine Menge gelernt über den Umgang mit Frauenherzen. Und mit anderen weiblichen anatomischen Teilen.« Holzer lächelte anzüglich.

»Arschloch.«

Er hörte nicht auf, dreckig zu grinsen. »Wo ist der Mann jetzt?«

»Noch immer unten im Verwahrungsraum. Rosa lässt das Protokoll noch unterschreiben.« Sie biss sich leicht auf die Unterlippe.

»Hast du die Staatsanwaltschaft schon benachrichtigt?«, fragte Holzer.

»Nein. Wollt ich dann machen. Auch die Überstellung nach Wels muss ich noch anordnen.«

Holzer griff zum Telefon. Er war mit dem zuständigen Staatsanwalt dort gut befreundet. »Du weißt, dass dir ab sofort achtundvierzig Stunden bleiben, um stichhaltige Beweise zu liefern. Und keine Schlampereien, nur weil er sich um seine Mutter und die Kühe am Hof kümmert.«

Sandra seufzte ungehalten und warf einen Blick auf ihre Armbanduhr.

»Wann willst du ihn überstellen lassen?«, fragte Holzer, während er die Nummer der Staatsanwaltschaft in den Apparat tippte.

Sie reagierte nicht, tippte ihren Zeigefinger an die Stirn. »Ein Täter, der nach dem Mord seelenruhig auf ein Bier in eine Bar geht, also ich weiß nicht.«

»Es gibt Menschen, die können so etwas«, erwiderte ihr Chef.

»Peter Brand scheint mir nicht der Typ zu sein, der mal schnell eine Kundin vögelt, sie erschlägt und danach mit Freunden feiert.« Martin legte wieder auf. Er drehte die Handflächen nach oben.

»Und wenn es eine Affekthandlung war?«

»Hm. Warum?«

»Vielleicht hat ihm die Wolf gedroht, sein kleines Geheimnis, du weißt schon, die Callboygeschichte an die Öffentlichkeit zu bringen? Vielleicht kannte sie ja seine Mutter, oder so.« Sandra runzelte die Stirn. »Diese These vergräbst du bitte gleich wieder im Reich der Fantasie, Martin. Helga Wolf war keine Frau, die irgendwelche ...«, sie malte mit ihren Zeige- und Mittelfingern Anführungszeichen in die Luft, »... Geheimnisse an die Öffentlichkeit brachte. Und woher sollte sie überhaupt wissen, dass er ein Geheimnis hatte? Sie kannte ihn doch gar nicht. Und sie scheint sich auch nicht lange mit Smalltalk aufgehalten zu haben, gleich beim Essen hat sie mit ihm ihren Sex besprochen.«

»Das behauptet er. Sie können wir ja dazu schlecht befragen.«

»Martin, spiel es einfach mit mir durch. Peter Brand verlässt Helga Wolf nach getaner Arbeit. Sie schläft ein, aber da draußen lauert schon jemand, der die beiden von seinem Motorboot aus beobachtet hat. Nun betritt er das Grundstück und erschlägt die Richterin, noch bevor diese reagieren kann.«

»Und wer bitte, soll dieser jemand sein?«

»Ihr Ex-Mann und ...«

»Lass Wolf und Groß aus dem Spiel, Sandra. Die sind eine Nummer zu groß für dich. Außerdem glaube ich nicht ...«

»Martin, Wolf hat mich angelogen. Er hat behauptet, keinen Kontakt zu seiner Ex zu haben, ruft aber vor sechs Monaten einen von Helgas Lovern an, um ihm zu sagen, er solle die Finger von ihr lassen.«

Martin schaute Sandra den Bruchteil einer Sekunde irritiert an.

»Wer behauptet das?«

»Julian Pohn.«

»Damit kommst du nicht durch. Der Mann hat gesessen, und Walter Wolf ist ein angesehener Staatsanwalt. Ich hoffe, du hast

161

ihm diese Anschuldigung noch nicht um die Ohren gehauen? Das stinkt zum Himmel, das ist doch erfunden, genauso wie das Boot, von dem dieser Brand erzählt hat.«

»Ich wusste, dass du so reagierst.«

Er beugte sich nach vorn, schlug mit der Handfläche auf den Tisch. »Verdammt Sandra! Wie soll ich denn deiner Meinung nach reagieren? Soll ich einen Haftbefehl für Walter Wolf beantragen, bei seinen ehemaligen Kollegen? Mit welcher Begründung? Weil er einen Verurteilten gebeten hat, die Finger von seiner ermordeten Ex-Frau zu lassen? Weil er dich angelogen hat? Scheiße, Sandra. Ich würde mein Privatleben auch nicht vor dir ausbreiten, wenn ich er wäre. Vielleicht hat er Helga Wolf ja wirklich noch geliebt und hat wie ein Schwein gelitten, weil sie ... Mensch, Sandra, versetz dich doch mal in seine Lage!«

In diesem Moment betrat Rosa das Büro und steuerte auf Sandras Wäscheleine zu, heftete zwei Seiten Papier daran. Sie spürte die angespannte Atmosphäre und begnügte sich mit einem knappen: »Das Protokoll von Brand.« Dann ging sie zu ihrem Schreibtisch, ließ sich auf den Stuhl fallen und gab etwas in ihren Computer ein. Martin grüßte sie mit einem bemüht freundlichen Nicken.

Sandra hatte nicht vor, weiter auf Martins Monolog einzugehen. Er war sich wohl gar nicht darüber im Klaren, dass er soeben ein ernsthaftes Motiv für Walter Wolf entwickelt hatte: Mord aus Leidenschaft, aus enttäuschter Liebe! »Wissen wir schon, wer die Gage für Peter Brand an die Agentur gezahlt hat?«, fragte sie Rosa.

»Nein«, antwortete Rosa, ohne vom Bildschirm aufzusehen, »aber ich gehe jetzt einmal davon aus, dass es nicht Helga Wolf war. Ihre Konten wurden überprüft, und an eine Salzburger Agentur ging keine Überweisung raus.«

»Und wenn sie's bar und vielleicht sogar anonym eingezahlt hat?«, fragte Martin. Er hatte sich beruhigt.

Rosa zuckte die Achseln. »Dann werden wir es wohl kaum erfahren, außer wir finden den Einzahlungsbeleg. In den Ordnern war er jedenfalls nicht. Die Salzburger Kollegen kümmern sich darum.«

»Warten wir mal ab, was die in Erfahrung bringen. Was suchst du eigentlich?«

»Die Mutter von unserem Verdächtigen hat doch von dieser Arbeitskollegin erzählt. Briska Frank, Krankenschwester im Krankenhaus, hier in Vöcklabruck. Peter Brand hat vorhin erwähnt, dass seine Mutter krank vor Sorge um sie ist.«

»Oh! Nicht nur Mütter und Kühe liegen ihm am Herzen, sondern auch andere Frauen«, warf Holzer in Sandras Richtung. Sie strafte ihn mit einem verächtlichen Blick. Rosa blickte verwundert von einem zum anderen. »Das muss ich jetzt nicht verstehen, oder?«

»Nein. Und?«

»Sie ist am Sonntag nicht zum Nachtdienst erschienen.« Rosa betätigte den Drucker, legte gleich darauf Sandra die Vermisstenanzeige vor. »Elisabeth Brand hat sie am Montag als vermisst gemeldet. Beim Posten in Schörfling.«

»War sie bei ihr, oder hat jemand versucht, sie anzurufen?«

»Mehrmals. Fehlanzeige. Und Handy hat Briska Frank keines.«

»Wo wohnt diese Krankenschwester denn?«, fragte Sandra.

»In Weyregg.« Sie schob Sandra einen Zettel mit der genauen Adresse über den Tisch.

»Ich fahr am Abend mal rüber und schau mich um«, versprach Sandra, nahm Rosa die Vermisstenanzeige aus der Hand, überflog das Blatt. Das Foto zeigte eine ernsthafte Frau Anfang fünfzig. Sie trug einen exakt frisierten Pagenkopf. In der Spalte für besondere Kennzeichen stand: brauner Leberfleck am Oberarm. Sandra steckte die Vermisstenanzeige in ihre Tasche. »Aber jetzt haben wir einen Mord aufzuklären. Und uns bleiben achtundvierzig Stunden, dann müssen wir dem Staatsanwalt irgendetwas auf den Tisch legen, sonst geht unser einziger Verdächtiger wieder nach Hause.« Sie blickte Martin herausfordernd an.

»Ach ja. Ihre Augen waren geschlossen, soll ich dir ausrichten«, sagte Rosa.

»Gut … Das bedeutet, dass Helga Wolf wahrscheinlich nach dem Abenteuer mit ihrem jungen Gigolo ganz entspannt auf dem Rasen lag und hoffentlich schlief.«

»Du denkst ernsthaft über das Boot nach?«, fragte Martin Holzer.
»Genau. Ein Motorboot, das näher kommt ... nicht weit vom
Steg wird der Motor abgeschaltet ... es ist still. Sie hört ein Geräusch, denkt, es ist Peter Brand, der zurückgekommen ist, weil
... vielleicht weil er etwas vergessen hat. Sie schlägt die Augen
auf, aber da ist es schon zu spät. Der erste Schlag trifft sie mit
einer derartigen Wucht, dass sie sofort das Bewusstsein verliert.« Sie
machte eine kurze Pause. »Und ich denke über Julian Pohn und
Walter Wolf nach.«

»Reine Spekulation. Du hast achtundvierzig Stunden, ab jetzt.«
Er griff erneut zum Telefon und benachrichtigte endlich den
Staatsanwalt.

Sandras Handy läutete. Es war ihre Mutter. »Der Papa ist krank
geworden. Er hat eine Sommergrippe. Du musst dich um den
Stall und die Friesen kümmern. Ich hab ja das Haus voller Gäste.«
Auch das noch, dachte Sandra verzweifelt.

Samstag, 7. Juli, 05.00 Uhr

Als Sandra erwachte, fühlte sie sich erschlagen und gerädert. Zum
Glück hatte Rosa ihr am Vorabend im Stall geholfen, denn sie waren
erst gegen acht Uhr aus dem Büro gekommen. Sandra hatte noch
einen Durchsuchungsbefehl für Brands Hof beantragt. Danach
teilten sie sich die Arbeit untereinander auf. Rosa übernahm die
Überprüfung von Peter Brands Alibi. Buchegger sollte sich um die
Sache mit dem Betrunkenen aus der Bar kümmern. Sie brauchte
sämtliche Zeitangaben. Wann war der Notarzt gerufen worden,
wie lange war er vor Ort und wann hat der Rot-Kreuz-Wagen die
Promenade wieder verlassen? Sie mussten ein Zeitraster erstellen.

Martin versprach, sich um die Vernehmung einiger Männer aus
den Akten zu kümmern. Zumindest sollten jene verhört werden,
die in den letzten Wochen und Monaten mit Helga Wolf Kontakt

hatten. Denn auch wenn mit Peter Brand der erste Verdächtige festgenommen worden war, so durfte man auf keinen Fall jetzt schon andere Möglichkeiten verwerfen. Zumindest gelang es Sandra, Martin soweit zu überzeugen, dass dieser noch einen anderen Hergang in Erwägung zog. Das Vorbeisehen bei Briska Franks Haus hatte Sandra auf heute Abend verschoben. Die Ermittlungen gingen vor. Um Briska Frank hatten sich ja bereits die Kollegen gekümmert.

Sandra schälte sich aus dem Bett. Bernd hatte sich seit ihrer Auseinandersetzung nicht mehr gemeldet, und auch sie hatte ihn nicht angerufen. Wahrscheinlich hatte ihm Susi bereits von ihrem Überraschungsbesuch erzählt.

Draußen dämmerte es. Sie fragte sich, wie ihr Vater es all die Jahre schon aushielt, früh morgens aus dem Bett zu kriechen, um die Tiere zu versorgen: Kühe, Schweine, Hühner. Im Sommer konnte man um diese Zeit wenigstens schon etwas Tageslicht erahnen, aber im Winter war es zappenduster.

Im Vorbeigehen schaltete sie in ihrer Küche die Kaffeemaschine ein – sie wollte zwischen Stallarbeit und Dusche nachher unbedingt einen Kaffee trinken -, dann verließ sie die Wohnung. Im Hof schlüpfte sie schnell in eine blaue Latzhose und in Gummistiefel und machte sich auf den Weg in den Stall. In diesem Moment fuhr der rote Jeep des Tierarztes auf den Hof. Sie hatte ihn gestern noch angerufen und gebeten, heute Morgen vor Ordinationsbeginn am Hof vorbeizusehen, um Miro zu impfen. Er stieg aus, winkte Sandra freundlich zu und verschwand im Haus ihrer Eltern. Ihre Mutter würde ihn garantiert mit einem feudalen Frühstück abfüttern, bevor er nur dazu kommen würde, die Spritze für den Hund auszupacken. Grinsend marschierte Sandra in den Stall, um die Arbeit so schnell wie möglich zu erledigen. Auch sie würde von ihrer Mutter später ein üppiges Frühstück erhalten, mit Eiern und Speck. »Wer tüchtig arbeitet, muss auch essen.« Ein Satz, den Lieselotte Anders nur anwandte, wenn es um körperliche Anstrengungen ging. Alles was mit Büroarbeit oder Ähnlichem zu tun hatte, war für sie bloßer Zeitvertreib, hatte rein gar nichts mit Arbeit zu tun.

Nach der Stallarbeit trank Sandra eine Tasse Kaffee, duschte, dann rief sie den Malermeister an. Sie ließ ihn durch die Blume wissen, dass sie von seinen Schwarzarbeitern wusste. Sie wollte ihm aber nicht schaden. Zu oft hatte sie miterlebt, dass Kleinunternehmern aufgrund der immer größer werdenden finanziellen Aufwendungen für Finanzamt und Sozialversicherung nicht mehr genug für den eigenen Lebensunterhalt blieb. Sie wollte Johann Thalmann lediglich einen Schrecken einjagen. Vielleicht würde er in Zukunft etwas besser aufpassen. Danach ging sie zu ihrer Mutter in die Küche, dort erwartete sie ihr ausgiebiges Frühstück.

Eine Stunde später stand Sandra bereits zum zweiten Mal am Hof der Brands. Einige Kollegen von der Spurensicherung begleiteten sie. Elisabeth Brand stand vor dem Kuhstall. Sie wischte ihre Hände an der Schürze ab. Allein diese Handbewegung bewirkte, dass sich Sandra plötzlich mit dieser Frau verbunden fühlte. Eine Handbewegung, die auch sie selbst heute Morgen gemacht hatte, nachdem sie die beiden Friesenstuten versorgt hatte. Elisabeth Brands Gesicht drückte keine Freude aus, als sie Sandra auf sich zukommen sah. Sie wirkte beunruhigt und wütend.

»Frau Brand. Es tut mir leid, ich kann mir denken, was Sie jetzt mitmachen, aber ...« Sie hatte keine Ahnung, was sie sagen sollte, welche Worte verletzten und welche trösteten, deshalb ließ sie es nach wenigen Sekunden bleiben. »Ich habe einen Durchsuchungsbefehl.« Sie hielt ihr einen Zettel vor die Nase. »Wir müssen uns am Hof umsehen.«

Elisabeth Brand nahm das Papier an sich, las. »Das ist alles nicht wahr, alles nicht wahr.« Sie sah auf. »Was werfen Sie meinem Jungen vor? Er ist ein guter Junge. Einen Mord an einer Person, die wir nicht einmal kannten?« Aus ihr sprach die Verzweiflung einer Mutter, der man das Wertvollste, nämlich ihr Kind, genommen hatte.

Sandra ging nicht darauf ein. Was hätte sie ihr sagen sollen? Ja, wir vermuten, dass Ihr Sohn Helga Wolf getötet hat, nachdem er mit ihr geschlafen hat, gegen Bezahlung? Sollte sie der armen

Frau endgültig den Boden unter den Füßen wegziehen? Nein. Stattdessen antwortete sie: »Vielleicht ist es ja nur ein Missverständnis.« Sie fühlte sich so hilflos, hasste ihren Beruf.

»Wie kommen Sie auf meinen Sohn?«

»Zufall«, sagte Sandra.

»Zufall? Ich glaube nicht an Zufälle.«

»Er hatte mit Helga Wolf Kontakt, hat sie wahrscheinlich als Letzter lebend gesehen ...« So jetzt war's heraußen, oder zumindest ein kleiner Teil der Wahrheit.

Elisabeth Brand wurde blass, unterbrach Sandra mit einer Handbewegung. »Aber ... aber, das stimmt doch nicht. Das muss ein Missverständnis sein. Peter kannte diese Frau doch gar nicht.«

»Es tut mir leid, Frau Brand. Aber Ihr Sohn kannte die Richterin.«

»Wie? Woher?«, stammelte die Bäuerin.

»Kann ich mir jetzt sein Zimmer ansehen?« Sandra hatte keine Lust auf weitere Diskussionen und schon gar nicht darauf, ihr die ganze Wahrheit zu erzählen.

Die Wohnungsaufteilung am Hof erinnerte Sandra an ihr eigenes Zuhause. Das obere Stockwerk bewohnte Peter Brand. Im Erdgeschoss lebte seine Mutter. Der junge Bauer schien sehr ordentlich zu sein, nichts lag herum. Die Räume waren modern, aber gemütlich eingerichtet.

Nach zwei Stunden hatten sie noch immer nichts Belastendes gefunden. Sogar die Buchhaltung war auf den ersten Blick korrekt. Peter Brand hatte drei Konten: ein privates, eines für den landwirtschaftlichen Betrieb und eines für seine Liebesdienste. Die Einzahlungen waren tatsächlich alle von der Salzburger Agentur eingegangen. Der Junge musste gut im Geschäft sein, denn er verdiente als Callboy fast dreimal so viel wie mit dem Hof, bekam fünfhundert Euro für eine Nacht.

Gerade als Sandra den Ordner mit den Kontoauszügen ihrem Kollegen von der Spurensicherung übergab, betrat Elisabeth Brand den Raum. Die Frau sprach kein Wort, starrte Sandra lediglich vorwurfsvoll an. Die Inspektorin fühlte sich unwohl, und das erste Mal in ihrem Leben freute sie sich, dass sie das Läuten ihres Handys aus einer Situation riss.

Es war Buchegger. Die Nachricht war kurz und grausam.

»Es gibt eine neue Leiche.«

Samstag, 7. Juli, 11.00 Uhr

Die Liebesbrücke lag zwischen der Alexenau und Seefeld. Unmittelbar dahinter, aber noch vor den privaten Seeplätzen, befand sich eine öffentliche Liegewiese. Keine sehr attraktive. Sie bot kaum Platz, und die aufgestellten Tische und Bänke waren ziemlich ramponiert.

Die Stelle wurde gerne von Tauchern genutzt, die lediglich ihre Geräte überstreiften, bevor sie in den Tiefen des Sees verschwanden. Es gab zwei Einstiegsstellen. Tauchte man rechts unter der Brücke weg, wurde das Gelände zunehmend steiler. Vor Jahrzehnten hatte ein kleiner Erdrutsch mehrere Bäume mit in den See gerissen. Heute boten sie den Freizeitsportlern bei ihren Tauchgängen eine willkommene Abwechslung. Die zweite Einstiegsstelle lag direkt an der Wiese. Von hier ging es relativ flach in den See, der dann aber schnell eine Tiefe von 40 Metern erreichte. Und weiter sollte niemand in den Attersee hinabsteigen. Aus Sicherheitsgründen. Leider überschritten auch geübte Taucher diese Grenze nur allzu oft, was schon viele das Leben gekostet hatte. Manche peilten Tauchrekorde von 120 bis 170 Metern an, hin zu der tiefsten Stelle im See. Einer hatte es sogar einmal geschafft, konnte etwa zwei Minuten in 165 Metern verweilen, bevor er wieder aufsteigen musste. Das Ganze hatte einen ziemlichen Medienrummel verursacht. Ein Risiko, so fand Sandra, das völlig überflüssig und hirnrissig war. Der Attersee war in dieser Tiefe zumeist trüb.

Ein Klassiker für Steilwand-Fans war die Einstiegsstelle Schwarze Brücke, nur wenige Hundert Meter von der Liebesbrücke entfernt. Beeindruckend waren dort die mächtigen Felsformationen. Nach wenigen Minuten Tauchzeit begann eine schön strukturierte Felswand, in mehreren Stufen bis in große Tiefen abzufallen. Aber auch hier war die Gefahr eines Tiefenrauschs natürlich sehr groß. Sandra erinnerte sich, einmal gelesen zu haben, dass gerade deutsche Taucher am Attersee gefährdet seien. Der Grund war einfach. Viele wohnten im nahe liegenden Bayern, setzten sich morgens in ihr Auto, fuhren zwei bis drei Stunden, um den See zu erreichen, und tauchten dann ab, ohne eine Pause eingelegt zu haben. Manchmal eine tödliche Entscheidung. Ob es sich bei der neuen Leiche auch um ein Opfer solch unvernünftigen Verhaltens handelte?

Schon von Weitem erkannten sie zahlreiche Badegäste auf der Liebesbrücke und entlang des Parkplatzes. Na, endlich können wir sensationslüsternen Touristen wieder einmal etwas Spektakuläres bieten, dachte sie verächtlich.

Die Einstiegsstelle unterhalb der Brücke und auch die Liegewiese waren bereits abgesperrt worden. Buchegger hatte alle Hände voll zu tun, die Leute daran zu hindern, die Absperrung zu durchbrechen. Aufgebracht redeten sie auf den dicken Polizisten ein. Erzählten ihm, dass sie lediglich ihre Badesachen holen wollten. Aber Buchegger blieb ruhig, ließ keinen auf die Wiese. Natürlich wollten die meisten Badegäste auch einen Blick auf die Leiche erhaschen, die von den Polizeitauchern demnächst geborgen werden würde. Sandra gab Buchegger Anweisung, den Leuten ihr Eigentum zurückzugeben, sich aber Namen und Adresse aller Anwesenden zu notieren.

Sie fluchte innerlich. Da hatte sie noch nicht einmal den Mord an der Richterin annähernd klären können, schon schob sich erneut eine Tote ins Blickfeld der Öffentlichkeit. Sie ahnte die Schlagzeilen: »Erneut fordert der See ein Opfer!« Und das war wahrscheinlich noch das Harmloseste, was sie zu lesen bekommen würde. Ihre Hoffnung, endlich wieder ihr Privatleben in den Griff zu bekommen, würde so nicht in Erfüllung gehen.

Der Taucher, der wohl die Leiche im See entdeckt hatte, hatte seinen Neoprenanzug bis zur Hüfte herabgezogen. Er drehte

Sandra den Rücken zu, starrte gebannt auf den See, schien das Spiel der Möwen in der Luft zu beobachten, vom Schock erstarrt. Seine Ausrüstung, Flossen, Atemgerät und Maske, lag neben ihm. Eine Frau, ebenfalls im Neoprenanzug, hatte ihren Arm um seine Schulter gelegt. Ein Sanitäter sprach mit ihm, während er die Blutdruckmanschette um seinen Oberarm legte.

Sandra winkte Buchegger an ihre Seite. Auch Rosa war inzwischen eingetroffen und gesellte sich zu ihnen, bereit, Sandras Anordnungen entgegenzunehmen.

»Hat er uns gerufen?«

Der dicke Polizist nickte.

»Wo?«

Er drehte sich halb um die eigene Achse, streckte die rechte Hand aus, zeigte auf irgendeinen Punkt vor ihnen.

»Bei der schrägen Wand, rund 40 Meter tief. Unsere Taucher sind jetzt unten.«

Sandra nickte. Sie wusste ungefähr, wo das war, auch wenn sie selbst nicht tauchte. Langsam ging sie auf den Mann zu, setzte sich neben ihn.

»Mein Name ist Sandra Anders, Kriminalkommissariat. Können Sie mir erzählen, was Sie da unten entdeckt haben.«

»Aber das hat er doch schon Ihren Kollegen erzählt«, ereiferte sich die Frau. Ihre Sprache war dialektgefärbt. Sandra tippte auf Norddeutschland, war sich aber nicht sicher, denn für sie klang alles, was nicht bayerisch war, nach dem Norden.

»Ich weiß«, sagte Sandra. »Aber es wäre wichtig ...«

»So etwas habe ich noch nie gesehen«, der Taucher wandte sich langsam Sandra zu. »Sie ist an Händen und Füßen gefesselt. Ihre Fesseln sind mit Steinen beschwert. Es war wie ...«, er überlegte einige Sekunden, »... es war fast so wie in diesen Mafiafilmen. Sie wissen schon.«

Sandra nickte. Aber damit waren ihre Hoffnungen auf einen simplen Taucherunfall endgültig begraben. »Wollen Sie ins Krankenhaus gebracht werden. Nur zur Sicherheit?«

Der Mann schüttelte verneinend den Kopf. »Geht schon.«

»Machen Sie Urlaub hier?«

»Wir haben unseren Wohnwagen am Campingplatz in Nussdorf stehen.«

»Den kenn ich. Geben Sie bitte meinem Kollegen Ihren Namen, Ihre Telefonnummern, Ihre Adresse in Deutschland und den Zeitpunkt Ihrer Abreise bekannt, nur falls ich noch weitere Fragen habe, was ich aber nicht glaube.«

Sandra bat Rosa, alles aufzuschreiben, und ging die wenigen Schritte bis ans Ende des Seeufers. Es war ein fantastischer Blick. Vereinzelt lagen Segelboote in der Mitte des Sees, umringt von Möwen, Schwänen und Duckenten, die begierig darauf warteten, einige Brotkrümel abzubekommen. Es war einer dieser Momente, in denen sie sich fragte, warum sie nicht doch den elterlichen Hof übernommen hatte, um als Ortsbäuerin ein beschaulicheres Leben zu führen. Aber diese Momente währten nur kurz, denn sie hatte sich diesen Beruf ausgesucht, und sie mochte ihn auch. Auch wenn er ihr gleich eine Wasserleiche servieren würde.

Rosa stellte sich neben sie. »Scheiße.«

»Ich hätt's nicht besser ausdrücken können. Woher kommen die beiden?«

»Hannover.«

Sandra war zufrieden. Hatte sie mit Norddeutschland Recht behalten.

Der Gruppenleiter der Taucher gesellte sich zu ihnen. »Wenn das da unten wirklich eine tote Frau ist, haben wir sie gleich.«

»Was sollte es sonst sein?«, fragte Sandra erstaunt.

»Vielleicht eine Puppe.«

Sandra sah ihn fragend an.

»Hatten wir schon mal. Da hat ein Feuerwehrtaucher seinen vierzigsten Geburtstag gefeiert, und seine Kollegen haben ihm eine ...«, er malte mit seinen beiden Zeigefingern Anführungszeichen in die Luft, »Wasserleiche spendiert. Nur wurde diese leider von anderen Tauchern entdeckt, bevor ...«

»Sehr g'schmackig«, unterbrach ihn Sandra mit leichtem Zweifel in der Stimme.

»Wie tief liegt sie?«

»40 Meter. Aber glauben Sie mir, es gibt nichts, was es nicht gibt.«

In diesem Moment hielt ein Leichenwagen am Ende der Brücke. Die Zeit schien plötzlich für wenige Augenblicke stillzustehen. Die eigene Vergänglichkeit in den Mittelpunkt gestellt zu sein. Minutenlang passierte nichts. Sandra schaute wieder auf den See hinaus, auf dieses beschauliche Bild der sanft dahingleitenden Segelboote. Derselbe See, und niemand dort draußen ahnte, welches Drama sich hier abspielte. Dann stiegen zwei Taucher an die Oberfläche, nahmen ihre Masken vom Gesicht und sprachen mit dem Kollegen im Boot. Der nahm über Funk Kontakt mit dem Gruppenleiter auf.

»Die beiden haben sie gefunden. Wir werden sie jetzt raufholen. Können Sie veranlassen, dass die Leute hier verschwinden?«

Sandra drehte sich um. Obwohl Buchegger inzwischen den Besitzern die liegen gelassenen Badeutensilien zurückgegeben hatte, standen noch Dutzende Schaulustige entlang der Absperrung. Sie gab Buchegger ein Zeichen, dass die Leute verschwinden sollten. Rosa löste sich von Sandras Seite, um ihn zu unterstützen.

Der See friedlich, türkisfarben – tödlich. Diese Gedanken schossen Sandra durch den Kopf, während die Polizeitaucher routiniert ihrer Arbeit nachgingen. Konnte man sich an den Anblick von Wasserleichen jemals gewöhnen? Die Taucher verschwanden wieder unter der Wasseroberfläche. 40 Meter. Das dauerte seine Zeit.

Sandra versuchte, gleichmäßig und tief weiterzuatmen. Vergebens. Sie musste etwas tun, fingerte ihr Handy aus der Jackentasche hervor und informierte Jürgen Hofer. Sie wusste, dass bei Wasserleichen eine sofortige Obduktion angesetzt werden musste. Der Gerichtsmediziner machte ihr aber keine allzu großen Hoffnungen, dass sie das Ergebnis vor Montag haben würde.

Danach tat sie etwas, das sie noch vor wenigen Tagen als völlig undenkbar abgetan hätte. Sie rief ihren Ex-Freund Michael an und bat ihn, die beiden Friesen am Hof zu betreuen. Sie schaffte das einfach nicht. Nicht mit zwei Mordfällen am Hals. Und wer wusste schon, wie lange ihr Vater das Bett hüten musste. Zum Glück freute sich Michael sogar über ihren Anruf und erklärte sich selbstverständlich bereit, einer alten Freundin zu helfen. Hoffentlich verlangte er kein Vermögen dafür, dachte Sandra. Denn nur ihrer alten Freundschaft wegen würde der reichste Bauer im Ort die beiden Pferde sicher nicht betreuen. Zusätzlich würde ihre Mutter ihr Vorhaltungen machen, dass sie nicht einmal in Krisenzeiten in der Lage war, am Hof zu helfen. Polizeiarbeit war ja keine richtige Arbeit. Aber egal. Wichtig war, dass die Tiere versorgt wurden, und vielleicht würde ein Besuch von Michael – dem perfekten Schwiegersohn – ihre Mutter milde stimmen.

Inzwischen war es Rosa und Buchegger gelungen, die Schaulustigen soweit von der Liegewiese abzudrängen, dass diese garantiert keine Einzelheiten erkennen würden. Der Polizist im Boot warf einen gelben Plastiksack ins Wasser. Das bedeutete, dass die Bergung unmittelbar bevorstand. Sandra verfolgte schweigend die Arbeit der Taucher auf dem See. Sie beneidete sie nicht. Die beiden mussten nicht nur einen toten Menschen an die Wasseroberfläche transportieren, sie mussten diesen auch noch in einen Bergesack stecken, bevor sie die Leiche ans Ufer bringen konnten.

Wenige Minuten später lag der gelbe Sack am unteren Ende der Wiese. Sandra öffnete den Reißverschluss. Vor ihr lag eine Frau, eine sehr tote Frau. Tot und nackt. Sandra würgte und unterdrückte mühsam den Brechreiz. Auch Rosa kämpfte mit dem Anblick. Es war ihre erste Wasserleiche. Sandra fragte sich, ob den Kollegen nach der Bergung einer Leiche psychologische Betreuung zustand, denn das, was da vor ihnen lag, war nicht schön anzusehen. Hier musste jemand mit geballter Wut auf den Kopf des Opfers eingeschlagen haben.

Auch ohne Erkennungsdienst wusste sie, dass die Tote die vermisste Krankenschwester war, oder vielmehr ahnte sie es. Von ihrem Gesicht konnte man nicht mehr viel erkennen. Aber sie glaubte doch, diesen exakt geschnittenen Pagenkopf identifizieren zu können, der ihr schon auf dem Foto aufgefallen war. Und diesen großen braunen Leberfleck am rechten Oberarm. So stand es in der Vermisstenanzeige.

Sie machten einige Fotos und ließen die Tote so schnell wie möglich abtransportieren. Die Todesursache, und wie lange sie im Wasser gelegen hatte, würde Jürgen Hofer klären. Sie musste rasch handeln, hatte keine Lust, sich erst am Montag die Identität Briska Franks bestätigen zu lassen.

Sie dachte nach. Peter Brand war bisher die einzige Verbindung zwischen den beiden toten Frauen. Sie rief Martin an. Ihr Chef war bei diesem Wetter garantiert mit seinem Segelboot auf dem See unterwegs. Nach dem vierten Läuten hob er ab. »Kannst du in einer halben Stunde im Büro sein?«

»Was ist passiert? Ich bin auf dem Boot.«

»Wo?«

»Höhe Burgau«

Das war fast am Ende des Sees. Er konnte die Bergung der Leiche nicht mitbekommen haben. Und es würde eine Weile dauern, bis er in Vöcklabruck eintreffen würde. »Ruf bitte deinen Freund, den Staatsanwalt in Wels, an. Ich muss dringend mit Peter Brand sprechen.«

»Wann?«

»Jetzt. Sofort. Bin quasi schon auf dem Weg.« Dann schilderte sie mit wenigen Worten, was sich in den letzten Stunden zugetragen hatte. Erzählte ihm, dass Briska Frank und Peter Brands Mutter befreundet gewesen seien und dass Elisabeth Brand eine Vermisstenanzeige aufgegeben habe.

»Wie hoch ist die Wahrscheinlichkeit, dass das Opfer diese Krankenschwester ist?«

»Sehr hoch.«

»Und wenn du dich irrst?«

»Dann werde ich mich bei Brand entschuldigen.«

Gerade als Sandra in ihr Auto steigen wollte, hörte sie jemanden ihren Namen rufen. Es war der Gruppenleiter der Polizeitaucher. Sie blieb stehen.

»Ja. Bitte?«

»Ich wollte Ihnen nur noch einen Gedanken mitgeben. Meiner Meinung nach kennt Ihr Täter den See nicht oder, wie soll ich sagen ... na, ja, jedenfalls behaupte ich jetzt mal, dass er weder Segler noch Taucher ist.«

»Warum?«

»Niemand, der sich auch nur ein wenig mit den Tiefenverhältnissen des Sees auskennt, würde hier eine Leiche deponieren.« Er deutete mit der Hand die Straße entlang. »Warum hat er sie nicht einfach bei der schwarzen Brücke entsorgt, ist ja nur wenige Meter entfernt, dort wäre die Leiche garantiert auf 120 m runter. So tief taucht normalerweise niemand. Oder er hätte sie von einem Boot aus weiter draußen versenkt, auch dort kommt kaum ein Taucher hin. Fragen Sie sich das mal!«

»Danke.« Sandra streckte ihm ihre Hand entgegen. Darüber hatte sie noch gar nicht nachgedacht.

Sie fuhren mit beiden Autos los, stellten Rosas Renault auf dem Parkplatz zur Autobahnauffahrt ab, da gab ihnen ihr Chef auch schon das Okay, Peter Brand sofort zu vernehmen, konnte es sich aber nicht verkneifen, Sandra zu fragen: »Doch nicht so harmlos, der Typ?«

»Keine Ahnung. Jedenfalls kannte er beide Opfer.«

Samstag, 7. Juli, 15.30 Uhr

Der zuständige Staatsanwalt, ein großer fülliger Mann, Mitte fünfzig, gesellte sich im Vernehmungsraum des Welser Gefängnisses zu ihnen. »Dr. Konrad Loidl. Martin hat mich angerufen. Frau Anders, nehme ich an.«

Sandra bejahte. »Und das ist meine Kollegin Rosa Mairinger.«

»Gestern hat sich übrigens Dr. Groß persönlich bei mir nach dem Stand der Dinge erkundigt.«

»Dr. Friedhelm Groß? Der Boss höchstpersönlich? Warum ruft er nicht mich an? Jeder im Gericht weiß doch, wie langsam ich bei der Abgabe meiner offiziellen Berichte bin.«

Der Staatsanwalt lachte. »Ja, schon. Aber er hat von der Überstellung eines Verdächtigen gehört.«

»Wie klein ist doch die Welt.«

Peter Brand wurde vorgeführt. Er sah verängstigt und müde aus, hatte tiefe dunkle Augenringe. Wahrscheinlich hatte er seit seiner Verhaftung noch kein Auge zugetan. Er tat Sandra fast schon leid. Sie deutete ihm, Platz zu nehmen. Schweigend folgte er ihrer Aufforderung.

»Herr Brand. Wir haben heute Morgen Briska Frank gefunden.« Er sah auf. »Und?«

»Sie ist tot.«

Brand sah Sandra ins Gesicht. Sehr ernst, so als wolle er einen Appell an sie richten. Sandra konnte diesen Blick nicht richtig zuordnen. War er überrascht, weil sie die Krankenschwester gefunden hatten, oder weil sie tot war?

»Wie?«

»Es war eindeutig Mord.«

Plötzlich wich die Ernsthaftigkeit und machte echter Besorgnis Platz. »Haben Sie ... haben Sie's meiner Mutter schon gesagt?«

»Nein. Wir wollten jetzt schnell mit Ihnen reden.«

Er wirkte erstaunt. »Wieso mit mir? Was hat das mit mir ...« Er hatte begriffen. »Sie glauben doch nicht etwa ...« Er schüttelte den Kopf. »Sie glauben doch nicht im Ernst, dass ich die Freundin meiner Mutter getötet habe?« Seine Stimme überschlug sich.

»Es scheint, dass beide Frauen auf sehr ähnliche Weise zu Tode gekommen sind, das lässt auf einen Täter schließen. Im Moment sind Sie die einzige Person, die wir kennen, die zu beiden Opfern eine Verbindung hatte.«

»Aber ich hab weder die Richterin noch Briska umgebracht. Mein Gott.« Er stützte seinen Kopf in beide Hände. »Das ist doch nur ein Albtraum, oder? Sagen Sie mir, dass das hier ein Albtraum ist und ich gleich munter werd'.«

»Leider nein, Herr Brand. Das hier ist die Realität. Wir haben Ihr Alibi überprüft. Es stimmt, dass Sie in der Bar an der Promenade waren. Ihre Freunde und das Personal dort können bestätigen, dass Sie dort waren. Die genaue Uhrzeit konnte uns keiner sagen. Nur Ihre Freundin Marion, Herr Brand, hat uns erzählt, dass Sie gegen halb drei mit ihr raus sind ... Sie hatten schon etwas getrunken ... tja und da haben Sie halt ...«

»Ich hatte einfach keine Lust mehr. Scheiße.« Er schlug mit der flachen Hand auf den Tisch. »Ich bin bei der Richterin dreimal angetreten. Da wollt ich halt einfach nicht mehr.«

»Egal, Sie haben ihr jedenfalls von der Richterin erzählt.«

»Ja, ich habe ihr von der Richterin erzählt. Sie hat gesehen, wie ich die Villa betreten habe, hat mich immer wieder gefragt, was ich dort getan habe. Dann hab ich ihr's halt erzählt.«

»Dass Sie als Callboy arbeiten?«

Er schüttelte verneinend den Kopf. »Sie dachte, ich hätte sie einfach nur betrogen. Marion ist dann gleich heulend in die Bar zurückgelaufen.«

»Aber Sie sind nicht mehr zurück? Warum, Herr Brand? Wollten Sie nicht mit Ihrer Freundin darüber reden, oder hatten Sie noch etwas zu erledigen?« Sandra lehnte sich in ihrem Sessel zurück.

»Ich bin nach Hause. Das mit Marion wollte ich später regeln. Es war mir an diesem Abend einfach zu anstrengend.«

»Zeugen?«

»Meine Mutter hatte Nachtdienst. Aber das wissens eh.«

»Gut. Lassen wir das mal. Kannte Briska Frank Helga Wolf?«

Peter Brand überlegte. »Ich glaube nicht. Kann's aber nicht mit Sicherheit sagen. Briska lebte ja ziemlich zurückgezogen, hatte meines Wissens keine Freunde, außer meiner Mutter. Jedenfalls hat meine Mutter das immer gesagt.«

Sandra blickte Peter Brand in die Augen. Er verstand.

»Aber ich hab es nicht getan.«

Sandra erhob sich. Sie war nicht gekommen, um ein Geständnis zu hören. Sie war gekommen, um die Reaktion dieses Mannes mitzuerleben, wenn er vom Tod Briska Franks erfuhr. Dann fiel ihr aber doch noch etwas ein. »Tauchen oder segeln Sie manchmal?«

Peter Brand sah sie verständnislos an, dann schüttelte er verneinend den Kopf.

Als sie auf dem Flur standen, fragte der Staatsanwalt: »U-Haft?«

Sandra schüttelte den Kopf. »Ist nicht genug.«

»Er hat beide gekannt.«

»Und?«, fragte Sandra, machte auf dem Absatz kehrt und ließ Konrad Loidl stehen.

Samstag, 7. Juli, 18.30 Uhr

Mit dem Gefühl, erst einmal ausruhen zu müssen, verließen Sandra und Rosa das Gefängnis, fuhren auf direktem Weg zur Autobahnabfahrt Seewalchen, wo Rosas Wagen am Parkplatz stand. Sie wollten beide nur noch nach Hause, duschen, nachdenken, und Sandra sehnte sich nach einem guten Glas Rotwein, der sie hoffentlich ein bisschen entspannen würde. Als sie Rosa bei ihrem Auto abgeliefert hatte und die Brücke von Seewalchen nach Schörfling überquerte, läutete ihr Handy. Sie stoppte den Wagen am Ende der Brücke und hob ab.

Es war Jürgen Hofer. »Bevor ich dir am Montag den endgültigen Bericht schicke, vorweg nur eines. Sie ist mehrfach brutal vergewaltigt worden. Und wenn ich brutal sage, dann mein ich das auch so.«

»Sperma? DNA?«, fragte Sandra vorsichtig. Sie glaubte nicht daran.

»Das Wasser wäscht normalerweise alles gründlich ab. Aber vielleicht ... sie war nicht lange genug unten.«

»Was heißt das?"

»Die durchschnittliche Nachweisbarkeitsgrenze verwertbarer fremd-DNA unter Zimmertemperatur liegt bei etwa zweiundsiebzig Stunden. Und länger als drei Tage hat sie nicht im Wasser gelegen. Mit etwas Glück finden wir verwertbare Spuren. Gib uns noch ein bisschen Zeit.«

Es gibt nichts, was es nicht gibt, dachte Sandra. Das hatte dieser Gruppenleiter auch gesagt.

»Da ist noch etwas ...« Sie schluckte trocken. »Sie wurde ... erschlagen.« Sandra versuchte ihrer Stimme eine gefasste Tonlage zu geben.

Aber Hofer kannte sie schon lang genug. Er hörte ihre Verzagtheit durchklingen, seufzte laut. »Ja, und bei Gott, ich hoffe, dass der erste Schlag tödlich war.«

Sandras Augen blitzten auf. »Wie oft ?« Das Bild der toten Frau auf der Wiese tauchte vor ihrem geistigen Auge auf.

»Du denkst an Helga Wolf«, unterbrach Hofer ihre Gedanken. »Auch deshalb ruf ich dich an. Genau sieben Mal, Mädel. Sieben Mal, wie bei Helga.«

Sie beendeten das Gespräch. Sandra stieg aus ihrem Golf, atmete tief durch. Das zertrümmerte Gesicht der Toten kam ihr wieder in den Sinn. Die starren Augen, der Mund zum Schrei geöffnet. Sie war überrascht, wie lebhaft sie sich Briska Franks Martyrium vorstellen konnte. Die mehrfache Vergewaltigung, die Hoffnung, doch noch freizukommen, und dann das Ende. Einsam und von Gott und der Welt verlassen, erschlagen. *Hoffentlich war der erste Schlag tödlich.*« Bei dem Gedanken daran wurde ihr schlecht. Sie starrte auf die dunkle Wasseroberfläche. See des Himmels.

Als sie durch die Hofeinfahrt fuhr, sah sie, dass in ihrer Wohnung Licht brannte. Ob ihre Mutter dort gerade putzte? Wahrscheinlich nicht, nicht um diese Uhrzeit. Möglicherweise hatte sie heute Morgen vergessen, es abzudrehen.

In Gedanken versunken blieb Sandra im Auto sitzen, so lange, bis sie Miros heiseres Bellen vernahm. Der schwarze Riese kam freudig wedelnd aus dem Stall der Pferde auf sie zugerannt. Sandra stieg aus, um ihn zu begrüßen. Der Neufundländer ließ seinen gewaltigen Körper auf den Boden fallen und reckte Sandra seinen Bauch entgegen.

Sie ging in die Knie und kraulte sein schwarzes, dichtes Fell, das beruhigte sie. »Na mein Guter, hast du einen Einbrecher in meine Wohnung gelassen? Zuzutrauen wär's dir ja.« Sie spürte, wie sie sich allmählich entspannte.

Nach einigen Minuten hatte Miro genug, sprang hoch und trabte wieder in Richtung Pferdestall davon. Im Sommer schlief er gerne bei den beiden Friesenstuten. In ihrer Wohnung oder im Haus ihrer Eltern war es ihm zu heiß. Sandra schloss die Augen und atmete den Duft von frisch gemähtem Gras ein. Vielleicht sollte sie sich doch der Landwirtschaft widmen.

Als sie aus der Hocke hochkam, sah sie ihn. Angetan mit bequemen Jeans und einem weißen Baumwollhemd stand Bernd im Hof und sah ihr lächelnd entgegen. Seine dunklen Locken fielen frech in seine Stirn. Sandra ging auf ihn zu, freute sich, ihn zu sehen. Keine blonde Susi würde ihr jemals diesen Mann streitig machen, auch wenn sie ihn noch so oft küssen würde. Blöde Eifersucht. Wortlos zog er sie ganz nah an sich heran, seine Lippen streiften ihr Haar. »Entschuldige«, war alles, was er sagte. Sie nahm den herben Geruch seines Parfums wahr. Eine leichte Brise kam vom See herüber, und mit ihr kamen endlich auch die Tränen.

Sie schwiegen. Sandra wusste, dass Bernd sie nicht bedrängen würde zu erzählen. Er würde erst Fragen stellen, wenn sie bereit dazu war.

Er dirigierte sie Richtung Wohnung und schloss die Haustür. »Ich hoffe, du hast noch nichts gegessen. Ich habe vor, uns beiden etwas Gutes zu kochen«, flüsterte er ihr ins Ohr.

Augenblicklich spürte Sandra, wie sich ihr der Magen zusammenzog. Einige Sekunden starrte sie Bernd an, ohne ihn wirklich wahrzunehmen, dann schüttelte sie den Kopf. »Nein, danke. Ich kann nicht.« Sie hatte seit heute Morgen nichts mehr zu sich genommen, war völlig ausgehungert. Aber trotzdem.

»Du solltest aber etwas essen, das hilft«, sagte Bernd streng.

»Du klingst wie meine Mutter.«

»Na und!« Er reichte ihr ein Taschentuch. Sie drückte es an ihre verweinten Augen.

»Wieso bist du eigentlich hier? Hast du von der Leiche …«

»Natürlich hab ich von der Leiche im Attersee erfahren, kam schon in den Nachrichten, aber deshalb bin ich nicht hier. Ich wollte dir beistehen – und dich ganz einfach sehen, der Streit …« Er senkte den Kopf, drückte seine Stirn an ihre. »Ich will nicht, dass es zu Ende geht, nicht so und nicht wegen dieser betrunkenen Geschichte mit Susi.« Er zeichnete mit seinen Fingern zärtlich die Linien ihres Halses nach.

»Entschuldige.«

»Wofür?«

»Dass ich dir schon wieder nicht vertraut hab.«

»Dann tu's in Zukunft.« Seine Lippen streiften sanft ihre Wangen. Sandra schloss die Augen, die Berührung wurde beinahe unerträglich. Er umklammerte mit seinen Händen ihre Hüften, drückte sie gegen seinen Körper, küsste sie zärtlich.

»Ich würde gerne duschen.«

Widerwillig gab er sie frei.»Aber beeil dich!«

Als Sandra wenige Minuten später in einen Bademantel gehüllt das Wohnzimmer betrat, standen eine Karaffe mit Rotwein, zwei Gläser und eine Vase mit einem großen Strauß weißer Margeriten auf dem Couchtisch. Lucio Dallas Stimme hauchte dem Raum italienisches Lebensgefühl ein.

Bernd war gerade dabei, Kerzen anzuzünden.»Ich denke, du hast Lust auf Mozzarella mit Tomaten und anschließend Salbeinudeln.«

Langsam kehrten ihre Lebensgeister zurück.

»Ja«, antwortete Sandra, schnappte sich ein Sitzkissen und ließ sich darauf am Boden vor dem Tisch nieder. Bernd nahm neben ihr Platz, schloss sie in die Arme, küsste ihre Stirn. Nach und nach konnte sie das Geschehene abstreifen. Die Bilder der toten Briska Frank verschwanden langsam hinter einer dichten Nebelwand.

Montag, 9. Juli, 09.00 Uhr

Sie hatten einen fantastischen Sonntag verbracht. Die Sonne hatte geschienen und die Temperatur war auf 30 Grad gestiegen. Bernd und sie hatten lange im Bett gelegen, bevor sie einen ausgiebigen Spaziergang gemacht hatten. Vom Sulzberg waren sie bis zum Gahberg gelaufen, hatten ein spätes Mittagessen in der Gastwirtschaft unterhalb der Sternwarte eingenommen und hatten viel geredet. Über ihren Beruf, Susi, das Leben und die Eifersucht. Danach hatten sie im See gebadet, später in Sandras Wohnung eine Flasche Rotwein getrunken und sich ausgiebig auf dem Teppich im Wohnzimmer geliebt. Es war herrlich gewesen.

Sandra Anders fühlte sich glücklich und entspannt.

Am Parkplatz der Polizeiinspektion in Vöcklabruck stand Martin Holzers dunkelblauer Passat. Sandra parkte direkt daneben. Als sie das Gebäude betrat, kam ihr Martin entgegen, begrüßte sie, indem er ihr eine Tageszeitung in die Hand drückte.

»Da hat irgendwer nicht die Klappe halten können.«

Sandra las die Schlagzeile. »Tote Krankenschwester im Attersee.« Zum Glück hatte die Zeitung kein Foto der Leiche abgebildet, sondern nur Fotos von der Liegewiese und der Liebesbrücke. Der Artikel war nicht sehr lang, nur ein Achtzeiler, die Redaktion hatte wohl nicht mehr Informationen erhalten. Immerhin wurde erwähnt, dass es sich vermutlich um die Leiche der vermissten Briska F. handle. Sandra seufzte, war froh, dass es nicht jene Zeitung war, bei der Bernd arbeitete.

»Im Radio haben sie wenigstens nur von einer weiblichen Leiche gesprochen. Ohne Namen, ohne weitere Fakten, nur eine weibliche Leiche im See«, sagte Martin.

»Keine Ahnung, woher die das haben. Von mir jedenfalls nicht. Es wird unsere Arbeit aber weder erschweren noch erleichtern.« Sie gab ihm die Zeitung zurück, dann gingen sie ins Büro. Kaum hatten sie die Tür hinter sich geschlossen, wurde sie wieder geöffnet.

»Morgen.« Rosa sah wieder einmal blendend aus. Der freie Sonntag schien auch ihr gutgetan zu haben. Sandra nahm sich vor, später nach ihrem Liebesleben zu fragen.

Martin öffnete eines der Fenster und zündete sich eine Zigarette an, während Sandra und Rosa auf ihren Stühlen Platz nahmen.

»Konrad hat mich angerufen. Er hat doch über Peter Brand die U-Haft verhängt«, eröffnete er das Gespräch. »Ich denke auch, wir haben unseren Täter.«

»Tja, was soll ich dir dann noch erzählen?« Sandra blickte ihrem Chef ernst ins Gesicht. Wartete.

»War er's?«

»Du kennst meine Meinung.«

»Ich kenne deine alte Meinung. Doch inzwischen ist viel passiert, findest du nicht auch? Aber ich seh's dir an der Nasenspitze an, dass du immer noch nicht meiner Meinung bist.«

Sandra öffnete den Mund, wollte antworten. Martin Holzer unterbrach sie mit einer schnellen Handbewegung. »Komm mir jetzt ja nicht wieder mit seiner Mutter und den Milchkühen im Stall.« Er schnippte die Zigarettenkippe auf die Straße und schloss das Fenster.

Sandra erzählte von dem Gespräch mit Hofer. »Ich glaube einfach nicht, dass Brand die Freundin seiner Mutter mehrfach vergewaltigt und danach getötet hat. Warum sollte er das getan haben?«

»Vielleicht wurden die beiden Frauen von zwei verschiedenen Tätern getötet«, wandte Rosa ein.

»Und zufällig wurde auf beide sieben Mal eingeschlagen?«, fragte Martin skeptisch.

Rosa zuckte mit den Schultern. »Man wird ja wohl noch Vermutungen äußern dürfen. Die Tatsache, dass sieben Mal auf Helga Wolf eingeschlagen wurde, stand leider sogar in der Zeitung. Da hat irgendwer im Presseinformationsdienst nett geplaudert.«

»Wissen wir eigentlich schon mit absoluter Sicherheit, dass unsere Tote Briska Frank ist?«

Sandra machte eine hilflose Geste. »Nein, Hofer hofft, dass er mir heute den endgültigen Bericht mailen kann. Aber Pagenkopf und Leberfleck passen zur Beschreibung. Es wäre schon sehr seltsam, wenn eine Tote aus dem Attersee zufällig die gleichen Merkmale aufweisen würde wie die Vermisste. Findest du nicht auch?«

»Hm. Wahrscheinlich.«

»Und so lange uns Jürgen nicht vom Gegenteil überzeugen kann, lass uns annehmen, dass die Leiche aus dem See Briska Frank ist. Oder sollen wir bis auf Weiteres nichts unternehmen?«

Die Frage klang wie eine Herausforderung.

»Nein.«

»Gut. Also bisher konnten wir keinerlei Berührungspunkte zwischen den beiden Frauen finden. Aber es sind auch noch keine achtundvierzig Stunden vergangen, seit wir Briska Frank aus dem Wasser gezogen haben, wir stehen also noch ganz am Anfang.«

»Was ist mit dem Motorboot?«

»Nichts. In der Nacht, als Helga Wolf getötet wurde, war weder ein Einsatzfahrzeug noch ein Fischer mit Ausnahmegenehmigung unterwegs, auch wurde keines entwendet. Und wir haben bislang keinen Zeugen, der einen illegalen Bootsverkehr beobachtet hätte.«

Holzer runzelte die Stirn, bedachte Sandra mit einem wissenden Blick. »Fehlanzeige.« Sein Handy läutete, er hob ab, lauschte. »In zwei Stunden«, war alles, was er sagte, dann legte er auf. Er wandte sich zur Tür. »Ich muss euch leider allein lassen. Linz ruft. Der Groß will von Konrad über den Stand der Ermittlungen informiert werden. Was soll ich ihm sagen?«

»Dass da was faul ist«, erwiderte Sandra.

»Das wird leider zu wenig sein.«

»Dann sag ihm, dass Peter Brand unschuldig ist. Warum interessiert sich der Groß eigentlich so für diesen Fall?«

»Immerhin war Helga Wolf jahrzehntelang Richterin im Landesgericht und Groß ihr Chef.«

»Ich weiß nicht, steckt da nicht doch noch mehr dahinter?«

»Dr. Friedhelm Groß drängt in die Politik. Er kann und will sich keinen Skandal leisten.«

Sandra machte ein überraschtes Gesicht, dann erinnerte sie sich. Klar. In einem Zeitungsartikel hatte sie es vor längerer Zeit gelesen. Groß hatte sich von der konservativen Partei für den Landtag aufstellen lassen.

»Ah! Daher weht der Wind. Wenn die Journaille erfährt, dass Dr. Saubermann jahrelang eine Richterin unter seinen Fittichen hatte, die klammheimlich mit den bösen Buben ins Bett gestiegen ist, müssten möglicherweise einige unangenehme Fragen beantwortet werden, und der Wechsel vom Landesgericht ins Landhaus würde etwas schwieriger.«

Martin zuckte mit den Achseln, verabschiedete sich und ging. Wieder keine Gelegenheit, ihn nach der neuen Frau in seinem Leben zu fragen.

Kurz nach zwölf meldete die Einsatzzentrale aus dem Erdgeschoss Besuch für Sandra. »Eine Frau Brand will Sie sprechen.«

»Bringen Sie sie rauf«, befahl Sandra. Wenige Minuten später klopfte es an der Tür. »Ja, bitte?«, sagte Sandra und blickte der eintretenden Elisabeth Brand entgegen. Irgendwie wirkte sie heute noch kleiner als bei ihrem ersten Aufeinandertreffen. Unsicher blieb sie vor Sandras Schreibtisch stehen, reichte ihre Hand zur Begrüßung über den Tisch, und ein flüchtiger Blick huschte zur Wäscheleine hinter Sandras Rücken.

»Ich bin einfach kein Computermensch«, erklärte die Inspektorin knapp, so als wäre damit alles gesagt. »Waren Sie schon bei Ihrem Sohn?«

»Man lässt mich im Moment nicht zu ihm.«

Sandra nickte. Die Frau tat ihr leid. »Haben Sie einen Anwalt?«

Elisabeth Brand schüttelte verneinend den Kopf. »Wir haben doch noch nie einen gebraucht. Können uns auch gar keinen leisten.«

Wieder nicke Sandra, dachte an Peter Brands Nebeneinkommen, warf Rosa aber trotzdem einen kurzen Blick zu. Diese verstand. »Meine Kollegin kümmert sich darum.«

Rosa stand auf, verließ das Zimmer. Sie würde von einem anderen Zimmer aus mit dem Staatsanwalt telefonieren und um einen guten Pflichtverteidiger für Peter Brand bitten. Das offizielle Ansuchen würde sie später unterschreiben lassen.

Elisabeth Brand zögerte einen Moment, dann sagte sie: »Wann kann ich zu meinem Sohn?«

»Bald«, versprach Sandra und hoffte, dass das auch der Wahrheit entsprach.

»Peter hat damit nichts zu tun. Ich weiß nicht, woher er diese Richterin kannte.« Sie machte eine kurze Pause, brach in Tränen aus. »Es ist so schrecklich ...«

Sandra reichte ihr ein Taschentuch, wartete eine Minute, nahm sich vor, die Sache mit dem Callboy auf keinen Fall zu erwähnen, auch nicht, dass er jetzt zusätzlich verdächtigt wurde, Briska Frank ermordet zu haben. In diesem Moment wurde ihr bewusst, dass Elisabeth Brand wahrscheinlich ebenfalls heute Morgen die Zeitung gelesen hatte. Als hätte sie Sandras Gedanken erraten, fragte sie: »Stimmt es, was in der Zeitung stand. Sie haben Briska gefunden?«

»Sie müssen jetzt stark sein, Frau Brand.« Scheiße, das klang nach Herunterleiern eines auswendig gelernten Satzes. »Wir wissen noch nicht, ob es Ihre Freundin ist. Aber wir vermuten es.«

185

Elisabeth Brand schniefte.

»Sie arbeiten auch im Krankenhaus?«

Sie nickte.

»Und im Frauenhaus?«

»Ja, ehrenamtlich! Gemeinsam mit Briska ... seit fünf Jahren. Briska war schon zehn Jahre dabei, sie hat mich eigentlich dorthin gebracht.« Wieder wurde sie von einem heftigen Weinkrampf geschüttelt.

Sandra ließ ihr Zeit. »Möchten Sie eine Tasse Kaffee oder Tee?« Elisabeth Brand sah die Inspektorin überrascht an. Mit einem Kaffeekränzchen in der Polizeiinspektion hatte sie nicht gerechnet. »Kaffee bitte.«

Sandra stand auf und verließ das Büro. Sie brauchte einige Minuten Zeit um nachzudenken. Während sie zwei Tassen füllte, Zucker und kleine Milchpäckchen aus der Verpackung kramte, auf ein Tablett legte und alles zurück ins Büro trug, beschloss sie, die Wahrheit zu sagen. Vielleicht wusste diese Frau etwas, das ihr weiterhelfen würde.

Das Leben war schon eigenartig. Während Briska Frank auf einer kalten Metallbahre in der Gerichtsmedizin lag, trank sie hier Kaffee mit der besten und wahrscheinlich einzigen Freundin des Opfers.

Als sie den ersten Schluck genommen hatte, starrte Elisabeth Brand sie aus verschwollenen, ausdruckslosen Augen an. »Warum? Warum wir? Warum Briska? Wir haben doch niemandem etwas getan.« Die Welt war für diese Frau aus den Fugen geraten.

Sandra hatte keine Antwort darauf, deshalb schwieg sie ganz einfach.

»Wie wurde sie getötet?« Elisabeth Brands Stimme klang plötzlich streng.

»Sie wurde ...«, Sandra gab sich einen Ruck, »sie wurde erschlagen.«

Elisabeth Brand sog hörbar Luft ein, atmete geräuschvoll aus. »Wurde sie ... ich meine ... wurde Briska überfallen ... vergewaltigt?«

»Ob sie überfallen wurde, wissen wir nicht«, sagte Sandra knapp. »Was wir wissen ist, dass sie vergewaltigt wurde.« Mit welcher Brutalität, behielt sie für sich. »Warum fragen Sie das?« Elisabeth Brand fuhr sich mit ihren faltigen Händen über die Augen. Ihr Gesicht drückte Verzweiflung aus. »Sie ist schon einmal vergewaltigt worden. Sie war gerade mal neunzehn. Aus diesem Grund hat sich Briska im Frauenhaus vor allem für Frauen, die von ihren Männern ... Vergewaltigungsopfer.«

»Ich versteh schon. Weiß man, wer es war, damals, mein ich?« Elisabeth Brand schüttelte den Kopf. »Sie hat mit niemandem darüber gesprochen.« Sie sah Sandra mit festem Blick in die Augen. »Sie wissen ja, wie das am Land so ist. Und damals, vor über dreißig Jahren, war das Thema Vergewaltigung tabu.« Sie lachte künstlich. »Wahrscheinlich hätte ihr niemand geglaubt.« Das Lachen erstarb. »Ist doch so, oder? Die Opfer sind doch immer die Blöden ...«

»Woher wissen Sie aber davon?«, unterbrach Sandra.

»Sie hat es einmal nebenbei erwähnt. Es ist ihr so rausgerutscht. Eine Frau war von ihrem Mann misshandelt worden, bereits mehrfach. Briska hat sie damals regelrecht angefleht, Anzeige zu erstatten, was sie auch getan hat. Mit Briskas Unterstützung hat die Frau sogar ein Wegweiserecht erstritten. Er hat sie aber doch noch einmal ... Kurz darauf. Sie ist dann im Krankenhaus an ihren Verletzungen gestorben.«

»Hier im Vöcklabrucker Krankenhaus?«

»Ja! Ausgerechnet Briska hatte Dienst, als sie eingeliefert wurde. Sie können sich denken, wie sehr ihr das an die Nieren gegangen ist. Sie hat tagelang kein Wort gesprochen, hat sich Vorwürfe gemacht. Solange, bis sie selbst schon glaubte, dass die Anzeige ein Fehler gewesen war.« Wieder füllten sich Elisabeth Brands Augen mit Tränen. »Aber es war richtig. Man darf diese Schweine nicht siegen lassen.«

»Und der Mann?«

»Der hat angeblich sieben Jahre bekommen. Viel zu wenig, wenn Sie mich fragen. Absichtlich schwere Körperverletzung mit Todesfolge, nennt man so etwas.« Elisabeth Brand machte eine abfällige Handbewegung. Ihre Stimme wurde lauter. »Pah, wenn ich das schon höre. Mord ist so was, eindeutig Mord. Aber in solchen Fällen werden die Täter besser geschützt als ihre Opfer.« Sie redete sich in Rage.

»Wissen Sie noch, wie diese Frau oder ihr Mann hießen?«

»Nein! Das war vor meiner Zeit in der Notaufnahme. Ich war vorher auf der Internen, und im Frauenhaus arbeite ich erst seit fünf Jahren, wie ich schon sagte. Und Briska hat den Namen niemals erwähnt, hab auch nicht danach gefragt, weil es sowieso zu spät war ... für alles.«

»Wissen Sie vielleicht, wann genau das war?«

»Keine Ahnung. Aber mindestens sechs Jahre muss das schon her sein. Denn wie gesagt, ich arbeite noch nicht so lange ... Die Frau hat jedenfalls aufgrund Briskas Intervention einige Tage im Frauenhaus zugebracht, bevor sie wieder in ihre Wohnung zurück ist. Sie hatte doch den Wegweisebescheid, dachte, das hilft ihr.«

»Gibt's Unterlagen?«

»Sicher. In der Verwaltung.«

»Kann ich die haben?«

»Ich weiß nicht.« Sie sah Sandra abschätzend an. »Normalerweise werden diese Dinge nicht außer Haus gegeben. Nachdenklich fuhr sie sich mit der rechten Hand über die Stirn. »Glauben Sie ...«
Sie beendete den Satz nicht.

»Wir stehen ganz am Anfang unserer Ermittlungen und müssen jedem Hinweis nachgehen. Auch wenn er sich später als falsch herausstellt. Und vielleicht hilft es ja auch Ihrem Sohn.« Sandra machte eine Pause. »Frau Brand, Briska Frank ist tot. Und ich will ihren Mörder!«

Wieder entstand eine Pause. Sekunden, Minuten, endlos erscheinende Stille, dann kam plötzlich Leben in den Körper der Frau. »Gut! Ich werde mit der Leiterin reden.« Elisabeth Brand griff nach Sandras Hand, drückte sie fest und sah sie aus feuchten Augen an. »Sie müssen das Schwein finden.«

»Ich würde mich gerne in der Wohnung Ihrer Freundin umsehen. Wissen Sie, ob jemand einen Zweitschlüssel zum Haus besitzt?«

Elisabeth Brand schüttelte den Kopf. »Sie hat doch niemandem wirklich vertraut.«

Als Briska Franks Arbeitskollegin das Büro verließ, fühlte sich Sandra schlecht. Schwerfällig raffte sie sich auf, um zum Haus der toten Krankenschwester zu fahren. Vielleicht hätte sie das schon längst tun sollen. Sie gab Rosa Bescheid, dann fuhr sie los.

Montag, 9. Juli, 11.30 Uhr

Sandra hatte die Spurensicherung und einen Schlüsseldienst kommen lassen. Auch wenn ihr das wieder Ärger einhandeln würde, denn die Leiche war noch nicht offiziell identifiziert worden, und damit galt Briska Frank noch immer als vermisst und nicht als Mordopfer. Diese Hausdurchsuchung war rechtlich gesehen also nicht korrekt. Aber Martin würde sie da schon wieder raushauen. Gefahr im Verzug. Das half immer.

Im Nachbarhaus, einer Frühstückspension, öffneten sich Fenster und Türen, als sie den Trupp eintreffen sahen. Neugierig reckten die Bewohner ihre Köpfe. Die beiden Grundstücke waren durch eine blickdichte Hecke getrennt. Ähnlich wie bei Helga Wolf. Wahrscheinlich würde auch hier niemand etwas mitbekommen haben.

Nachdem die Tür geöffnet worden war, blieb Sandra im Vorraum stehen. Sie nahm den Geruch von Putzmitteln wahr. Auch sonst wies alles darauf hin, dass Briska Frank eine sehr ordentliche Frau gewesen war. Alles schien an seinem Platz zu stehen, an der Garderobe hing auf einem Bügel eine dünne beigefarbene Sommerjacke, darunter standen zwei Paar Schuhe in Reih und Glied. Sie hoffte, dass ihre Kollegen nicht zu viel Unordnung machen würden, obwohl dies die Krankenschwester wohl kaum mehr stören würde.

Die Tür zum Wohnzimmer stand offen. Auch hier herrschte penible Ordnung. Der Tisch war leer, keine Post, keine Tageszeitungen. Kein überflüssiger Dekorationsfirlefanz, keine typisch weiblichen Kinkerlitzchen, kein Bild. Kein Hauch einer persönlichen Note. Nur geometrische Ordnung und keimfreie Sauberkeit. Hier wohnte ganz offensichtlich eine Frau, die schon lange aufgehört hatte, das Leben zu lieben, und deshalb wie in dem Schauraum einer Möbelfirma lebte. Sandra öffnete eine der Schubladen des Sideboards. Darin lagen Bleistifte, ein Block und ein Fotoalbum. Sie nahm es heraus. Briska Frank hatte nur Naturaufnahmen gemacht: das Gerlhamer Moor, der See, das Höllengebirge, das Grab Friedrich Guldas, das Gustav-Mahler-Häuschen. Gegend und Tod.

Komisch. Kein einziges Bild war darunter, das sie oder Freunde zeigte. Sie legte das Album zurück und zog die zweite Lade auf. Hier lagen Briska Franks Dokumente. Sie war in Vöcklabruck geboren, dort zur Schule gegangen, Volksschule, Hauptschule, Don Bosco, und sie hatte im Vöcklabrucker Krankenhaus ihre Ausbildung gemacht. Sie war anscheinend nie über diese Region hinausgekommen.

In einem schwarzen Ordner fand Sandra Zeitungsartikel. Sie waren alphabethisch geordnet. Das Thema war immer dasselbe: Vergewaltigung und absichtliche schwere Körperverletzung mit Todesfolge. Auf der letzten Seite war ein Auszug aus dem Strafgesetzbuch eingeheftet. Der zweite Absatz war rot unterstrichen.

§ 87 Absichtliche schwere Körperverletzung

(2) Zieht die Tat eine schwere Dauerfolge (§ 85) nach sich, so ist der Täter mit Freiheitsstrafe von einem bis zu zehn Jahren, hat die Tat den Tod des Geschädigten zur Folge, mit Freiheitsstrafe von fünf bis zu zehn Jahren zu bestrafen.

Das Bett im Schlafzimmer war schmal, für eine Person. Nichts deutete darauf hin, dass Briska Frank ab und zu Herrenbesuch hatte. War das der Preis, den sie für die Vergewaltigung bezahlt hatte? Diesen Gedanken verfolgte Sandra eine Weile. Wie musste es gewesen sein, all die Jahre, ganz allein mit dem Wissen um das, was passiert war? Sie hatte sich niemandem anvertraut. Verständlich. Es gab zu viele Menschen, die noch immer in alten Mustern dachten. Glaubten, dass Vergewaltigungsopfer selbst schuld seien. Die Opfer von der Seite her ansahen, tuschelten, als wären sie Aussätzige.

Vielleicht lebte dieser Kerl zu allem Unglück noch in ihrer Nähe, war aufgrund seiner gesellschaftlichen Stellung eine unangreifbare Respektsperson: Lehrer, Apotheker, Priester, Rechtsanwalt? Und Briska Frank begegnete ihm regelmäßig. Und er setzte sie unter Druck, verhöhnte sie. Vielleicht wollte sie endlich ihr Schweigen brechen, und er war jetzt, nach so vielen Jahren, auch ihr Mörder geworden.

Sandra trat durch eine schmale Tür auf die Terrasse. Instinktiv wusste sie, dass sie in dieser Wohnung nichts Verwertbares finden würden.

Der Blick auf den See war durch eine Baumgruppe gestört. Wie schallgedämpft hörte sie die Stimmen der Badegäste, unterbrochen vom Motorenlärm vorbeifahrender Autos und Motorräder. In der Mitte des Sees konnte sie »die Vöcklabruck« ausmachen, die in gemächlichem Tempo an der Uferkulisse vorbeischwamm, darauf bedacht, dass die Fahrgäste jeden Millimeter der Landschaft fotografieren konnten. Herzlich willkommen in der Urlaubsregion Attersee. Sie wandte sich ab. Die Idylle trog.

Montag, 9. Juli, 18.30 Uhr

Sandra saß müde und ausgelaugt an ihrem Schreibtisch. Rosa hatte sich bereits verabschiedet. Eine SMS hatte sie glücklich in den Feierabend berufen. Der Antiquitätenhändler. Endlich. Nicht zu wissen, woran man bei einem Menschen war, konnte einen ganz schön kopflos machen. Egal welcher Altersgruppe man angehörte. Verliebt zu sein, tat manchmal ganz schön weh.

Rosa hatte ihr eine Nachricht hinterlassen. Die Salzburger Kollegen waren noch immer an der Salzburger Agentur dran. Aufgrund ihrer besonderen Klientel, die teilweise aus Politik und internationalen Wirtschaftskreisen stammte, unterstützten die Betreiber der Agentur die Arbeit der Polizei nur sehr widerwillig und dementsprechend schwerfällig. Aber immerhin hatten die Kollegen inzwischen ermittelt, dass etwa fünfunddreißig Kunden den Nachnamen Wolf trugen. Die Vornamen waren nicht so einfach zu ermitteln, manchmal war nur ein *H.* erfasst, aber fünfmal hatte man den Vornamen Helga schon nachgewiesen. Sandra hegte wenig Hoffnung, darunter die Richterin aufzuspüren. Sie schätzte Helga Wolf als eine sehr vorsichtige Frau ein. Sie hatte die Überweisung mit Sicherheit in bar vorgenommen und den Erlagschein verschwinden lassen. Aber wo? Konnte man bei so einer Agentur eigentlich reklamieren, wenn der Gelieferte nicht den Ansprüchen genügte? Sandra grinste bei dem Gedanken: *Natürlich können Sie reklamieren, aber verwahren Sie bitte den Einzahlungsbeleg.*

Elisabeth Brand hatte die Kopien der Unterlagen und ein Foto ins Büro gebracht, während Sandra im Haus von Briska Frank war. Sie hatte gewartet, aber da Sandra nicht aufgetaucht war, bevor sie zum Nachtdienst ins Krankenhaus musste, hatte sie das Kuvert einer Polizistin übergeben, die es nun der Inspektorin Sandra Anders übergab, wie es Elisabeth Brand ihr eingeschärft hatte. Sandra betrachtete zuerst das Foto. Es zeigte eine Frau mittleren Alters mit einem runden, nicht besonders attraktiven Gesicht, eingerahmt von einem dunklen, bieder wirkenden Pagenschnitt. Der Gleiche wie Briska Frank. Sie legte das Bild beiseite und widmete sich den Akten. Leider ging nicht viel daraus hervor. Lediglich, dass Karin Riedl nach eigener Aussage bereits mehrmals von ihrem Mann Karl schwer misshandelt worden war. Immer in Zusammenhang mit sexueller Erniedrigung und Vergewaltigung. Bisher jedoch keine Anzeige erstattet hatte. Und nach einigen Tagen Aufenthalt im Krankenhaus im Frauenhaus Zuflucht gefunden hatte. Von dort aus war sie nach einem Gerichtsbeschluss wieder ins gemeinsame Haus gezogen. Vorübergehend, wie sie meinte. Das alles wussste Sandra ja bereits aus der Erzählung Elisabeth Brands.

Nur kannte sie nun den Namen des Opfers und den Zeitraum: 1998, vor neun Jahren. Von der Schwere der Verletzungen stand nichts in den Akten, auch wies kein Eintrag auf den späteren Tod der Frau hin. Sandra suchte auf ihrem Schreibtisch nach den handschriftlichen Notizen, die sie sich von dem Gespräch mit der Krankenschwester gemacht hatte. Der Ehemann war zu sieben Jahren Haft nach dem §87 Abs. 2 verurteilt worden. Schwere Körperverletzung mit Todesfolge. Gedankenverloren betrachtete sie den Ordner, den sie aus Briska Franks Haus mitgebracht hatte. Die letzte Seite bekam jetzt vielleicht einen Sinn. Der Auszug des Strafgesetzbuches könnte etwas mit dem Fall von Karin Riedl zu tun haben, für deren Tod sich Briska verantwortlich gefühlt hatte. Eine vage Erkenntnis begann, sich in ihrem Kopf zu entwickeln, sie konnte sie nur noch nicht greifen. Sie war sich aber sicher, dass ihr die Gerichtsakte helfen würde, sie klarer zu formulieren. Sie würde sie anfordern.

Sie klappte die Mappe zu. Wir leben in einer schrecklichen Welt, dachte sie. Da werden Frauen von ihren Ehemännern misshandelt. Blaue Flecken, Platzwunden, gebrochene Nasen, Vergewaltigung. Und diese geschundenen Wesen haben nicht die Kraft, diese Idioten zu verlassen. Warum auch immer: finanzielle Abhängigkeit, Scham, Angst vor Einsamkeit. Erst der eigene Tod brachte dann die Erlösung. Das Leben war grausam. Es gab immer Sieger und Verlierer. Wie in einem Spiel. Und dann gab es noch jene, die aufgrund ihrer gesellschaftlichen Stellung automatisch zu Siegern gemacht wurden.

Sandra drückte einen Moment ihren Kugelschreiber an ihre Lippen und starrte ins Leere, dann griff sie zum Telefon. Ihr Blick war entschlossen, während sie Martin eine Mail schickte mit der Bitte, die Herausgabe der Unterlagen vom Gericht zu erwirken. Sie blickte auf den Aktenberg, den Rosa im Gericht kopiert hatte. Auf eine Akte mehr oder weniger kam es jetzt wirklich nicht mehr an.

Das Signal ihres Faxgerätes riss sie aus ihren Gedanken. Hofers Bericht kam. Sandra überflog die Seiten. Bei der Beschreibung der Schwere der Verletzungen wurde ihr schlecht. Der letzte Satz brannte sich in ihr Hirn: Verdacht auf sexuell motivierten Sadismus. Sie ließ die Blätter sinken, unfähig weiterzulesen. Die Frau war einem Monster in die Hände gefallen.

Scheißjob.

Sie konnte nicht mit Sicherheit sagen, wie lange sie an ihrem Schreibtisch gesessen war, bevor sie Bernd eine SMS schickte. Sie wollte heute Abend nicht allein sein.

Um sieben Uhr hatte Sandra geduscht und sich ein Glas Rotwein eingeschenkt. Nachdenklich stand sie am Fenster. Ihr Vater kam aus dem Stall, an seiner Seite Michael. Ihr Ex hatte seine Arbeit gut gemacht, die beiden Stuten bestens versorgt, und er hatte kein Geld dafür verlangt. Es war reine Nachbarschaftshilfe gewesen. So konnte man sich irren. Sandra nahm sich vor, ihr Weltbild wieder ins positive Eck zu rücken. Die beiden Männer gaben einander die Hand, Michael sah nach oben, winkte ihr, sie grüßte zurück, dann wandte er sich zum Gehen. Eigenartig. Obwohl die Beziehung zu diesem Mann schon lange beendet war, war er noch immer ein Teil ihres Lebens, allerdings nur am Rande und beiläufig.

Sandra lächelte. Auch wenn man in der Gegenwart lebte, vielleicht an die Zukunft dachte, war da doch irgendwo eine Tür in die Vergangenheit, die einen Spalt breit offen stand. Und je älter man wurde, umso öfter blickte man durch diesen Spalt zurück, betrachtete, was man aus heutiger Sicht anders machen würde, spürte schon längst vergessen geglaubte seelische Verletzungen. Die Tür ließ sich wohl niemals ganz und gar verschließen. Und dann fiel ihr plötzlich ein: Bei Briska Frank war sie wohl ganz geöffnet worden. Sandra spürte, wie sich ihre Augen mit Tränen füllten.

In diesem Moment kam die Familie aus Berlin durch die Hofeinfahrt. Ihrer Ausrüstung zufolge, kamen sie vom Baden im See. Die beiden Mädchen hatten lediglich ein T-Shirt über ihre Bikinis gezogen, an den Füßen trugen sie Flip-Flops. Miro lief freudig bellend auf die beiden zu. Bereitwillig kraulten sie dem schwarzen Riesen sein Fell. Der Neufundländer genoss sichtlich die Aufmerksamkeit, lehnte sich mit seinem gesamten Gewicht gegen die Beine der Mädchen, reckte seine Brust bereitwillig den streichelnden Händen entgegen. Sandra grinste, die Tränen versiegten. Wie einfach war doch so ein Hundeleben.

Gegen halb acht hörte sie Bernds Audi in den Hof fahren. Wieder war es Miros kehliges Bellen, das seine Ankunft begleitete. Sie öffnete die Wohnungstür, wartete.

Kurz darauf küsste er sie flüchtig auf den Mund, schob sich an ihr vorbei, ging in die Küche, schenkte sich ebenfalls ein Glas Rotwein ein, lehnte sich mit dem Rücken gegen den Kühlschrank und schaute sie liebevoll an. Sandra blieb kurz im Türrahmen stehen, beobachtete ihn amüsiert.»Den Hausbrauch kennst du schon, wie?«

Er prostete ihr zu.»Gewisse Traditionen soll man einfach nicht brechen.« Er nahm einen Schluck.

»Ich wollte mit dir über die Wolf und die Leiche im See reden.«

»Höh! Woher plötzlich dieses Vertrauen?«

Sandra trat näher, presste ihren Körper fest gegen seinen, stellte ihr Glas auf die Anrichte, umklammerte seine Handgelenke und küsste ihn leidenschaftlich. Wie wohl das tat. Er schlang seine Arme um sie, drückte sie an sich. Als sie ihn wieder freigab, sagte sie nur:»War die Antwort ausführlich genug?« Sie nahm ihr Glas, ging voran ins Wohnzimmer, setzte sich auf die Couch. Bernd folgte ihr. Leise Musik lief: Lucio Dalla.

»Ich muss mit jemandem reden, der nicht in den Fall involviert ist. Quasi die Sache von außen betrachtet. Ich erwarte keine Antworten. Du sollst mir lediglich zuhören, vielleicht löst sich so der Knoten in meinem Hirn.« Sie drehte an ihrem Ohrstecker.»Briska Frank, die Leiche aus dem See, hatte keine Familie, keine Freunde, keine Hobbys, keine Interessen. Diese Frau schien überhaupt nicht zu leben. Ihr Haus gleicht einem Musterhaus, ohne Persönlichkeit. Sie war weder oft im Garten zu sehen, noch bemerkten ihre Nachbarn, ob sie zu Hause war oder nicht. Der Portier im Krankenhaus erzählte uns von einem Anruf in Briska Franks letzter Nachtschicht. Ein Mann hat sich mit der Notaufnahme verbinden lassen, sich dann aber nicht gemeldet, als sie abgehoben hatte, sondern wieder aufgelegt. Die Frank hat dann beim Portier nachgefragt. Aber er meinte, dies sei einer dieser Idioten gewesen, die nach ein paar Bier irgendwo anrufen. Ich bin mir da nicht so sicher, aber das nützt ihr nun nichts mehr. Ihre Kollegen und

195

Vorgesetzten im Krankenhaus waren voll des Lobes: Sie sei freundlich gewesen, hilfsbereit, vielleicht etwas distanziert, aber immer zur Stelle, wenn man sie brauchte.«Sie machte eine Pause. »Entweder war diese Frau ein Engel, oder ein Geist. Ich bin mir da noch nicht so sicher.« Wieder eine Pause. »Aber Engel haben doch keine Feinde.«

»Und Geister?«

»Vielleicht … aber die erwischst du nicht.«

»Gab's dafür einen Grund?«

»Wofür?«

»Dafür, dass sie so gelebt hat?«

»Sie wurde, laut Aussage einer Arbeitskollegin, als junge Frau brutal vergewaltigt. Hat das wahrscheinlich nie verarbeitet.«

»Weiß man, wer's war?«

Sandra schüttelte den Kopf. »Im Moment hab ich nichts … ich hab keine Ahnung, wo ich bei Briska Frank ansetzen kann.«

»Und die Richterin? Gibt's da eine Verbindung?«

»Hm. Auf beide wurde sieben Mal eingeschlagen … aber sonst? Nichts.«

»Was ist jetzt eigentlich mit diesem Peter Brand?«

»Ich weiß es nicht.«

»Ich hab kürzlich einen Artikel im Archiv gefunden … glaub aber nicht, dass er dir weiterhilft, ist nämlich schon ein älterer Artikel. Es ging um eine Meinungsverschiedenheit einer Staatsanwältin mit Helga Wolf.«

»§87 StGB. Hab schon davon gehört.«

Bernd musterte Sandra, überlegte, dann gab er sich einen Ruck. »Ich würde gerne mit dieser Staatsanwältin ein Interview führen. Quasi als Versöhnung mit Wolferl.«

»Ist der noch immer schlecht auf dich zu sprechen?«

Bernd nickte. »Zum Glück weiß er nichts von der Liebesnacht zwischen Peter Brand und Helga Wolf. Sonst wäre ich wohl meinen Job schon los. Und ich könnte es ihm nicht einmal übel nehmen, würde in seinem Fall genauso handeln. Immerhin hat er jeden Tag eine Zeitung zu füllen … so zu füllen, dass sie auch gekauft wird.«

»Und das macht er mit Mord und Totschlag?« Sandras Frage sollte leichtfüßig klingen, tat sie aber nicht. Aus Erfahrung wusste er, nun war Vorsicht geboten. Bernd hörte den schneidenden Unterton deutlich raus. Sandra war angriffslustig, so hatte er sie schon lange nicht mehr erlebt. »Leider wird so etwas am meisten gelesen. Überboten wird das nur von Sexgeschichten. Am besten von Prominenten.« Er gab seiner Stimme eine betonte Gleichgültigkeit.

»Ihr schreibt also nur, was die Käufer eurer Zeitung auch lesen wollen?«

Er zuckte die Achseln. »Wenn du so willst, ja.«

Die Vernunft sagte ihr klar, dass sie gerade dabei war, ihre ganze Wut, die Enttäuschung darüber, bisher noch keinen Schritt weiter zu sein, an Bernd auslieβ. Noch vor fünf Minuten war sie froh gewesen, dass er bei ihr war. Sie hatte sich gewünscht, die Welt da draußen vergessen zu können. Aber jetzt kam sie sich vor, wie ein Elefant im Porzellanladen. Und doch konnte sie nicht dagegen an. »Scheißjob«, sagte sie heftig.

Er wollte gerade widersprechen, die positiven Seiten seines Berufs hervorkramen, ließ es aber, stand auf, ging in die Küche und schenkte sich noch ein Glas Wein ein, hoffte, dass dieses Thema beendet sei. Zunehmend verstimmt ging Bernd zurück ins Wohnzimmer. Er war nicht gekommen, um Fußabstreifer zu spielen. Sandra saß noch immer auf der Couch, starrte gegen die Wand. Ihre gesamte Erscheinung signalisierte Anspannung. Kein Lächeln, kein Zwinkern. Bernd schluckte trocken. Wieder einmal drängten sich ihre Berufe ins Privatleben. Er hasste das, trotzdem gab er sich einen Ruck. »Lass uns einfach das Thema wechseln.«

Sandra zog die Augenbrauen hoch und musterte ihn wie einen Eindringling. Thema wechseln? »Natürlich können wir das Thema wechseln. Was hast du denn heute so erlebt?« Ihr Ton war feindselig geworden. »Ich kann dir ja nur von Leichen erzählen. Davon, dass zwei Frauen brutal erschlagen wurden. Aber vielleicht kannst du mich aufheitern. Erzähl mir doch noch einmal, wie und wann du Susi getroffen hast. Vielleicht sogar heute, zufällig. Was habt ihr beide denn so geredet? Vielleicht über mich? Darüber, dass ich hinter Mördern herjage, während andere Frauen sich um ihre Männer kümmern? Vielleicht darüber, dass ich in Jeans herumlaufe, während sie ihre Beine zur Schau stellt. Aber ich kann das nicht. Denn meine Aufgabe ist es, Verbrechen aufzuklären. Da haben Miniröcke, Duftwässerchen und zu viel Make-up nun mal keinen Platz.«

Bernd starrte sie perplex an.»Kannst du mir erklären, was eigentlich los ist? Zuerst rufst du mich an, weil du reden willst, dann wirfst du mir vor, dass ich Journalist bin und dann kommst du auch noch mit Susi daher. Also, Sandra...«

Sie schnitt ihm mit einer raschen Handbewegung das Wort ab, sah ihn wütend an.»Weißt du was? Vergiss es.«

»Hör mir jetzt bitte gut zu.« Seine Stimme klang rau.»Ich weiß, dass du dich im Moment mit zwei mehr als unangenehmen Fällen herumschlägst. Ich weiß auch, dass die Sache mit Susi an deinen Nerven zerrt. Es tut mir auch aufrichtig leid, aber ich kann diesen Fehler nun mal nicht rückgängig machen. Glaube mir, wenn ich's könnte, würde ich es tun. Und ich weiß, dass unsere Berufe nicht zueinanderpassen. Aber, verdammt Sandra, wir sind zwei erwachsene Menschen. Wir sollten Beruf Beruf sein lassen und Privatleben privat.«

»Und wie stellst du dir das vor?«

Bernd zuckte die Schultern.»Irgendwie ...«

»Klar doch! Irgendwie. Wie hätte es der Herr denn gerne? Dass wir in Zukunft nur noch über Gemüseanbau oder alte Gemälde sprechen?« Sandra sprang auf.»Dann brauchst du mich nur noch zu heiraten, wir bekommen vier Kinder, übernehmen den Hof und würden zumindest meine Mutter glücklich machen.«

»Was hat das jetzt damit zu tun, Sandra? Ich bin nicht dein Feind, auch wenn ich, wie du gerade so schön formuliert hast, einen Scheißjob hab. Wenn du mit mir nicht über deine Arbeit reden willst, gut, dann lass es, ich kann damit leben. Aber wenn du reden willst, dann rede mit mir.« Er nahm einen Schluck Wein. »Denn falls du's noch nicht mitbekommen hast. Ich arbeite nicht für den Chronikteil, sondern für den Lokalteil und ... ich bin nicht dein Müllschlucker.« Er stellte das Glas auf den Wohnzimmertisch und ging. Das Motorengeräusch seines Audis sollte das Letzte sein, was Sandra an diesem Abend von ihm hörte. Tränen tropften in ihren Rotwein.

Dienstag, 10. Juli, 10.00 Uhr

Die Besprechung fand im Konferenzzimmer statt. Wie immer stand heißer Kaffee auf dem Tisch, und Rosa hatte wie üblich für frisches Frühstücksgebäck gesorgt. Sie war bestens gelaunt. Allem Anschein nach war das Treffen mit ihrem Antiquitätenhändler gut verlaufen. Leise pfeifend sammelte sie das Geld für das Gebäck ab. Martin Holzer legte Sandra die Akte Karl Riedls auf den Tisch. Sandra bedankte sich knapp, schob sie beiseite, stellte ihr Kaffeehäferl darauf ab. Rosa nahm es, stellte es daneben, nicht ohne vorher einen Korkuntersetzer darunterzulegen. Sandra registrierte es, kommentierte Rosas Ordnungstick aber schon lange nicht mehr, sondern ließ ihn einfach über sich ergehen.

Es war schwül, Gewitterwolken lagen über der Stadt. Außerdem hatte Sandra am Vorabend die Flasche Wein allein ausgetrunken, so richtig war sie nicht bei der Sache. Selbstverständlich hatte sie daran gedacht, Bernd sofort nach seinem Aufbruch anzurufen, aber ihr beschissener Stolz hatte es nicht zugelassen. Andererseits hätte er ruhig etwas mehr Einfühlungsvermögen zeigen können.

Sie versuchte einen sachlichen Ton anzuschlagen, sich ihren Grant nicht anmerken zu lassen. »Helga Wolf und Briska Frank kannten sich offenbar nicht, jedenfalls haben wir bisher keine Berührungspunkte gefunden. Wir werden die Fälle also vorerst getrennt voneinander behandeln. Auch wenn beide Frauen auf die gleiche Art ums Leben kamen. Wir werden Daten sammeln, wie üblich.« Sie biss in ein Kipferl, wischte die Krümel vom Tisch. Würde Rosa jetzt einen Staubsauger holen?

»Geht das auch genauer?«, fragte Martin. Er zündete sich eine Zigarette an, sog den Rauch tief ein, wartete.

Während Sandra sich erhob, um das Fenster zu öffnen, sagte sie: »Im Moment überprüfen wir die Alibis jener Männer, mit denen Helga Wolf in den letzten Wochen Kontakt hatte. Waren nicht viele. Auch ihre ehemaligen Kollegen wurden befragt, ihre Freundin, ihre Putzfrau, einfach alle, die nur irgendwie in ihre Nähe kamen. Julian Pohn ist draußen. Er hat ein stichfestes Alibi, wir haben's überprüft.«

»Motive?«

»Bisher nur ihr Ex-Mann. Aber der ist ja tabu.« Sie steckte sich das letzte Stück ihres Kipferls in den Mund, nahm einen Schluck von ihrem Kaffee.

»Peter Brand?«

»Der hat sie offensichtlich nur gevögelt, gegen Bezahlung, was ich persönlich nicht als Motiv sehe, aber wenn du anderer Meinung bist.«

Martin Holzer seufzte hörbar. »Schlechte Laune, was?«

Das Faxgerät gab ein Zeichen von sich und spuckte kurz darauf zwei Seiten Papier aus. Sandra begann zu lesen, während sie sich weiter mit Martin unterhielt.

»Was ist mit dieser Krankenschwester?«, fragte ihr Chef.

»Da haben wir leider sehr wenig. Es gibt bei Briska Frank nicht viel zu sammeln. Die Frau hat ein absolut zurückgezogenes, unscheinbares Leben geführt. Ich hab mir ihre Wohnung angesehen. Die Frau existierte sozusagen gar nicht.«

»Apropos Wohnung angesehen ...«, sagte Martin scharf. »Danke, dass du mich vorher darüber informiert hast, da war ich dann wenigstens vorbereitet, als mich der Staatsanwalt angerufen hat und fragte, warum wir jetzt im Alleingang Hausdurchsuchungen durchführen.«

»Entschuldige, hab ich vergessen«, sagte Sandra.

Rosa nahm nun Briska Franks Akte in die Hand, las ihr Dossier vor, erwähnte auch die Vermisstenanzeige von Elisabeth Brand.

»Und ich sage Dir: Es ist dieser Brand. Er ist der einzige, der die beiden Frauen kannte. Seine Mutter hat ja doch sogar die Ver-

misstenanzeige für Briska Frank aufgegeben. Mich wundert, dass die Journaille davon noch keinen Wind bekommen hat, die würde dir gehörig Druck machen. Warum erzählst du es eigentlich nicht deinem Bernd? Dann hat er doch gleich eine tolle Exklusivstory.«
»Das ist jetzt nicht dein Ernst«, giftete Sandra ihren Chef an. Sie ließ das Papier sinken. Ihre Stimme spiegelte die ganze Wut vom Vorabend. »Seit wann vertraust du mir nicht mehr? Zieh mich doch ab von dem Fall! Aber es wird nichts nützen, denn ich garantier dir, dass du auf dem Holzweg bist. Du kannst dich ja entschuldigen, wenn ich dir den Täter auf dem Silbertablett serviere, denn während du auf deinem Boot Kapitän spielst, arbeiten Rosa und ich hart. Ob ich die Entschuldigung dann auch annehme, oder mich versetzen lasse, weiß ich noch nicht. Und noch etwas: lass Bernd aus der Sache draußen, sonst werde ich stinksauer.«

Rosa schlug mit ihrem Kaffeelöffel gegen die Tasse. »Können wir dann wieder zur Sache zurückkehren?«

Sandra streckte Rosa die Faxnachricht entgegen.

»Hier, die Spurensicherung hat etwas gefunden. An der Hauswand von Briska Franks Garage hafteten Fasern und weiße Haare. Tierhaare.«

»Ein Hund?«

»Erstens ist mir dort kein Hund aufgefallen, und wenn, müsste er etwa 1,40 groß sein, denn in dieser Höhe befanden sich die Haare. Wahrscheinlich hat dort jemand angelehnt, der einen Hund besitzt oder einen gestreichelt hat, meinen die Kollegen.«

»Moment mal. Haben nicht die Brands einen Hund? Soweit ich mich erinnere einen Border Collie.«

Sandras Blick wechselte von Rosa zu Martin, der sie streng ansah, während er feststellte: »Der hat doch weiße Haare.«

»Und jede Menge schwarze«, erwiderte Sandra, schlug nebenbei die Akte auf, die sie kurz zuvor beiseite geschoben hatte. Komisch. Dieser Mann hatte tatsächlich im Gefängnis begonnen, Gedichte zu schreiben. Vier waren dem Psychologischen Bericht beigeheftet. Sie handelten vom Leben, der Zukunft und der Liebe. »Außerdem sind sich die Kollegen ziemlich sicher, dass es sich hier um Katzenhaare handelt.«

201

»In der Küche lag doch auch eine Katze. Eine Glückskatze. Erinnerst du dich Sandra? Auf der Eckbank.«

Sandra nickte mit beunruhigter Miene.

»Sag mal! Warum weigerst du dich einzusehen, dass dich bei Peter Brand dein Bauchgefühl im Stich gelassen hat. Weil er hübsch ist? Weil er ein Callboy ist? Sag's mir Sandra, ich versteh es nämlich nicht, denn die Indizien, die gegen ihn sprechen, häufen sich. Was bitteschön brauchst du noch, um es endlich einzusehen?«, fragte Martin.

Sandra wollte »Beweise« erwidern, hielt aber plötzlich inne. Sie schlug die Akte zu. Ein Gedankenwirrwarr brodelte in ihrem Kopf.

Was war das gestern gewesen? Der Artikel ... die Staatsanwältin, die Bernd interviewen wollte? Da war doch was? Dieser § 87 tauchte immer wieder in ihren Ermittlungen auf. Helga Wolf, die dafür war, dass Täter, die nach diesem Paragraphen verurteilt worden waren, nicht automatisch vorzeitig entlassen werden konnten. Briska Frank, die alles sammelte, was mit diesem Gesetzespunkt zu tun hatte. Da war sie, die Verbindung zwischen den beiden Frauen. Es war wie in der Mathematik. Man verzweifelte an den Gleichungen und irgendwann gingen sie dann doch auf, kam die richtige Zahl heraus. Nur wie die Gleichung in diesem Fall aufgehen konnte, war noch unklar. In ihrer Wut und ihrem Selbstmitleid hatte sie Bernd gestern gar nicht richtig zugehört. Diese Staatsanwältin, ob sie ... »Kannst du bitte mal Bernd anrufen und ihn um den Artikel bitten, von dem er mir gestern erzählt hat?«

»Warum machst du das nicht?«, fragte Rosa misstrauisch.

»So halt.«

Rosa legte den Kopf schief, schürzte die Lippen, griff aber zum Telefon und tippte die Nummer von Bernds Büro ein. Dort war er nicht. Sie ließ sich von Sandra seine Handynummer geben. Während sie telefonierte, erzählte Sandra Martin in knappen Worten von der Meinungsverschiedenheit zwischen Helga Wolf und dieser Staatsanwältin.

»Und du meinst, die Morde hätten etwas damit zu tun? Nach so vielen Jahren?«

Sandra zuckte die Achseln.

Rosa legte auf. »Kommt gleich.«

»Hat er was gesagt?«

»Ja, dass er ihn schicken lässt, von einer Sekretärin.«

»Mehr nicht?«

»Mehr nicht.«

»Beziehungsstress?«, fragte Martin nun deutlich milder.

»Hm«, machte Sandra. Dann kam die Mail. Sandra begann, den beigefügten Artikel zu überfliegen. Schon in der fünften Zeile fand sie, wonach sie gesucht hatte. »Leute. Ich glaub, ich hab was.«

Martin Holzer drehte die Augen nach oben. »Sandra ...«

Dienstag, 10. Juli, 14.00 Uhr

Zu Beginn schien es nur eine simple Idee zu sein. Was hatte dieser § 87 mit den beiden Opfern zu tun? Tatsache war, dass dieser Teil des Gesetzestextes immer wieder auftauchte. Fast eine halbe Stunde verbrachte Sandra damit, alle Fakten auf dem Konferenztisch zu sortieren, schichtete von hier nach da und dann wieder andersrum. Interessiert hatten ihr Rosa und Martin zunächst dabei zugesehen, dann waren sie rausgegangen, hatten zwischendurch mal zu ihr reingeschaut, bis sie ihnen ein Zeichen gegeben hatte, sie mögen bleiben. Sandra war ihnen dankbar, dass sie ihr die Zeit gelassen hatten. Jetzt schien sie die Sache richtig angeordnet zu haben.

»Voilà«, sagte sie.

Lautes Donnergrollen kündigte ein Gewitter an. Die ersten schweren Tropfen schlugen gegen das Fenster. Sandra fuhr sich mit der Hand über die Stirn, drehte die Unterlagen so, dass Rosa und Martin sie mühelos lesen konnten. Nur eine Akte hielt sie geschlossen, die sollte ihr Trumpf in dem ganzen Spiel werden.

Sandra ließ sich in einen Sessel auf der gegenüberliegenden Seite fallen, schlug die Beine übereinander und offenbarte ihnen endlich ihre Überlegungen.

»Wir haben uns von Helga Wolfs sexuellen Vorlieben in die Irre leiten lassen. Unsere altehrwürdigen Moralvorstellungen haben uns annehmen lassen, dass genau dort die Wurzel allen Übels liegt. Aber, ich frage euch, was ist falsch daran, wenn eine Frau mit jüngeren Männern ins Bett steigt?«

»Daran ist nichts falsch, aber dass die Kerle ehemalige Sträflinge sind, find ich schon eigenartig«, erwiderte Martin.

»Nicht alle.«

»Ach ja«, sagte er zynisch. »Ein Callboy war auch darunter, toll.«

Sandra warf ihm einen strafenden Blick zu. »Wie auch immer. Keine Sau regt sich darüber auf, wenn sich die Sache umgekehrt abspielt. Also, älterer Mann, jüngere Frau. Mal vorausgesetzt, dass es sich bei der Frau nicht um ein minderjähriges Mädchen handelt. Da wir uns zu sehr auf Helga Wolfs Liebesleben konzentriert haben, sind uns andere Aspekte ihrer Persönlichkeit nicht ins Bewusstsein gekommen. Zum Beispiel, dass Helga Wolf vehement gegen Männer auftrat, die ihren Frauen und Kindern Gewalt angetan hatten. Ihre Urteile sind niemals zu milde ausgefallen, gingen sogar oft über das Strafausmaß hinaus, das die Staatsanwaltschaft forderte.« Sie tippte auf drei Urteile, die auf dem Tisch lagen.

»Du erzählst uns nichts Neues, Sandra«, sagte Martin ungeduldig. Das Gewitter hatte seinen Höhepunkt erreicht, bei jedem Blitzschlag flackerte das Deckenlicht. Die Schwüle des Tages konnte es aber nicht vertreiben. In einer halben Stunde würde wieder die Sonne Oberhand gewinnen. Da war sich Sandra sicher. So schnell wie ein Gewitter in dieser Region aufzog, so schnell konnte es wieder verschwinden.

»Wart's ab! Helga Wolf war zwar gegen die automatische vorzeitige Entlassung dieser Täter, ließ aber mit sich reden, wenn ein Gutachten vorlag, das ihr bescheinigte, dass sich derjenige gebessert hatte. Selbstverständlich mit Auflagen, aber immerhin. Außer diesem einen Mal …«

»Du meinst den Streit mit der Staatsanwältin.«

»Genau. Hier hat sie sich plötzlich geweigert. Warum?«

»Weil die Staatsanwältin die Geliebte ihres Mannes war?«, schlug Martin vor.

»Das haben wir bisher angenommen, aber ich glaub ehrlich gesagt nicht mehr daran. Helga Wolf war das Sexualleben ihres Mannes gleichgültig, sie hatte zu dieser Zeit schon lange ihr heimliches Liebesnest.« Sandra tippte auf das Notizheft der Richterin.

»Nein, sie hat sich nur deshalb so vehement dagegen ausgesprochen, weil sie davon überzeugt war, dass dieser Mann es wieder tun würde. Verdacht auf sexuell motivierten Sadismus. Hier ist meine Verbindung. Helga Wolf hat das Urteil über ihn gesprochen, und Briska Frank hat seine Frau zur Anzeige gegen ihn überredet.«

»Der Riedl hat seine Strafe abgesessen. Ist sozusagen rehabilitiert. Vergiss es! Konzentrier dich lieber auf den Brand«, sagte Martin.

Sandra hob abwehrend die Hand. »Aber bedenk doch mal, was unser Riedl von Beruf ist! Maler! Fällt euch denn wirklich gar nichts dazu ein?« Sie griff zum Telefon. »Einen Versuch ist es wert ... Herr Thalmann, Sandra Anders hier. Ich hab da noch eine Frage. Ihr Geselle, der Herbert Schierl, wo hat der früher gearbeitet?«

»Der hat an eigenen Betrieb ghobt. Ist nur leider in Konkurs gangen.«

»Als Geselle einen eigenen Betrieb? Herr Thalmann. Wir wissen beide, dass man in Ihrem Gewerbe einen Meisterbrief braucht, um ein Unternehmen führen zu dürfen. Also.«

Der Malermeister atmete geräuschvoll ein und wieder aus. »Er hat es sozusagen nur weitergeführt.«

»So lassen Sie sich halt net alles aus der Nase ziehen. Wem hat das Geschäft gehört und warum hat es Herbert Schierl weitergeführt?«

»Des Gschäft hat den Riedls ghört«, murmelte er ins Telefon.

»Wem? Geht das etwas lauter?«

»Dem Karl Riedl.«

»Und dieser Karl Riedl war nicht zufällig der dritte Mann auf der Baustelle bei Helga Wolf?« Sandra tippte mit dem Zeigefinger auf die Akte, die Martin mitgebracht hatte. Ihr Chef nickte. Nun läutete Rosas Telefon auch noch. Sie hob ab, während Sandra sich erneut bei ihrem Gesprächspartner beschwerte.

»Ich versteh Sie schon wieder nicht, Herr Thalmann. Wenn das nicht besser wird, werde ich Sie zu mir ins Büro bringen lassen, von meinen Kollegen in Uniform. Dann können Sie alles wiederholen. Vielleicht auch gleich vor dem Arbeitsinspektorat.«

»Ja, er war da dritte Mann auf der Baustelle«, kam es nun laut und deutlich durch den Hörer.

»Na, geht doch.«

»Er arbeitet ja nur ab und zu ... wenn mir einfach nimmer zsammkömen mit da Arbeit. Als Gelegenheitsarbeiter halt. Ih kann mir net immer soviel Leut' leisten, wie ih brauchen tät. Sie wissen ja, wie das is. Heut hast du viel Arbeit und morgen koane. Außerdem is da Karl der beste Maler, den Sie sich vorstellen können. Der is gschickt und beherrscht Techniken ... die Marmorierung zum Beispiel.«

»Marmorierung? Was ist das für eine Technik?«

»Damit veredelt ma Wände, Säulen, Türen oder Fenster. Die Kunst dabei is, die Flächen so zu bemalen, dass es wie echter Marmor ausschaut. Verstehens? Da kann ma net einfach drauflos malen, ma muas den Marmor gspüren, die Struktur, die Maserung einfach alles.«

»Ist das die Technik, die in Helga Wolfs Badezimmer gemacht wurde? Es schaut aus wie Marmor, erst auf den zweiten Blick sieht man, dass es aufgemalt ist.«

»Ja, genau.«

»Und das kann dieser Herr Riedl?«

»Da gibt's koan Bessern«, kam es stolz durch die Leitung.

»Wirklich, Herr Thalmann? Das schaut ja sensationell aus ... jetzt unter uns. Ich bin auf der Suche ... wie soll ich sagen ... mir gefällt das wahnsinnig gut, überleg schon lange mein Badezimmer streichen zu lassen. Im Pfusch ... Sie verstehen. Ich lass das dann auch über Ihre Firma laufen. Sie müssen mir nur den Riedl organisieren. Geht das?«

»Warum sagens des net glei'. Sie habm mir jetzt aber an Schrecken eingjagt, des sag' ih Ihnen. Woher wissen Sie eigentlich ...«

»Frau Loos ... und so viel verdienen wir Kripobeamte auch nicht. Verstehns?«

»Natürlich. Gebens ma Ihr' Handynummer. Ih ruf Sie heute noch zurück. Kann aber spät werden.«

»Danke, Herr Thalmann. Und sagen Sie ihm halt nicht, dass ich von der Polizei bin, das könnt ihn erschrecken, Sie wissen schon, wegen des Pfuschs.«

»Selbstverständlich, Frau Anders.«

Sandra und Rosa legten zeitgleich auf.

»Das waren die Kollegen aus Salzburg. Sie haben's rausbekommen.« Sie grinste Sandra an. »Du wirst nicht glauben, wer das Honorar für Peter Brand bezahlt hat ... Walter Wolf.«

Plötzlich war das Licht am Ende des Tunnels wieder verschwunden.

Dienstag, 10. Juli, 15.00 Uhr

Sandra drehte den Ton lauter. Hans Theessink sang mit bekannt dunkler Stimme: »... believe the devil took her hand. He's a charmer but he'll harm you. Cause he knows his tricks so well.« Das passte. Auch Wolf verstand es anscheinend, seine Tricks anzuwenden. Aber nicht mit ihr. Der würde sie kennenlernen. Sie war wütend, verdammt wütend.

Sie hatte ihn sofort auf seinem Handy angerufen und ihn, ohne zu sagen, worum es ging, um ein kurzes Gespräch gebeten. Er hatte ihr mitgeteilt, dass er am Nachmittag in die Villa am See fahren würde, da die Gärtner nun endlich mit ihrer Arbeit beginnen konnten.

Was glaubte dieser Idiot eigentlich? Dass sie eine oberflächliche dumme Pute war, die dem ach so tollen Staatsanwalt nichts anhaben konnte? Warum hatte er ihr nicht einfach erzählt, dass er den Lover für seine Ex bezahlt hat, nachdem er den vorherigen Lover bedroht hatte. Sie hätte vielleicht dreckig gegrinst, sich ihre Gedanken gemacht und dann wären sie wieder zum Alltäglichen übergegangen. Aber so ging das nun wirklich nicht. Warum behauptete er, kaum Kontakt zu ihr gehabt zu haben? Gerade er hätte wissen müssen, dass sie irgendwann die Wahrheit erfahren würde. Verärgert schlug sie mit der rechten Hand aufs Lenkrad. »Arschloch.«

Rosa, die neben ihr saß, grinste, drehte den Ton leiser. »Dass du dich aber auch immer so ärgern kannst. Komm wieder runter. Das lohnt sich doch nicht, und du weißt, dass Emotionen die Arbeit negativ beeinflussen, dich nicht mehr klar denken lassen. Sei froh, dass Martin uns überhaupt sein Okay gegeben hat.«

Sandra atmete tief durch, versuchte sich zu beruhigen, erinnerte sich an Rosas Problem. »Apropos Emotionen. Wie geht's deinem Liebesleben?«

Rosas Miene verfinsterte sich. »Wahrscheinlich stimmt es, wenn man behauptet, dass aufgewärmte Beziehungen einfach nichts taugen.« Sie deutete durch die Windschutzscheibe. »Vorsicht Radar.«

Sandra drosselte das Tempo, fuhr mit den erlaubten sechzig Stundenkilometern in Richtung Bahnschranken in Lenzing, vorbei an den Streifenpolizisten.

»Ich bin skeptisch, auch wenn es zur Zeit einigermaßen läuft.«

Das hätte Sandra von ihrer Beziehung auch gerne behauptet. Sie waren beide stur, hitzköpfig und eigenwillig. Echte Mostschädel halt.

Sandra parkte ihren Golf in der Einfahrt der Villa, hinter einem grünen Jaguar mit Linzer Kennzeichen. Wahrscheinlich Walter Wolfs Wagen. Die beiden Polizistinnen vermuteten den ehemaligen Staatsanwalt im Garten, gingen um die Villa herum. Wolf stand reglos auf der Terrasse und blickte in Richtung Schloss Kammer. Das Gewitter hatte sich verzogen, die Sturmwarnung war aufgehoben, der See lag ruhig vor ihm. Schwäne und Enten trockneten an den Ufern ihr Gefieder. Nur die Badegäste waren für heute verschwunden. Von den Gärtnern war noch nichts zu sehen. Wolf trug Jeans und ein kurzärmeliges weißes Polo-Shirt, was ihn jünger aussehen ließ. Eine rasche Kopfbewegung verriet ihnen, dass er sie bemerkt hatte. Sie blieben seitlich von ihm stehen, konnten sein Gesicht sehen.

Er ließ sich nicht weiter stören, der Musik Mozarts zu lauschen, die durch die doppelflügelige Tür in den Garten strömte. Cosi fan tutte. In seinem Gesicht stand Schmerz. Entweder war er ein guter Schauspieler, oder diesen Mann quälte etwas. Nach einer Weile wandte er sich um, blickte Sandra in die Augen.

»Das war ihre Lieblingsoper. Mozart.«

Sandra nickte. »Treue und Untreue.«

»Cosi fan tutte – So machen's alle!«, sagte Wolf mit einem erzwungenen Lächeln. »Aber Sie sind sicher nicht zu mir gekommen, um mit mir über Opern zu plaudern«, gab er sich geschäftsmäßig freundlich.

»Können wir uns setzen?«, fragte Sandra.

Ungeduldig verlagerte er das Gewicht von einem Bein auf das andere, sagte aber: »Bitte«, und deutete mit einer eleganten Handbewegung zur Teakholzgarnitur, wo Tage zuvor das angerichtete Frühstück gestanden hatte. Ein mulmiges Gefühl beschlich Sandra.

»Ich kann Ihnen noch nicht einmal etwas anbieten. Ich bin heute selbst zum ersten Mal im Haus. Aber ich habe Frau Loos schon losgeschickt zum Einkaufen. Helga hatte ja so gut wie keine Lebensmittel im Haus.«

»Frau Loos arbeitet jetzt für Sie?«

»Warum nicht? Meine Frau, Entschuldigung, meine verstorbene Ex-Frau war immer sehr zufrieden mit ihr, und ich finde, die Frau hat genug durchgemacht. Sie soll jetzt nicht auch noch ihren Arbeitsplatz verlieren.«

»Natürlich«, sagte Sandra knapp, dachte gleichzeitig daran, dass man wohl kaum von einem Arbeitsplatz sprechen konnte, wenn man schwarz beschäftigt wurde. »Dann melden Sie sie doch gewiss auch ordentlich als Angestellte an.«

Wolf bedachte Sandra mit einem nichtssagenden Blick und kommentierte den letzten Satz nicht. Stattdessen griff er ein anderes Thema auf. »Dr. Groß hat mich unterrichtet, dass Sie bereits einen jungen Mann festgenommen haben. Gratuliere.«

Gratuliere!, dachte Sandra. Das klang wie: Das hätten wir geschafft, wenden wir uns also wieder angenehmen Dingen zu. Walter Wolf sah auf die Uhr. »Was wollen Sie jetzt noch von mir?« Sandra packte den Stier bei den Hörnern. »Wir haben die Konten des jungen Mannes überprüft.«

Keine Reaktion

»... *believe the devil took her hand. He's a charmer but he'll harm you. Cause he knows his tricks so well.*«

»Der Mann war Callboy.«

»So?« Wolf tippte leicht seine Zeigefinger gegeneinander.

»Ich denke, Sie wissen mehr als Sie mir erzählen, Herr Wolf.« Er kniff argwöhnisch die Augen zusammen, beugte sich nach vorn, legte die Handflächen auf den Tisch. »Frau Anders ...«, sein Ton klang herablassend, »lehnen Sie sich jetzt nicht zu weit aus dem Fenster? Oder wollen Sie etwa behaupten, dass ich etwas mit dem Tod meiner Frau zu tun habe?«

Sandra ließ sich nicht einschüchtern. »Haben Sie eigentlich über ihre Affären Bescheid gewusst?«

»Sie überspannen den Bogen. Auch meine Geduld hat einmal ein Ende, Frau Anders. Soweit ich mich erinnere, hab ich Ihnen darüber schon vor einigen Tagen Auskunft gegeben. Aber ich wiederhole gerne, dass ich nichts wusste«, schnaubte Wolf verächtlich.

Sandra sah Walter Wolf scharf an, versuchte herauszufinden, inwieweit seine Antwort der Wahrheit entsprach. »Ihre Ex-Frau hatte Affären mit ehemaligen Straftätern«, sagte sie, ohne Wolf aus den Augen zu lassen.

Keine Regung. »Und? Was wollen Sie mir jetzt damit sagen?« Der Mann war eiskalt. »Warum erzählen Sie mir davon, statt ihren Mörder zu suchen?«

»Sie wussten Bescheid, Herr Wolf.« Sandra ließ den Doktortitel weg. Die Glacéhandschuhe hatte sie schon vor Minuten ausgezogen.

Er lachte. »Das wird ja immer schöner. Sind Sie sicher, dass Sie das nötige Maß an Objektivität bei Ihrer Arbeit aufbringen?« Er wurde wieder ernst. »Haben Sie eigentlich Beweise für diese ungeheuerliche Behauptung?«

Sandra sah ihm fest in die Augen.»Julian Pohn.«

Er lehnte sich zurück, tippte wieder mit den Zeigerfingern gegeneinander, versuchte es mit einem Lächeln.»Julian Pohn? Julian Pohn?«

»Er behauptet, Sie hätten ihn angerufen und ihm mit Konsequenzen gedroht, wenn er nicht sofort die Finger von Ihrer Ex-Frau lassen würde.«»Kenn ich nicht. Wer soll das sein?«

»Ihre Frau hat ihn zu einer Freiheitsstrafe verurteilt, wegen Einbruchs und ...«

»Ein Dieb behauptet solch eine Ungeheuerlichkeit?«, unterbrach er zynisch lächelnd.»Lassen Sie's, Frau Anders. Ermitteln Sie, aber in die richtige Richtung. Vielleicht haben Sie ja bald einen neuen Täter ... falls es nicht dieser junge Mann war, der im Moment in Wels sitzt. Wie sieht es mit einem Zeitraster aus?«, fragte er, ganz Staatsanwalt.

»Peter Brand hat sie als Letzter lebend gesehen.«

Wolf hob die Augenbrauen.»Er wäre nicht der erste Callboy, der seine Auftraggeberin tötet.«

Sandra runzelte die Stirn.»Wenn sie seine Auftraggeberin war.«

Sein Schweigen wirkte wie eine Mauer. Er dachte nicht daran, ihr in die Falle zu tappen. Wolf war ein alter Fuchs. Allzu oft hatte er selbst miterlebt, wie ein Verdächtiger aufgrund eines gut vorgebrachten Bluffs ins offene Messer gerannt war.»Also allmählich gehen Sie mir auf die Nerven, Frau Anders. Sie kommen in mein Haus, machen nichts als unverschämte Andeutungen, ziehen den Namen meiner Ex-Frau in den Schmutz. Ich glaube, Sie sollten...«

»Ich glaube nicht, dass wir gehen sollten, Herr Wolf«, unterbrach sie ihn, seinen angefangenen Satz vollendend.»Sie haben Ihrer Ex-Frau, die Sie angeblich selten gesehen haben, einen Callboy, wie soll ich sagen, spendiert?« Sandra war laut geworden.»Haben Sie wirklich geglaubt, dass wir die Kontobewegungen nicht zurückverfolgen?«

Walter Wolf erschrak kurz, hatte sich gleich wieder im Griff. Endlich eine Regung. Sandra triumphierte innerlich.

»Sie haben mich angelogen, Herr Wolf. Wir wissen, dass Sie erst kürzlich Kontakt zu Ihrer Frau hatten.«

Er fixierte sie mit einem seltsam ausdruckslosen Gesicht. »Ja, aber das hab ich Ihnen schon gesagt. Es ging um dieses Bild, das sie unbedingt haben wollte. Sozusagen zum Geburtstag.«

Sandra schüttelte den Kopf. »Es war nicht das Bild.« Sie hielt kurz inne. »Peter Brand war Ihr Geburtstagsgeschenk, stimmt's? Sie haben sie angerufen, um ihr zu sagen, dass sie Samstagabend einen jungen Mann geschenkt bekommt. Wie nett! Das würde doch jeder für seine Ex-Frau machen, nicht wahr, Herr Wolf? Und wir wissen noch mehr. Sie haben diesen Liebhaber Ihrer Ex- Frau angerufen, Julian Pohn.«

»Ich kenne keinen Julian ...«, wollte er sie unterbrechen.

»Vor genau sechs Monaten erfolgte das Telefonat. Und ich glaube, ich weiß auch, warum. Sie wollten die Sache mit Pohn unterbinden, weil er ein zu hohes Risiko darstellte. Herr Wolf, Sie sind mit Dr. Groß befreundet. Er drängt in die Politik, und was glauben Sie, was die Presse gemacht hätte, wenn die Sache mit Ihrer Ex-Frau rausgekommen wäre. Die Politkarriere von Dr. Groß wäre beendet gewesen, bevor sie noch richtig begonnen hat.«

Walter Wolf wandte sein Gesicht wieder in Richtung See, sah nachdenklich zum Schloss hinüber, als wäge er seine Antworten gegeneinander ab. Dann gab er sich einen Ruck. »Ich konnte ja nicht ahnen, dass er sie umbringt. Aber Sie wollen mir daraus jetzt doch keinen Strick drehen, Frau Anders? Glauben Sie mir, das würde Ihnen nicht gelingen.«

»Mich haben schon ganz andere Männer unterschätzt, Dr. Wolf«, sagte Sandra trocken. »Ob er es war, wissen wir noch nicht mit Sicherheit. Er bestreitet die Tat vehement.«

»Tun sie das nicht alle? Das sollten Sie eigentlich wissen. Lange genug wären Sie ja schon bei der Polizei. Also, glauben Sie nicht alles, was man Ihnen bei Vernehmungen erzählt.«

Sandra dachte nicht daran, sich provozieren zu lassen. Sie verschränkte ihre Hände und blickte ebenfalls zum See. Dann begann sie, ganz ruhig weiterzusprechen, aber nach und nach wurde ihr Ton schärfer. »Wissen Sie, eine Frage stellt sich mir seit einiger

Zeit immer wieder. Halten Sie uns nur für so blöd oder sind Sie vielleicht dumm? Ihnen muss doch klar gewesen sein, dass wir früher oder später auf Peter Brand stoßen und damit auch auf Ihre Überweisung an die Agentur. Warum haben Sie uns nicht gleich alles erzählt, anstatt uns im Glauben zu lassen, sie hätten Ihre Ex-Frau seit über einem Jahr nicht mehr gesehen?«

Er sah sie durchdringend an, dann entspannten sich seine Gesichtszüge allmählich.»Gut, ich muss also annehmen, dass Sie auch dahinterkommen: Helga und ich haben um dieses besagte Bild gestritten. Es ist sehr wertvoll, war ein Geburtstagsgeschenk meiner Schwiegereltern an mich, und da Helga wusste, dass ich diese alten Schinken nicht sehr schätze, wollte sie es haben. Aber ich habe das Bild behalten, sozusagen als Wertanlage.« Er lachte kurz.»Helga glaubte, es mir als ihr Geburtstagsgeschenk abschwatzen zu können. Sie war es gewohnt, das zu bekommen, was sie wollte. Wir haben in letzter Zeit öfter miteinander telefoniert, das stimmt, aber getroffen haben wir uns nicht. Und ich habe sie auch nicht getötet, falls Sie gekommen sein sollten, um das herauszufinden.«

»Ich bin gekommen, weil ich wissen will, warum man seiner Ex-Frau einen Callboy zum Geburtstag schenkt.«

Sein Gesicht spiegelte blanken Hohn, als er sagte.»Nachdem ich beim letzten Streitgespräch um das Bild Helga vorwarf, dass sie sich nicht immer mit diesen alten Malern umgeben, sondern vielleicht mal was Junges ins Wohnzimmer lassen solle, hat sie laut gelacht und gemeint, ich könne ihr doch was Junges fürs Schlafzimmer schenken. Zwei Tage später hab ich sie angerufen und ihr mitgeteilt, dass sie in der Nacht zu ihrem Geburtstag Besuch von einem Callboy erhalten würde, es sollte so was wie ein ... ich weiß nicht, wie ich sagen soll ...« Er wiegte seinen Oberkörper hin und her, suchte nach den richtigen Worten.

»Ein Gag?«, half Rosa weiter.

»Genau, Frau ...?«

»Mairinger.«

»Frau Mairinger, ein Gag, es sollte ein Gag sein ... Und ja, Frau Anders, ich wusste von den sexuellen Vorlieben meiner Ex-Frau, aber nichts von ihren Affären, wie Sie es genannt haben. Egal welches Bild Sie jetzt von meiner Ex-Frau haben. Helga war ein wunderbarer Mensch.«

Bla, bla bla, dachte Sandra. Damit kannst du eure verkorkste Beziehung auch nicht schönreden. Und dich schon gar nicht von jedem Verdacht befreien.

»Die Agentur ist mir als äußerst seriös empfohlen worden. Ich konnte doch nicht ahnen ...«

»Von wem ist Ihnen die Agentur empfohlen worden?«

Wolf straffte sich. »Das tut nichts zur Sache.«

»Oh doch, das tut es. Denn vielleicht hat ja ...«

»Tut es nicht.« Seine Stimme klang scharf, duldete keinen Widerspruch.

In diesem Moment erschien Maria Loos auf der Terrasse. Sie trug ein Tablett mit Kaffee und Kuchen.

»Meine Damen, Sie sehen, andere Angelegenheiten erfordern meine Aufmerksamkeit. Ich erwarte mir, dass Sie endlich Ihre Arbeit ordentlich erledigen. Gehen Sie und befragen Sie diesen Callboy und belästigen Sie mich in Zukunft nicht mehr mit Dingen, die Sie keinen Schritt weiterbringen, sondern reine Privatsachen sind. Es ist schlimm genug, dass Helga sterben musste, nur weil ich einen Geburtstagsscherz gemacht habe. Damit muss ich jetzt den Rest meines Lebens klarkommen.« Er setzte wieder einen leidenden Blick auf, so wie vorhin, als er den See betrachtete. »Haben wir sonst noch etwas zu besprechen?«

»Nein.«

»Gut, dann sehe ich unser Gespräch jetzt als beendet an. Sollten Sie weitere Neuigkeiten haben, lassen Sie's mich wissen.«

Rausgeschmissen. Sandra wusste, wann sie zu gehen hatte. Die beiden Inspektorinnen erhoben sich.

»Die Beerdigung ist diesen Mittwoch, in Linz. Auf Wiedersehen«, sagte Wolf zu Sandra und Rosa.

Als die beiden Frauen im Auto saßen, sagte Sandra zu Rosa: »Lass uns mal die Kundenkartei dieser Agentur überprüfen. Ich möchte gerne wissen, wer Wolf die Agentur empfohlen hat.«

»Wie sollen wir das herausfinden?«

»Diese Agentur hat doch sicher auch Damen im Angebot. Am besten fragst du bei der Gelegenheit gleich, welche Groß bevorzugt.«

»Dr. Friedhelm Groß?«

Sandras zynisches Lächeln war Antwort genug. Gerade als sie Wolfs Grundstück verlassen hatten, bog ein blaues Cabrio mit offenem Verdeck in die Einfahrt der Villa. Sicherlich war die Frau hinter dem Steuer der Grund, warum Walter Wolf sie so schnell loswerden wollte.

»Und was jetzt?«, fragte Rosa.

»Es ist schon merkwürdig, wenn jemand seiner Ex-Frau zum Geburtstag einen Callboy schenkt. Aber deswegen können wir ihn nicht festnehmen, deswegen nicht.«

Dienstag, 10. Juli, 19.00 Uhr

Rosa hatte sich nur unter großem Protest und nachdem Sandra ihr angedroht hatte, ihr die Freundschaft zu kündigen, nach Hause fahren lassen. Aber Sandra musste jetzt allein sein, wollte nachdenken. Sie fuhr ins Büro. Dort legte sie eine CD ein. Hans Theessink, *Call me*. Dann stellte sie sich ans Fenster, schaute hinaus. Der Verkehr auf der Salzburger Straße hatte sich beruhigt, der Bauernladen auf der gegenüberliegenden Straßenseite hatte schon längst seine Türen geschlossen.

Gefühle, gegen die sie sich bisher ganz gut gewehrt hatte, schwirrten durch ihren Körper, nahmen ihn in Besitz. Eifersucht, Trennungsschmerz, Verzweiflung, Versagensangst, Sinnkrise. Wieder einmal kreisten ihre Gedanken um das Leben als Polizistin. Hatte sie im Laufe der letzten Jahre nicht schon zu viel Unrecht gesehen? Zu oft den Tod, in all seinen Facetten? Wie oft hatte sie sich schon auf der Toilette übergeben, weil sie den Geruch nach Tod und Verwesung nicht mehr ausgehalten hatte? Aber wenn

215

sie auf ihre innere Stimme hörte, war das genau das Leben, das sie wollte. Ein Leben, in dem sie stummen Opfern zu Gerechtigkeit verhelfen konnte.

Manchmal fragte sie sich, was geschehen musste, damit sich Menschen nicht mehr gegenseitig Verletzungen zufügten. Egal, ob körperliche oder seelische Verletzungen. Wie gerne hätte sie die Welt verbessert. Aber Menschen waren Raubtiere, brutale Raubtiere. Das Leben war eine Aneinanderreihung von grausamen Emotionen, die Mord und Totschlag, ja sogar Kriege auslösen konnten: Macht, Gier, Neid, Eifersucht ... und irgendwo mittendrin schwebte leichtfüßig und unauffällig die Liebe.

Verdammt.

Sie wollte jetzt Gewissheit haben. Sie hatte ein Recht darauf. Dieser Mann war in ihr Leben geplatzt und jetzt verhielt er sich so, als hätte es sie nie gegeben, rief nicht an, reagierte auf keine Nachrichten. Zugegeben, sie war bei ihrem letzten Treffen nicht gerade freundlich zu ihm gewesen. Aber war das ein Grund, sie zu ignorieren? Immerhin hatte er mit seiner Ex rumgemacht und nicht sie hatte ihn betrogen.

Abrupt drehte sie sich um, stellte die Musik ab. Das Läuten ihres Handys riss sie aus ihren Gedanken. Sie drückte auf den grünen Knopf.

»Anders.«

»Frau Anders, Thalmann hier. Tut mir leid, dass es so spät geworden ist. Aber der Karl hat im Moment eine Arbeit ... also, na Sie wissen schon ... jedenfalls hätte er in etwa drei Wochen Zeit.«

»Passt schon, wenn er so gut ist, wie Sie sagen, dann machen wir's eben in drei Wochen. Wo arbeitet er denn gerade?«

»Irgendwo in der Nähe von Weyregg, direkt am See. A Sommerhaus von reichen Wienern, von sehr reichen Wienern. Die sánd angeblich in Spanien auf Urlaub, während des Haus renoviert wird. Wo genau er arbát, sagt er ma net, is ja a Pfusch, wenn's da Karl mocht. Soi i Sie noh amoi anrufen, oder mach ma uns glei an Termin aus?«

»Wenn der Mann so schwer zu haben ist, wie Sie sagen, dann mach ma gleich einen Termin aus.« Sie blätterte in ihrem Kalender. »Heute ist der zehnte. Das wär dann Ende Juli. Sagn ma am ersten August?«

»Is schon eintragen, Frau Anders. Wegen Ihrer genauen Adress telefonieren ma no amoi.«

»Des mach' ma, Herr Thalmann. Vielen Dank«, beendete sie das Gespräch. Sie notierte: Renovierung eines Hauses am See, bei Weyregg, und schrieb die aktuelle Adresse aus Riedls Akte dazu. Drei Wochen noch, das war ihr zu lang. Sie hätte Riedl gerne kennengelernt, wenn er ihr unvoreingenommen begegnete, ohne dass er ihren Beruf kannte. Aber so lange konnte sie nicht warten. Schon morgen würde sie sich um ihn kümmern, ihn verhören, bei sich zu Haus. Jetzt war es endlich an der Zeit, ihr Privatleben in Ordnung zu bringen.

Wenige Minuten später stand sie vor Bernds Wohnung. Sie zögerte einen Moment, dann drückte sie entschlossen den Klingelknopf. Warum sie wieder nicht den eigenen Schlüssel verwendete, konnte sie nicht sagen. Ihr Herz pochte wild. Sie hörte Schritte. Er öffnete barfuß, in Jeans mit offenem Hemd. In der Hand hielt er ein Glas Rotwein. Unweigerlich fiel Sandra die Textzeile aus Hans Theessinks Song ein: »... *believe the devil took her hand. He's a charmer but he'll harm you. Cause he knows his tricks so well.*« Dieser Mann wusste sich wirklich in Szene zu setzen, auch wenn er nur die Haustüre öffnete, ohne zu wissen, wer davor stand.

Oder hatte er jemanden erwartet? Eine Kosmetikverkäuferin mit langen blonden Haaren und ebenso langen Beinen, hübsch anzusehen und immer perfekt gestylt? Sein Gesichtsausdruck zeigte jedenfalls keine überschwängliche Freude, sie zu sehen. Sandra fluchte innerlich. Was hatte sie sich von ihrem Auftritt erwartet? Dass er ihr unvermittelt um den Hals fallen würde? Blöde Eifersucht.

»Hey«, sagte Sandra. »Stör' ich?« Unmerklich trat sie einen Schritt zurück, hielt aber seinem Blick stand. Stumm bedeutete er ihr einzutreten. Sandra ging ins Wohnzimmer. Auf dem Couchtisch stand eine Flasche Rotwein. »Feierst du etwas?«

Bernd hob das Glas. »Ja, meine Kündigung als Lokalredakteur.«
Sandra sah ihn erschrocken an.

Er kicherte. Erst jetzt bemerkte sie, dass er schon mehr als dieses eine Glas Wein getrunken haben musste. Er sprach mit leichtem Zungenschlag. »Keine Angst, meine Süße! Ich bin wieder dabei. Mein Chef hat die Kündigung nicht angenommen, mir deutlich gemacht, dass ich hier in Vöcklabruck doch glücklicher wäre, als bei der Kultur. Und ich glaub, er hat Recht.«

Sandra schenkte sich ein Glas Wein ein und ließ sich auf die Couch fallen. Sie verstand den Zusammenhang nicht. Warum glücklicher in Vöcklabruck?

»Was ist passiert?«

Bernd nahm neben ihr Platz, starrte auf das Glas Rotwein in seinen Händen und begann zu erzählen. Er wollte diese Scheiß Geschichte endlich loswerden. Er ließ nichts aus. Das Telefonat mit Wolferl, die Lüge, dass er mit Sandra in München sei, der Auftrag, eine Sex&Crime-Story zu schreiben, den Ärger, den er bekommen hatte, weil er die Sache mit Peter Brand nicht groß rausgebracht hatte, et cetera.

»Oh Gott, das wusste ich ... und ich hab die ganze Zeit ...«, stammelte Sandra. Eigentlich wusste sie nicht, was sie sonst sagen sollte. Sie war überrascht, hatte nicht damit gerechnet, dass ihr Freund derart große Probleme hatte. Wegen ihres Jobs! Sie glaubte immer, dass es nur umgekehrt so war. »Verdammt...«

»Du sagst es. Wenn du mir quasi die Auflösung deines Falls als Geschichte anbietest, dann sind wir genau dort, wo wir beide nicht hinwollen. Nämlich in einer privaten Geschäftsbeziehung. Verstehst du? Wie willst du in Zukunft deine Fälle lösen, wenn du immer das Gefühl hast, dass ich eine Story brauch?«

»Du hast aber ein Recht auf Information, wie jeder andere Journalist auch.« Wenn jemand vor einer Woche behauptet hätte, dass sie diese Worte jemals aussprechen würde, hätte sie lauthals gelacht.

Er sah sie von der Seite an, wirkte wieder nüchtern. »Jetzt behaupte bitte nicht, dass du mir mit Handkuss eine Info gegeben hättest.«

»Stimmt schon. Aber ...«

»Nein, kein Aber, Sandra. Ich will nicht mehr und nicht weniger Infos als meine Kollegen. Wenn du mit mir über deine Fälle sprichst und dabei etwas ausplauderst, dann tust du das privat und nicht als Inspektorin. Und ich kann das unterscheiden. Begreif das endlich.«

»Und Kemeter?«

»Ich glaube, den bekomm ich in den Griff. War ganz schön schockiert nach meiner Kündigung.«

Sandra beugte sich vor, stellte das Glas ab, schob eine Hand durch sein geöffnetes Hemd, berührte seine nackte Haut, presste ihren Mund leicht an sein Ohr, hauchte: »Ich liebe dich.«

Er lächelte jenes unwiderstehliche Lächeln, das sie an ihm so sehr liebte. »Ich liebe dich auch, Sandra.« Dann küssten sie sich leidenschaftlich. Versöhnung konnte so schön sein.

Mittwoch, 11. Juli, 4.00 Uhr

Sandra lag glücklich und entspannt an Bernds Seite, hörte ihn gleichmäßig atmen. Sie lächelte, fühlte sich wohl. Trotzdem, der Beruf raubte ihr wieder einmal den erholsamen Schlaf. Ihr Gehirn hörte nicht auf, Bilder von Helga Wolf und Briska Frank abzurufen, Informationen über die beiden Morde zu analysieren. Sandra kannte dieses selbstständige Arbeiten ihres Geistes, hielt dabei ganz einfach die Augen geschlossen, ließ es zu, realisierte, dass sie diese Nacht wohl kaum mehr an Schlaf zu denken brauchte. Sie blieb eine weitere halbe Stunde mit geschlossenen Augen liegen, horchte auf ihr Inneres. Plötzlich war er da, der Gedanke, und mit ihm kam die Idee, alles auf eine Karte zu setzen. Sie hatte es vor ihren Augen gehabt, es ganz einfach nicht wichtig genommen. Sehr reiche Wiener, das Haus am See. Vorsichtig stieg sie aus dem Bett, ging ins Wohnzimmer, suchte ihre Kleidungsstücke zusammen, schrieb Bernd eine Nachricht, dann verließ sie die Wohnung. Dieser Tag würde ihr entweder als die Zeit in Erinnerung bleiben, in der sie die letzten Perlen auf die Kette reihte, die zur Lösung des Falles fehlten, oder als ihr persönliches Waterloo enden.

Die Nacht war sternenklar und ruhig. Auf dem Weg kamen ihr lediglich zwei Fahrzeuge entgegen. Die Stadt lag im Dunkeln. Nur die Straßenbeleuchtung sorgte für ein bisschen Helligkeit, und in sehr wenigen Wohnungen brannte Licht. Sandra lenkte ihr Auto auf den Parkplatz, der dem Haus gegenüberlag, schaltete das Licht und den Motor ab. Wartete. Eine schwarze Katze lief über die Straße. Ein Omen?

Alles Mögliche ging ihr durch den Kopf. Sie begann dieselbe Technik anzuwenden wie im Bett, wenn ihr Geist selbstständig arbeitete: Augen schließen, die Gedanken vorbeiziehen lassen, ohne einen davon konkret zu erfassen. Helga Wolf, die Villa, das LKH, Briska Frank, Vergewaltigung, sieben Schläge, der § 87, die Gedichte. Sie öffnete ihre Augen, kramte in ihrer Tasche, fand das gesuchte Foto, legte es auf den Beifahrersitz, starrte es einige Minuten an. Wenn Gewalt so aussah, dann war sie erschreckend unsichtbar. Karl Riedl sah unscheinbar aus, wie ein Mensch, dem man auf der Straße begegnete und den man gleich darauf wieder vergessen hatte. Er hatte mittelblondes kurzes Haar, schmale Lippen, kleine Augen. Nichts, aber schon gar nichts würde man sich von diesem Gesicht länger merken als fünf Sekunden.

Ihr Gehirn lief auf Hochtour. Sie wurde noch verrückt. Wenn sie nicht bald etwas Brauchbares finden würde, würde Peter Brand aufgrund von Indizien verurteilt werden.

Sandra gähnte, öffnete das Seitenfenster, atmete die Morgenluft tief ein. Es war kühl. Die Zeit verging langsam. Eine Stunde, zwei Stunden. Es dämmerte. Die ersten Menschen auf dem Weg zur Arbeit. Männer vom Bauhof. Sie starrten sie durch die Windschutzscheibe an. Ernsthaft. Müde. Wütend ob der Tatsache, um diese Uhrzeit schon zur Arbeit zu müssen. Was sie wohl dachten? Eine Frau, früh morgens, alleine in ihrem Auto?

Ihr Magen knurrte. Hätte sie doch etwas zu essen und trinken mitgenommen. Jetzt war es zu spät, noch einmal umzukehren, um im B1+C1 Frühstück zu holen. Sie schlug mit der flachen Hand aufs Lenkrad. Eine Schnapsidee war das gewesen, dieser Alleingang. Wenn Rosa da wäre, könnte sie sich wenigsten unterhalten. Sie stieg aus, streckte sich, ging ein bisschen auf und ab, wirkte wie eine Spaziergängerin. Ein beiläufiger Blick auf die Armbanduhr. Immerhin sieben. Wenn sie ihr Bauchgefühl nicht im Stich ließ, musste bald etwas passieren. Sie stieg wieder ins Auto. Ein Blick durch die Windschutzscheibe aufs Wohnhaus, die Tür ging auf, es ging los.

Karl Riedl stieg in einen roten Ford Fiesta. Sandra startete ihren Golf. Über die Freisprechanlage in ihrem Auto, ein Geschenk von Martin, rief sie in der Kommandozentrale an, gab das Kennzeichen durch. Fünf Minuten später wusste sie, dass das Fahrzeug auf den Namen Herbert Schierl zugelassen war. Der treue Geselle.

Die Fahrt ging über die Bundesstraße 1 Richtung Lenzing und Seewalchen. Riedl bog links über die Brücke ab, fuhr weiter bis knapp vor Weyregg. Der rote Fiesta blinkte rechts, blieb stehen. Sandra fuhr vorbei, parkte ihr Auto wenige Meter weiter, außer Sichtweite, lief zurück.

Der Ford stand in der Einfahrt. Das Tor war geschlossen. Sandra spähte im Vorbeigehen auf das Haus. Es war nicht besonders groß, sondern sah aus wie eines dieser typischen Sommerhäuser für Zweitwohnbesitzer. Sandra schätzte den Grundriss auf 120 Quadratmeter. Die Haustür stand offen. Zwei Fenster an der Vorderfront, ein kleines, wahrscheinlich das Klo, und ein großes. Der Rest zeigte wahrscheinlich Richtung See. Das Grundstück war, wie hier so oft, durch eine hohe Hecke zur Straßenseite und zu den Nachbargrundstücken hin geschützt, zum Wasser hin war es offen. Neben einem schmalen Steg, der in den See führte, nahm sie eine kleine Bootshütte wahr. Von Karl Riedl war nichts zu sehen.

Sandra überlegte. Was sollte sie jetzt tun? Rosa anrufen? Dafür war es noch zu früh, sie musste erst Gewissheit haben. Vorsichtig drückte sie die Klinke des Tores nach unten. Sie hatte Glück. Das Tor sprang geräuschlos auf. Sie huschte durch, schloss es wieder. Am rechten vorderen Grundstücksrand war eine Garage. Sandra duckte sich nicht, sondern ging langsam, aber zielsicher darauf zu. Sollte Riedl plötzlich aus dem Haus kommen, würde sie ihm irgendetwas vorlügen, ihr würde schon eine Ausrede einfallen. Vorsichtig rüttelte sie an der Garagentür, verschlossen. Sie spähte durchs Fenster, konnte nichts erkennen. Jemand hatte von innen ein dunkles Tuch davor gehängt. Sandra wandte sich um. Alles oder nichts, dachte sie, während sie auf den Steg zusteuerte. Ohne sich umzudrehen, ging sie weiter, bis ans Ende, gab vor, die Aussicht zu genießen. Das Bootshaus war nach vorn hin offen. Aus dem Augenwinkel sah sie das Motorboot.

»Entschuldigung. Was tun Sie hier? Das ist Privatgrund.«

Nur jetzt keinen Fehler machen. Sandra wirbelte herum, eine Hand auf dem Herzen. »Oh Gott, haben Sie mich jetzt erschreckt.« Sie ging mit ausgestrecktem Arm auf Riedl zu. »Ich war so überwältigt von der Aussicht, dass ich gleich auf den Steg bin, Entschuldigung. Sie müssen Herr Winkler sein, wir haben vor zwei Tagen telefoniert. Konrad, Claudia Konrad. Ich habe wegen des Hauses angerufen.«

Riedl reagierte nicht. Sandra ließ ihre Hand sinken.

»Das Haus«, wiederholte sie. »Es ist doch noch zu verkaufen?«

Riedl schüttelte den Kopf. »Davon weiß ich nichts.«

»Sind Sie nicht Herr Winkler?«

Wieder schüttelte Riedl den Kopf. »Nein.«

»Aber das ist doch die Seestraße 256.«

»Nein, ist es nicht.«

»Wie? Bin ich dann etwa beim falschen Haus?«

»Wahrscheinlich.«

»Mein Gott, das tut mir leid, dass ich jetzt auf Ihr Grundstück … Entschuldigung.« Sie drängte sich an ihm vorbei.

»Kein Problem.« Er blieb ernst.

»Können Sie mir vielleicht sagen, wo die Nummer 256 liegt?«

Er schüttelte den Kopf. »Ich wohne nicht in dieser Gegend, male nur das Haus aus.«

»Ach so. Na ja, schade. Die Aussicht war so schön.« Sie verließ das Grundstück. Jetzt war es Zeit, Rosa zu informieren.

Mittwoch, 11. Juli, 08.30 Uhr

Die Sonne stand über dem Attersee. Eine leichte Brise wehte. Hunderte Sonnenhungrige waren inzwischen auf der Seestraße an Sandra vorbeigefahren. Sandra hatte die Einfahrt nicht aus den Augen gelassen. Sie hatte Angst, ihn mit ihrem Auftreten aufgeschreckt zu haben. Was, wenn er nun gewarnt war und etwaige Spuren verschwinden ließ? Aber vielleicht hatte Riedl gar nichts mit dem Fall zu tun. Sie war sich plötzlich nicht mehr sicher, bei ihren Überlegungen die wahren Zusammenhänge erkannt zu haben und nun richtig zu liegen. Aber sie musste sich in diesem Fall auf ihren Instinkt verlassen. Beweise fehlten noch. Sie mussten abwarten, wie Riedl reagierte, wenn sie sich zu erkennen geben würden. Deshalb hatte sie ihre Assistentin auch gebeten, zunächst allein zu kommen.

Rosa parkte ihren Renault unmittelbar vor Sandra. »Du bist wirklich nicht ganz echt«, schimpfte sie, während sie aus dem Auto ausstieg. »Warum hast du mich nicht eher angerufen. Ich hab mir ernsthaft Sorgen gemacht, als ich dich heute Morgen nicht erreichen konnte.«

»Ich hatte mein Handy ausgeschaltet«, erklärte Sandra.

»Das hab ich bemerkt. Ich glaube, ich hab's dreimal probiert, dann habe ich deine Mutter angerufen, die mir erklärte, dass du heute Nacht nicht nach Hause gekommen bist, danach habe ich Bernd angerufen, der meinte, du bist schon weg.«

»Meine Mutter?«

»Keine Angst, hab sie von unterwegs aus angerufen und ihr gesagt, dass du nicht tot bist, sondern nur bescheuert. Denn als ich deine Notizen auf Riedls Akte gelesen habe, konnte ich natürlich eins und eins zusammenzählen. Ich bin sofort zu der Adresse gefahren. Aber da waren kein Riedl und keine Sandra. Du hast Glück, dass du dich gemeldet hast, denn sonst wäre schon eine Fahndung draußen.« Sie tippte sich an die Stirn. »Und dann auch noch das Grundstück allein zu betreten. Totaler Schwachsinn! Weißt du, was du bist? Eine rücksichtslose Chaotin.«

»Schon gut. Schon gut. Musst mich ja nicht gleich erschießen deshalb. Ich bin mir eben noch nicht ganz sicher«, wehrte Sandra ab. Sie lüftete ihre Jacke, damit Rosa ihre Dienstwaffe sehen konnte. »Ich hab sie ausnahmsweise mitgenommen.«

»Na wenigstens etwas.« Rosa kannte Sandras schlechtes Verhältnis zu Waffen, wusste, dass sie diese nur allzu gerne absichtlich im Büro vergaß. Etwas milder fragte Rosa: »Wann bist du eigentlich auf diese Schnapsidee gekommen?«

»Ich konnte nicht schlafen, da bin ich zum Mietshaus, in dem Riedl eine Wohnung hat und habe gewartet. Um sieben kam er dann raus und ich bin ihm gefolgt und hier gelandet. Übrigens ist der rote Ford, den er fährt, auf Schierl zugelassen.« Sandra deutete in Richtung Hecke. »Es passt irgendwie alles zusammen. Riedl ist Malermeister, nimmt Gelegenheitsjobs an, hat an der Fassade von Helga Wolfs Villa gearbeitet. Zu Briska Frank sind es von hier aus nur wenige Minuten, die man sogar zu Fuß schaffen könnte.«

»Wem gehört das Haus?«

»Einem Ehepaar aus Wien. Thalmann meinte, sie seien reich, sehr reich. Die machen gerade in Spanien Urlaub, während sie einen Schwarzarbeiter ihr Haus renovieren lassen. Und das hat mich eigentlich erst auf die Idee gebracht, Riedl zu folgen.«

»Und was glaubst du, hier zu finden? Warum warten wir nicht und holen ihn ins Büro?« Eine Strähne hatte sich aus ihrem Pferdeschwanz gelöst. Rosa nahm ihr Haargummi ab, strich die Haare zurück und band sie wieder fest zusammen.

»Weil ich glaube, dass er Briska Frank hier umgebracht hat, vielleicht im Keller, vielleicht in der leicht zugänglichen Garage. Außerdem ist in dem Bootshaus ein Motorboot. Erinnere dich! Peter Brand hatte das Geräusch eines Motorbootes gehört! Und die Leiche von Briska Frank konnte er so auch ganz leicht entsorgen.«

»Das kann aber auch nur Zufall sein«, sagte Rosa. »Was ist mit Walter Wolf?«

»Der ist ein Arsch, aber im Moment nicht mein Hauptverdächtiger«, antwortete Sandra.

»Also dann«, sagte Rosa, griff ins Handschuhfach ihres Wagens nach ihrer Dienstwaffe.

Die Haustür stand offen. Der Boden des Flurs war mit einer durchsichtigen Abdeckfolie zugedeckt, auf der sich weiße Farbspritzer befanden. Wahrscheinlich hatte er die Tür offen gelassen, damit die Farbe schneller trocknete. Schweigend betraten sie das Haus, sahen sich um. Linkerhand befand sich die Küche. Auch hier waren deutlich Spuren von gerade erst durchgeführten Malerarbeiten zu erkennen.

Riedl fanden sie auf einer Leiter im Wohnzimmer stehend. Er strich die Decke weiß, trug Arbeitskleidung. Die Möbel waren zur Seite gerückt worden und mit einer Plastikplane geschützt. Die Aussicht durch ein großes Panoramafenster am Ende des Raumes war atemberaubend. Genauso schön, wie vom Steg aus. Auf der gegenüberliegenden Uferseite konnte Sandra deutlich die zwei Kirchen von Attersee erkennen.

Karl Riedl hatte die beiden Frauen bemerkt, unterbrach seine Arbeit und blickte sie von seiner Position aus schweigend an.

»Herr Riedl, können wir mal kurz mit Ihnen sprechen?«, fragte Sandra.

»Ich dachte, Sie wollen das Haus kaufen. Oder sind Sie vom Arbeitsinspektorat und haben mir nachspioniert?«, fragte Riedl feindselig, während er die Stufen der Leiter langsam hinabkletterte.

»So was Ähnliches.«

Als Riedl vor ihnen stand, zeigte Sandra ihm ihren Dienstausweis. »Herr Riedl, wir sind von der Landeskriminalabteilung Linz. Wir haben einige Fragen an Sie in Zusammenhang mit dem Mord an Briska Frank und Helga Wolf.«

»Hm«, brummte er. »Was wollen Sie da von mir?«

»Kennen Sie die beiden Frauen? Oder zumindest eine?«, fragte Sandra.

225

Man musste schon genau hinschauen, um zu bemerken, wie sein Körper eine leichte Nervosität verriet. Es war nur eine kurze Krampfbewegung der Halsmuskeln. »Ja. Helga Wolf. Ihr gehört diese Villa in Seewalchen. Ich habe geholfen, die Fassade zu streichen.«

»Sie wissen, dass sie tot ist?«

Er kreuzte die Hände vor seiner Brust. »Ja.«

»Sie erlauben uns doch sicher, dass wir einen Blick in die Garage werfen.«

Er versuchte gleichmütig die Achseln zu zucken, aber sein Körper verriet höchste Anspannung. »Ich hab keinen Schlüssel. Was wollen Sie eigentlich von mir?«

Sandra deutete Rosa mit einer kleinen Kopfbewegung, nach dem Schlüssel zu suchen.

»Herr Riedl, wo waren Sie an dem Wochenende vom 30. Juni bis zum 2. Juli?«

Rosa kam mit einem Schlüssel zurück. »Hing am Schlüsselbrett im Vorhaus. Ich probier gleich mal.«

Sandra nickte und wandte sich wieder Riedl zu. »Und, wo waren Sie?«

»Da müsste ich in meinem Kalender nachsehen. Auswendig weiß ich das nicht. Er liegt in der Küche.«

»Dann holen Sie ihn«, sagte Sandra in leicht genervtem Tonfall.

Riedl stand auf und ging in den Nebenraum. Sandra wandte sich um und schaute auf den See. Dieser Ausblick war einfach wunderschön. Es war inzwischen früher Vormittag und die ersten Segler hatten mitten im See Anker geworfen. Sandra seufzte leise. Wie gerne würde sie jetzt auch auf einem Segelboot liegen und die Sonnenstrahlen genießen. Mit einem Gläschen Prosecco und sanfter Musik. Sie drehte sich herum. Wo blieb eigentlich dieser Riedl? Den Kalender musste er doch inzwischen gefunden haben.

Sie ging in Richtung Küche. »Herr Riedl?«

In diesem Moment kam ihr Rosa im Flur entgegen. »In der Garage ...«

Ehe sie den Satz vollenden konnte, sprang Riedl durch die Küchentür in den Flur, war mit einem weiteren Satz hinter ihr und hielt ihr eine Waffe an die Schläfe.

Mittwoch, 11. Juli, 13.00 Uhr

Riedl war mit Rosa in Briska Franks Wagen geflohen. Sandra hatte sofort von ihrem Handy aus die Gruppe für Sondereinsatzmittel OSE, die Spurensicherung und Martin Holzer benachrichtigt. Auch das Einsatzkommando Cobra konnte sie mobilisieren, denn es absolvierte gerade einen Ausbildungstag in Weyregg. Stationiert waren die Kollegen im ehemaligen Gendarmeriegebäude. Zum Glück. Denn so hatten sie keine wertvolle Zeit verloren, kurzerhand eine Kommandozentrale eingerichtet und sofort den Einsatz vorbereiten können.

Zwanzig Minuten später überflog bereits der in Linz angeforderte Hubschrauber die Region. Auf den Straßen rund um den See waren uniformierte Kollegen zu Fuß und mit Polizeiautos unterwegs. Bisher leider ohne Erfolg. Sandra hatte zwar gesehen, wie Riedl mit Rosa als Geisel die Seeleitenstraße durch den Ortskern Weyregg gefahren war. Aber es blieben ihm mehrere Fluchtwege. Sie wusste nicht, ob er von da aus weiter in Richtung Steinbach gefahren war oder die Abzweigung nach Unterfeichten genommen hatte. Rein theoretisch konnte Riedl inzwischen im Bundesland Salzburg sein.

Sandra fühlte sich schrecklich. Sie hatte eine Heidenangst um Rosa. Warum hatte sie Riedl nicht in die Küche begleitet? Sandra Anders, die erfahrene Kriminalinspektorin, hatte sich täuschen lassen wie eine Anfängerin. Das Gutachten der Gerichtspsychologin fiel ihr ein. *Sexuell motivierter Sadismus!* Sie wollte nicht darüber nachdenken, was Rosa womöglich erleiden musste.

Wenn sie nur wüssten, in welcher Richtung sie zu suchen hatten. So ein roter Ford Fiesta musste doch zu finden sein. Ob Riedl die Autobahn genommen hatte? Sie konnte sich nicht erinnern, eine Vignette auf der Windschutzscheibe gesehen zu haben. Wenn er nicht auffallen wollte, musste er also die Bundesstraßen nutzen. Aber auch da konnte er zwischen mehreren Richtungen wählen. Entweder durchs Weißenbachtal in Richtung inneres Salzkammergut und über den Ortsteil Burgau ins Bundesland Salzburg oder über Steinbach in den Bezirk Gmunden. Es gab einfach zu viele Möglichkeiten.

Sollte sie es wagen, Rosa am Handy anzurufen? Sie verwarf den Gedanken. Vielleicht hatte Riedl das Telefon bereits an sich genommen. Und sie konnte nicht ausschließen, Rosa mit dem Läuten in Gefahr zu bringen.

»Sie haben das Fluchtfahrzeug noch nicht gefunden. Die Straßensperren stehen, und auch alle Autobahnabfahrten bis Salzburg werden kontrolliert. So gesehen haben wir nur ein Problem, wenn er bis Deutschland fährt«, teilte ihr Martin fünf Minuten später mit. »Dafür jede Menge Spuren im Haus. Auch in der Garage. Die Kollegen müssen zwar alles noch auswerten, aber ich denke, du hattest Recht.«

Um so schlimmer. Für Rosa. *Sexuell motivierter Sadismus.* Sie musste den Gedanken daran unterdrücken, die Angst in den Griff bekommen, damit keine Panik aufkam, sich zusammenreißen, ihren Kopf benutzen, systematisch denken, planvoll vorgehen. Nur so konnten sie Rosa helfen. Entschlossen atmete sie tief durch. »Riedl wird nach dem Auftauchen des Hubschraubers keine leicht einsehbare Route wählen. Das rote Auto ist von oben gut sichtbar. Er hat zwei Morde begangen, eine Polizistin als Geisel, weiß also, was ihm blüht, wenn wir ihn erwischen. Er hat jetzt nichts mehr zu verlieren. Ich habe noch einmal nachgedacht. Meiner Meinung nach waren die Morde sorgfältig geplant. Er hatte das Sommerhaus der Wiener nur eine bestimmte Zeit lang zur Verfügung. Nämlich so lange, wie das Wiener Ehepaar in Spanien bleiben wollte. Er hat das genau berechnet. Jetzt aber hat er in Panik reagiert. Das könnte unser Vorteil sein. Er muss sich Zeit verschaffen, um die richtige Entscheidung treffen zu können.«

»Seine Wohnung in Vöcklabruck?«, fragte Martin.

»Zu gefährlich. Dort sehen wir sofort nach.« Sie sah Martin von der Seite an. »Das haben wir doch, oder?«

»Natürlich.«

»Ich könnte mich ohrfeigen, Martin. Warum hab ich nicht besser aufgepasst?«

»Woher solltest du wissen, dass er eine Waffe hat.«
Sandra machte ein verzweifeltes Gesicht.»Polizeischule? Ein
paar Jahre Berufspraxis? Ich hätte damit rechnen müssen. Wir
wissen doch, wie leicht derartige Momente eskalieren können.«
»Mach dir keine Vorwürfe, die bringen uns nicht weiter. Jetzt
müssen wir schauen, dass Rosa wieder heil zurückkehrt.«
In diesem Moment läutete Sandras Handy. Einmal, zweimal.
Am Display erschien Rosa.
»Hallo?«, fragte Sandra vorsichtig, darauf vorbereitet, Riedls
Stimme zu hören.
Aber es war Rosa. Sie flüsterte:»Wir sind …«
»Wo, Rosa, wo?«, rief Sandra. Und:»Wie geht's dir?«
Schweigen.»Bist du noch dran?« Von bohrenden Schuldgefühlen
geplagt schloss sie für den Bruchteil einer Sekunde die Augen.
»Weißenbachtal, der Tank ist leer.«
»Wo genau?«
Die Verbindung wurde unterbrochen.

In der provisorisch eingerichteten Kommandozentrale herrschte
Ruhe. Kollegen, die gerade Pause machten, tranken Kaffee. Andere machten sich dienstbereit. Der Einsatz lief ohne Probleme.
Der Leiter des Einsatzkommandos Cobra war ein muskulöser,
dunkelhaariger Mann, der auf Sandra einen sehr bedächtigen
Eindruck machte. Über den speziellen Funkwagen der OSE wurden
die Einsatzkräfte von Rosas Anruf informiert, alle verfügbaren
Polizisten ins Weißenbachtal beordert. Bei derartigen Einsätzen
wurde nie der normale Polizeifunk verwendet, weil es häufig
vorkam, dass Journalisten illegal mithörten und dann am Ein-
satzort auftauchten. Und rasende Reporter waren das letzte, was
sie im Moment vor Ort brauchen konnten.
Sandra beugte sich mit Martin über eine Landkarte.»Weißenbachtal, und wo? Das Gebiet besteht sozusagen aus Wald, Steinen
und Wasser, ist kaum besiedelt. Wird schwierig, hier jemanden
zu finden«, sagte Martin.
»Ich glaube nicht, dass sie weit gekommen sind, Martin. Von
Weyregg bis nach Weißenbach braucht man etwa zwanzig Minu-

ten. Um nicht aufzufallen, muss er sich an die Tempolimits halten: in Ortschaften fünfzig, sonst siebzig. Durch das Weißenbachtal führt nur die B 153, ohne Abbiegemöglichkeit. Wenn er bis ans Ende der B 153 gekommen wäre, hätte ihn bei der Abzweigung nach Bad Ischl eine Straßensperre abgefangen. Meiner Meinung nach sind sie irgendwo hier.« Sie zeigte auf die Karte, legte ihre Hand auf die Planquadrate F-13 und F-14.

»Rosa erwähnte, dass der Tank leer ist. Das heißt, er wird auf der B 153 irgendwo rechts rangefahren sein. In diesem Bereich gibt es leider sehr viele Zufahrtsmöglichkeiten in den Wald, man kann also problemlos einfach zu Fuß verschwinden. Sollten sie auf jemanden treffen, wird man sicher meinen, die beiden seien ganz normale Urlauber, die im Weißenbach plantschen und grillen wollen. Allerdings wird Riedl mit Rosa die Deckung des Waldes nutzen und das Flussufer meiden. Der Weißenbach ist von oben bestens zu sehen und auf den weißen Steinen entlang des Ufers würde sogar ein Blinder mit Krückstock die beiden ausmachen. Also können wir den Hubschrauber vergessen.«

»Wir müssen zu Fuß los. Am besten mit Hunden«, schlug Sandra vor.

»Wir haben zwei Hundeführer mit ihren Hunden hier«, erklärte ein Polizist der Cobra.

Martin wimmelte einen Journalisten am Telefon ab. Garantiert hatte der Hubschrauber die Medien alarmiert. Ob Bernd sie anrief? Wenn ja, würde sie diesmal das Gespräch kurz annehmen und ihm für später, wenn sie Zeit hätte, soviel Information versprechen, wie sie ihm geben durfte.

»Gut. Aber ideal wäre es, wenn ihr noch jemanden von unseren Leuten mitnehmen würdet, der sich hier gut auskennt. Buchegger«, schlug Sandra vor. »Er ist ebenfalls Hundeführer, hat mir bei meinem ersten Fall mit seiner Truppe und seinem Golden Retriever ganz schön geholfen. Wie hieß der Hund noch mal?«

»Nick«, sagte Buchegger, der gerade durch die Tür kam.

»Wunderbar, da sind Sie ja schon! Wir müssen das gesamte Tal durchkämmen. Beliebte Plätze wie den Nixenfall wird er meiden. Der Weißenbach ist an manchen Stellen gerade mal knöcheltief, stellt also bei Gott kein Hindernis dar. Verlieren wir keine Zeit. Und viel Glück!«, fügte Sandra noch hinzu.

Als die Männer gegangen waren, sah Martin sie mit besorgter Miene an. »Ich hoffe nur, dass der Anruf nicht fingiert war.«

Mittwoch, 11. Juli, 14.30 Uhr

Seit sie Rosa kannte, hatte sich ihre Kollegin immer um das Wohl anderer gekümmert. Sie hatte an kalten Tagen heißen Tee zum Einsatz im Freien mitgenommen, hatte vor Besprechungen Gebäck gekauft und Kaffee aufgebrüht, hatte immer ein offenes Ohr für Sandras Probleme. Und plötzlich fehlte ihr sogar Rosas übertriebener Ordnungssinn. Die Art, wie sie dafür sorgte, dass immer ein Untersetzer unter der Kaffeetasse lag, wie sie ständig Sandras Chaos an der Wäscheleine im Büro sortierte, nur noch gleichfarbige Wäscheklammern die Unterlagen an der Leine festhielten. Sandra hoffte, dass Rosa nun, da ihr Beruf sie in Gefahr gebracht hatte, sie zur Geisel geworden war, dieser Sinn für Ordnung half, Ruhe zu bewahren. Die umsichtige Rosa würde doch sicherlich zu keiner Kurzschlusshandlung fähig sein.

Damals, als dieser Wahnsinnige in Sandras Wohnung eingedrungen war und sie bedroht hatte, war sie sich sicher gewesen, nicht lebend aus der Situation rauszukommen. Wahrscheinlich war Rosa genauso zu Mute. Mitten in einem unbekannten Gelände, mit einem Mann, der nichts zu verlieren hatte.

»Riedl ist vorbestraft, hat also keinen Waffenschein, damit offiziell auch keine Waffe. Woher hat er dieses Ding nur?«, fragte Sandra.

»Er wird sich auf dem Waffenflohmarkt in Senftenberg umgesehen haben, wie jeder andere auch, der sich illegale Waffen besorgen will«, antwortete Martin.

»Natürlich. Senftenberg. Niederösterreich.«

Ein Funkspruch kam durch. Es war Buchegger. Sie hatten den roten Ford Fiesta gefunden. Sandra informierte die Spurensicherung. »Und was ist mit Rosa und Riedl?«

»Bisher keine Spur.«

Kaum hatten sie das Gespräch beendet, gab das Funkgerät wieder einen Ton von sich. Diesmal war es eine Kollegin einer Polizeistreife, die sich meldete.

»Was gibt es?«, fragte Sandra.

»Soeben wurden wir von einem Urlauber aufgehalten. Er ist von einem Mann mit einer Waffe angehalten und zum Aussteigen gezwungen worden, musste ihm sein Auto überlassen. Wahrscheinlich unser gesuchter Mann.«

»War Rosa bei Riedl?«

»Ja. Laut Aussage des Überfallenen hat er sie mit der Waffe an der Schläfe auf die Straße gezerrt, danach aufs Auto gezielt. Ein grüner Skoda Oktavia.«

»Wann war das? Wo seid ihr?«

»Gerade eben passiert. Drei Minuten höchstens. «Die Polizistin gab die genaue Position durch. Sandra blickte auf die Landkarte.

»Das ist etwa noch sieben Kilometer von der Straßensperre entfernt. Verdammt. Totalsperre der B 153. Verfolgung aufnehmen. Aber Abstand halten. Die Geisel darf nicht gefährdet werden. Wir sind in fünf Minuten da.«

Die Einsatzkräfte in der Kommandozentrale machten sich fertig. Dann liefen sie in Richtung Landeplatz. Sandra und Martin folgten ihnen.

Der Pilot hatte den Hubschrauber bereits gestartet.

»Grüner Skoda Oktavia auf der B 153«, brüllte sie gegen den Lärm der Rotoren, während sie einstieg. In der nächsten Sekunde hoben sie ab.

Wenige Minuten später konnten sie den Wagen von oben sehen. Etwa dreihundert Meter dahinter der Polizeiwagen. Riedl war nicht mehr weit von der Kreuzung entfernt, die in die B 145 nach Bad Ischl mündete. Wenn er es schaffte, in die alte Kaiserstadt zu flüchten, konnten sie vorerst wenig machen. Sie würden zu viele Menschen gefährden. Sie mussten ihn unbedingt vorher stoppen, durften sich nicht auf die Straßensperre verlassen, die konnte er durchbrechen.

Endlich war es soweit. Der Pilot ging runter, das Einsatzkommando machte sich bereit, setzte die Helme auf, legte Schutzwesten um. Lautlos, wie es Sandra schien. Oder kam es ihr nur so vor, weil der Hubschrauber so viel Krach machte? Kurz darauf waren sie dicht über dem Auto. Hoffentlich drehte Riedl nicht durch, dachte Sandra, wollte nach unten sehen. Aber ihre Höhenangst ließ es nicht zu. Wie konnte sie nur so blöd gewesen sein, in einen Hubschrauber zu steigen? Erst jetzt wurde ihr klar, was das für sie bedeutete. Augenblicklich lehnte sie sich zurück, schloss die Augen. Ihr war schlecht. Sie spürte wie jemand ihre Hand drückte. Sie öffnete ihre Augen. Es war Martin. Er kannte ihr Problem. »Atmen«, sagten seine Lippen lautlos.

Dann ging alles schnell. Der Hubschrauber war irgendwann vor dem Auto, schwebte knapp über der Straße, blockierte die Fahrbahn. Sandra sah das Auto auf sie zurasen. Wenn er jetzt nicht bremst, sind wir alle tot, dachte sie. Sie war in Versuchung, einfach rauszuhechten, aber sie blieb natürlich sitzen. Dafür sprangen einige Cobras aus dem Hubschrauber, stellten sich breitbeinig auf die Straße, zielten auf den Wagen. Gebannt starrte Sandra auf die Szenerie. Würde Riedl anhalten?

Im letzten Augenblick, unmittelbar vor den Cobras, wurde der Skoda scharf abgebremst. Blitzschnell wurde die Autotür aufgerissen und Riedl vom Fahrersitz gezerrt, auf die Fahrbahn gedrückt und mit den Händen auf dem Rücken fixiert. Jemand durchsuchte ihn eilig, nahm ihm Rosas und seine eigene Waffe ab, legte ihm Handschellen an. Das Einsatzfahrzeug der Kollegin, die den Funkspruch durchgegeben hatte, rollte näher, hielt hinter dem Skoda. Jetzt erst setzte der Pilot den Hubschrauber auf der Straße auf.

Rosa stand unverletzt neben dem Auto. Sandra konnte sich nicht mehr zurückhalten, sie lief auf ihre Freundin zu, umarmte sie, obwohl sie sich auch gern auf Riedl gestürzt hätte. »Wie geht es dir? Wie fühlst du dich?«

»Erleichtert.«

Ein Rot-Kreuz-Auto kam. Sie gab Rosa frei, damit sie ins Krankenhaus gebracht werden konnte, dann wandte sie sich um zum Skoda. Riedl war inzwischen aufgerichtet worden und starrte ins Leere.

»Herr Riedl. Sie stehen unter dringendem Tatverdacht, Helga Wolf und Briska Frank getötet zu haben. Sie sind mit dem Motorboot, das im Bootshaus ihrer Auftraggeber liegt, zum Grundstück der Richterin gefahren, haben sie erschlagen und sind wieder zurück. In derselben Nacht haben Sie Briska Frank aufgelauert, sie entführt, brutal vergewaltigt und ebenfalls getötet. Können Sie dazu etwas sagen?«

Er blieb stumm, sah sie hasserfüllt an. Sandra war sicher, dass sie in dem Sommerhaus in Weyregg genug Spuren finden würden, um Riedl des Mordes an Briska Frank überführen zu können. Aber was war mit Helga Wolf? Da hatten sie nichts gefunden, was Riedl belasten könnte. Alles, was sie hatten, war ein Motiv. Für den Urteilsspruch würde es zwar keinen großen Unterschied machen, ob diesem Mann ein oder zwei Morde nachgewiesen werden konnten. Aber Sandra wollte nicht, dass Helga Wolfs Akte auf Grund fehlender Beweise geschlossen werden würde. Diese unkonventionelle, starke Frau hatte etwas anderes verdient.

Epilog

Eine Stunde nach Karl Riedls Festnahme hatten sich die Gefängnistüren für Peter Brand wieder geöffnet. Sandra war nach Wels gefahren, um sich persönlich bei dem jungen Landwirt zu entschuldigen.

»Ich habe Ihrer Mutter Ihr kleines Geheimnis nicht verraten.« Er hatte erleichtert gewirkt, auch wenn er anfangs zögerte, Sandras ausgestreckte Hand zu ergreifen. Schließlich hatte er doch eingeschlagen. Natürlich würde es noch Menschen geben, die ihn mit dem Mord an der Richterin in Zusammenhang bringen würden. Aber bald würde niemand mehr davon reden. So war das halt auf dem Land. Die Leute fanden immer etwas Neues, worüber sie tratschen konnten, und das taten sie gern. Und wahrscheinlich würde Peter Brand nach einer kurzen Pause wieder nebenbei als Callboy arbeiten. Es brachte Geld und machte auch Spaß, so hatte er jedenfalls behauptet.

Es hatte die halbe Nacht gedauert, bis Sandra ein umfassendes Geständnis von Karl Riedl bekommen hatte. Sie war hartnäckig geblieben, hatte immer wieder dieselben Fragen gestellt, konnte sich auf die Arbeit der Spurensicherung berufen: Die Beweise waren belastend. Das Motorboot, die eingetrockneten Blutflecken im Keller des Hauses, seine Flucht, die Geiselnahme. Natürlich fehlten auch jetzt noch Spuren, mit denen sie ihm den Mord an Helga Wolf nachweisen könnten. Aber das Geständnis erforderte keine weiteren Beweise mehr.

Eigentlich hatte Riedl auch Helga Wolf entführen wollen, um sie im Keller des Hauses zu quälen. So wie er es mit Briska Frank getan hatte. Als er sie dann mit diesem jungen Mann sah, hatte er gewartet, ihnen zugesehen. Dabei war seine Wut gewachsen. Der junge Mann war gegangen und er hatte immer noch auf eine günstige Gelegenheit gewartet, sich ihr zu nähern, hatte gehofft, sie würde aufstehen, zur Villa gehen, damit er sie von hinten überfallen konnte. Aber sie war liegen geblieben, hatte sich wohlig gerekelt. Er hatte sie beobachtet und war immer zorniger geworden. Und dann war Helga Wolf eingeschlafen, und er hatte all seiner Wut, all seiner Abscheu nachgegeben, einfach einen Stein von der Wegbegrenzung genommen und auf sie eingeschlagen. Sieben Mal. Für jedes Jahr, das er gesessen hatte, ein Schlag. Danach hatte er den Stein aufs Boot mitgenommen und irgendwo im Attersee versenkt, hatte das Boot zurückgebracht.

In Weyregg war er zu einer Telefonzelle gefahren, hatte die Telefonnummer von Briska Franks Haus gewählt. Er hatte die Adresse in der Hinterlassenschaft seiner Frau gefunden und all die Jahre verwahrt. Nachdem sie sich dort nicht gemeldet hatte, hat er im Krankenhaus angerufen und sich mit der Notaufnahme verbinden lassen. Jetzt wusste er, dass sie Nachtdienst hatte und wann sie nach Hause kommen würde, er müsste sie nur noch abpassen. Lange genug hatte er diese Rage in sich gehabt, war sie mehr und mehr gewachsen, hatte er sich immer wieder an der Vorstellung ergötzt, was er mit den beiden machen würde. Dann hatte er das Haus der Richterin entdeckt. Die Zeit war endlich reif. Der Auftrag von dem Wiener Ehepaar war passend gekommen.

Zum ersten Mal in ihrem Leben hatte Sandra Mordgelüste verspürt. Dieser Mann war sich keiner Schuld bewusst, es war ihm egal, dass er nun drei Menschen auf dem Gewissen hatte. Er hatte sich sicher gefühlt, nicht einmal Eile gehabt, seine Spuren zu verwischen. Die weiße Farbe über die Blutflecken im Keller zu streichen, wo Briska Frank sterben musste, hatte nicht gereicht. Die DNA war eindeutig. Sandra hatte ihn weder angebrüllt, noch tätlich angegriffen, sie hatte sich beherrscht. Aber es war ihr eine große Genugtuung, rechtzeitig zum Haus gekommen zu sein, denn die Fliesenleger waren für den nächsten Tag bestellt gewesen. Dann wäre es sehr schwer geworden, diesem Mann etwas nachzuweisen.

Einen Tag später war Briska Franks Beerdigung. Die Beisetzung der Krankenschwester war so, wie ihr gesamtes Leben verlaufen war. Kaum jemand nahm Notiz davon, dass hier eine sehr einsame Frau beerdigt wurde. Nur eine Handvoll Trauergäste hatte sich um das offene Grab versammelt. Einige Kollegen, Peter Brand und seine Mutter, Briska Franks einzig wirkliche Freundin. Er hatte den Arm schützend um seine Mutter gelegt. Ja, er war ein guter Junge. Zwei ältere Personen standen etwas abseits, ein Mann und eine Frau, die verzweifelt auf den Sarg starrten, der in wenigen Minuten in die dunkle Grube gelassen werden würde. Es waren die Besitzer jenes Hauses, in dem Briska Frank gestorben war. Nachdem Sandra sie am Telefon von den Aktivitäten auf ihrem Grundstück in Kenntnis gesetzt hatte, waren sie sofort ins nächste Flugzeug gestiegen und an den Attersee gekommen. Ob sie ihr

Haus noch beziehen wollten, war fraglich. Sandra hatte die beiden zwei Tage nach Karl Riedls Festnahme kennengelernt. Sie lächelte ihnen aufmunternd zu.

Der Pfarrer betete, laut, prangerte Gewalt und Verbrechen in dieser Welt an. Redete vom Umgang der Menschen miteinander, von einer Eiszeit der Barmherzigkeit. Aber Sandra wusste, alle Gebete würden nichts nützen. Es würde immer Arbeit für sie geben. Das Wetter hatte sich dem Ereignis angepasst. Es regnete.

Sandra hatte lange überlegt, ob sie überhaupt kommen sollte. Sie fürchtete, dass ihr Erscheinen unpassend war, dass sie sich fühlte wie ein Eindringling. Aber Bernd hatte sie ermuntert, ihr zu diesem Abschluss des Falls geraten und ihr angeboten, sie zu begleiten. Und auch Rosa, die aus dem Krankenhaus entlassen worden war, verspürte das Bedürfnis, Briska Frank diese Ehre zu erweisen. Elisabeth Brand hatte die beiden Polizistinnen vor der Kirche abwechselnd umarmt und minutenlang gedrückt. Da hatte Sandra gewusst, das Richtige getan zu haben.

Jetzt standen sie alle hier auf dem Friedhof. Vereint, wie eine Familie, die um eine liebe Angehörige weinte. Dabei war Sandra Briska Frank niemals begegnet, und doch war es, als würde sie sie schon ewig kennen. Ein Gefühl, das sie bei Helga Wolf nicht spüren konnte, obwohl sie über diese Frau viel mehr erfahren hatte als über die Krankenschwester. Eigenartig.

Sandra griff nach Bernds Hand, er hielt sie ganz fest, und sie blickte beiläufig zum See. Dem See des Himmels.

Wien Krimi im Prolibris Verlag

Robert Pucher, Katerfrühstück
Wien Krimi
240 Seiten, Paperback
ISBN 978-3-935263-39-9

Eine Leiche nach einer durchzechten Nacht in seiner Badewanne zu finden, ist schon schlimm genug. Vor allem für den erfolglosen, an der Welt zweifelnden, Wiener Schriftsteller Daniel Reichenbach. Und das spurlose Verschwinden des Leichnams nur zwei Tage später macht die Sache nicht besser.

Will ihm jemand übel mitspielen? War alles nur Einbildung?

Bald muss Reichenbach feststellen, dass eine abgesägte Hand, die er in den Weinbergen findet, noch lange nicht das Ende des Grauens bedeutet. Unaufhaltsam scheint er ins Verderben zu schlittern.

Während die schockierende Mordserie Oberinspektor Doppler heillos überfordert, verstrickt sich dieser selbst immer mehr in illegale Machenschaften. Und die Zusammenarbeit mit seiner Vorgesetzten im Referat 1, Kapitalverbrechen, Dr. Simone Reichenbach, klappt auch nicht immer reibungslos: Sie kann ihn buchstäblich nicht riechen ...

Wien Krimi im Prolibris Verlag

Robert Pucher, Rattenfalle
Wien Krimi
240 Seiten, Paperback
ISBN 978-3-935263-53-5

Der Besitzer einer großen Brauerei ist entführt worden. Der Fall wird Kurt Doppler übertragen, der das Referat 1 der Wiener Kriminaldirektion in Vertretung leitet. Erneut beweist er, dass man einen völligen Mangel an kriminalistischem Scharfsinn nicht mit einem Übermaß an Grobschlächtigkeit ausgleichen kann. Er ist hoffnungslos überfordert.

Um die Tochter des Entführten zu beeindrucken, will der meist erfolglose Schürzenjäger Doppler den Täter so schnell wie möglich stellen. Da kommt ihm jeder Verdächtige gerade recht. Und davon gibt es reichlich. Dummerweise gehört auch Daniel Reichenbach dazu, der Bruder seiner Chefin. Der gerät wieder einmal in einen Strudel absurder Ereignisse und immer tiefer in Verdacht.

Doppler verbeißt sich in diese Spur. So sieht sich Dr. Simone Reichenbach gezwungen, ihre Hochzeitsreise abzubrechen, um ihrem Bruder aus der Falle zu helfen ...

Das Enfant terrible der Wiener Krimiszene, Robert Pucher, hat erneut ein fulminantes Kriminalstück geschrieben.